가덕도에 뛰어든 사람

가덕도에 뛰어든 사람

발행일   2020년 10월 30일

지은이   장산
펴낸이   손형국
펴낸곳   (주)북랩
편집인   선일영   편집   정두철, 윤성아, 최승헌, 이예지, 최예원
디자인   이현수, 한수희, 김민하, 김윤주, 허지혜   제작   박기성, 황동현, 구성우, 권태련
마케팅   김회란, 박진관, 장은별
출판등록   2004. 12. 1(제2012-000051호)
주소   서울특별시 금천구 가산디지털 1로 168, 우림라이온스밸리 B동 B113~114호, C동 B101호
홈페이지   www.book.co.kr
전화번호   (02)2026-5777   팩스   (02)2026-5747

ISBN   979-11-6539-435-6 03810 (종이책)   979-11-6539-436-3 05810 (전자책)

이 도서의 국립중앙도서관 출판예정도서목록(CIP)은 서지정보유통지원시스템 홈페이지(http://seoji.nl.go.kr)와
국가자료공동목록시스템(http://www.nl.go.kr/kolisnet)에서 이용하실 수 있습니다.
(CIP제어번호: CIP2020045272)

(주)북랩 성공출판의 파트너

북랩 홈페이지와 패밀리 사이트에서 다양한 출판 솔루션을 만나 보세요!

홈페이지 book.co.kr   •   **블로그** blog.naver.com/essaybook   •   **출판문의** book@book.co.kr

장산 장편소설

가덕도에 뛰어든 사람

가덕신공항을 부활시킨 반전의 스토리

북랩 book Lab

서 문

대학에서 정년을 맞이하면서 문득 자전 소설을 써 보고 싶다는 생각이 들었다. 그러나 첫 소설은 퇴직 시점에 맞추어 서둘러 발간하느라 미흡한 점이 많았으므로 발간 즉시 개정판을 고려해야 했다.

사회과학도였던 저자가 소설을 쓰게 된 것은 아마도 젊은 날의 짝사랑에 대한 열정이 퇴직할 무렵까지도 한 움큼 남아 있었기 때문일 것이다.

대학 시절 내내 한 여인을 짝사랑했고, 오랜 세월이 흐르고 흘러서야 해후했지만 차 한 잔도 못 하고 헤어졌다. 순간의 만남은 갈증에 바닷물을 마신 격이라 아쉬움을 달랠 길이 없었고 누구하고라도 심경을 나누고 싶었다.

첫 소설에서는 인생을 '나침반 없는 항해'와 같은 험난한 여정으로 인식하고, 삶의 일상과 사회활동은 물론이고 종교적 탐구나 일탈과 같은 인생 전반에 걸친 방황과 도전 과정을 그리운 이들에게 편지를 쓰는 심정으로 담아 보았다.

개정판에서는 범위를 좁혀서 학창 시절부터 마흔셋의 나이에 교수가 되기까지의 시련과 교수로서의 현실 참여를 다룬 기본 줄거리를 토대로 근년에 저자가 가장 관심을 두었던 가덕신공항을 위한 운동에 보다 초점을 맞추었다.

이러한 과정에서 제목과 구도가 바뀌게 되었으므로 개정판은 새로운 작품이 되고 말았다. 개정판이 2년이나 늦어진 것은 신공항의 전개가 안개 속을 걷는 것처럼 불투명했으므로 최소한의 윤곽이나마 파악하여 다루고 싶어서였다.

개정판을 써 가는 동안 소설을 이끄는 욕구도 바뀌고 있음을 느꼈다. 첫 소설을 끝내고 나니 옛사랑의 열정은 어느새 사라진 듯했다. 모든 에너지가 소설 속에 녹아들었던 모양이었다. 개정판을 이끄는 힘은 신공항이었고 가덕도였다.

저자는 이명박 정부에서 동남권 신공항을 무산시킬 때 분노했고, 정책학 연구자로서 신공항 정책 실패의 원인과 대안을 찾고자 심혈을 기울였다. 그러므로 개정판에는 가덕신공항에 대한 사랑과 의지가 담겨있다고 볼 수 있을 것이다.

소설에서 절반 이상의 내용은 저자의 삶에 관한 것이므로 제목과는 약간의 괴리가 있는 편이다. 그 점은 이 작품이 원작의 개정판이라는 속성을 지녔기 때문일 것이다. 그런데도 저자의 이야기는 신공항이라는 주제가 지니는 건조함을 완화하는 조미료 역할을 할 것이라 여기며 스스로 위로해 본다.

사실 흥미를 느끼고 읽어줄 독자가 있을지 자신은 없다, 그러나 되돌아보면 평범한 저자도 인생의 구비마다 힘든 도전이 있었기에 치열한 삶을 사는 사람들이라면 공감할 영역도 있으리라 여겨진다.

가덕도에 뛰어든 사람

아울러 동남권 신공항을 둘러싼 20년에 걸친 우여곡절과 그 필요성에 대해서도 많은 분이 이해하고 공감해 주었으면 하는 바람을 가져 본다.

　소설적 흥미와 프라이버시를 위하여 상황을 재구성하거나 본인을 포함한 대부분의 캐릭터와 재직 대학 등의 명칭은 가명으로 다루었지만, 가능한 역사적 사실을 바탕으로 하고 사회과학적 맥락에서도 진실을 추구하고자 하였다.
　따라서 불가피하게 실명을 다루게 된 역사적 인물들과 일부 캐릭터들은 마음이 편치 않을 수도 있다고 본다. 아무쪼록 이 작품이 자서전이 아닌 소설이라는 점을 감안하여 너그러이 이해해 주시기를 바라 마지않는다.

　신공항 운동에는 많은 이가 참여했지만, 소설에서는 저자의 활동과 연관된 제한된 인물들만 거론되었으므로 다양한 분야에서 중요한 활동을 한 사람들의 역할이 누락되어 있음을 밝혀 둔다.
　제목과 목차에 대한 아이디어를 보태고 문장을 수정해 주신 여류 시인 손 박사와 퇴고 과정에서 세심하게 조언해 주신 서 선생과 절친한 벗들에게 충심으로 감사드린다. 이분들의 격려와 조언이 없었다면 감히 소설을 펴낼 용기를 얻지 못했을 것이다.

2020년 초가을 해운대 장산 자락에서

장산

차 례

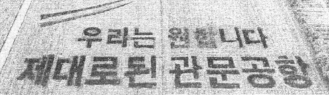

부산광역시 농업기술센터가 색깔 있는 벼로 만든 논 그림(2020. 6. 20 발표)

낭만 시대

"이렇게 셋이서 만나기는 오랜만이지?"

"정말 그렇네. 박 교수, 퇴직은 언제 하나?"

"응, 이번 학기면 강의가 끝나고 8월에 퇴직이야. 교원들은 65세가 되는 해의 학기가 끝나는 날이 퇴직일이거든."

"축하하네. 그동안 수고 많았고."

"김 사장, 고맙네. 박 변호사도 고맙고. 생각하면 두 사람한테는 특별히 신세를 많이 졌지. 그런 의미에서 오늘 저녁은 내가 사지. 저녁 먹고 나서 박 변 단골 마담 집에 가서 노래도 한 곡 부르자구."

"가만있자, 우리가 처음 만난 때가 대학 2학년 봄 같으니 무려 45년이 지났네."

"진석이 말이 맞아. 종건이와 진석이, 고 선배는 1학년 교양과정부 동기라서 먼저 만났고, 나는 2학년 봄에 종건이 소개로 모두 알게 되었지."

"우리가 '유·관·장' 같이 '도원결의'를 하지는 않았지만 이만하면 잘 지낸 것 아니겠어?"

가덕도에 뛰어든 사람

"이야! 종건이 오늘 말 되네. '한인회'는 네가 주장했으니 우리 모두 네 덕을 본 것이야! 참, 고 선배가 지난번 모임에 빠졌던데 우석이는 사정을 알고 있나?"

"특별한 일은 없는 것 같지만 기분이 좀 상하신 것 같아."

"무슨 이유로? 우리 때문에?"

"이번 봄 '천지회' 회원인 강 총장의 아들 결혼식에 갔을 때 박 변은 집안 사정으로 먼저 들어갔지. 나와 종건이도 한잔할 기분이 아니어서 고 선배와는 예식장에서 함께 식사한 뒤에 차 한 잔만 마시고 헤어졌어."

"모처럼 부산에 오신 형님이 그날 바람맞은 셈이네."

"우리가 그 전 주일에 형님을 찾아서 김해 '장유'에서 크게 마신 적도 있었기에 그날은 쉬고 싶었지. 그때 '장유' 형님댁에는 우리 셋뿐만 아니라 민수도 같이 갔지."

"형님이 삐쳤으면 큰일인데. 우석이, 무슨 수가 없을까?"

"시간이 좀 지나면 되지 않겠나?"

"아무래도 우리가 고 선배를 너무 떠받들어 온 것 같아. 안 그래?"

"그 점에서는 나도 종건이와 비슷한 생각이야. 그렇지만 고 선배에게는 불가사의한 점이 많아."

"고 선배는 첫사랑을 만났다면서? 우석이, 뭐 좀 들은 것 있나?"

"응…. 말해도 될까? 사실 그 때문에 시인이 되고 작곡도 한 것 같은데. 형님이 어떻게 생각하실지 모르겠네."

"야, 우리 사이에 그만한 일쯤 말 못 하겠어? 내가 책임질게!"

"그럼 진석이만 믿고 말한다. 3년쯤 전에 첫사랑이라는 분께서 어떻게 고 선배의 사정을 듣고 전화를 주었대. 내친김에 내가 고 선배와 대화한 내용을 한번 읊어볼까?"

"어디 한번 들어보자."

절친 김종건과 박진석이 박수를 치며 좋아했다. 이 둘을 즐겁게 해 주려고, 고 선배의 진지한 사연을 일부러 코믹한 분위기로 몰아갔던 상황을 재연해 보았다.

"형님, 어떻게 해서 그분과 통화가 되었습니까?"

"그 사람이 내 고향 친구로부터 '내가 아직도 첫사랑을 못 잊고 애타게 그리워한다.'라는 소문을 들은 것이지."

"목소리는 알아볼 수 있던가요?"

"물론이지. 집 전화로 왔는데, '저예요.' 하는 목소리를 듣는 순간 너무도 놀라서 말문이 열리지 않아 일단 전화를 끊었지. 숨을 들이마시고 정신을 차린 뒤에 다시 통화했어."

"형님, 그분은 한번 만나보셨습니까?"

"당근이지."

"사정이 어떠시던가요?"

"'서울 부잣집에 시집갔으나 남편과는 큰 정이 없었다.'라고 했고, '오래전에 사별했다.'고 하네. 나한테 미안하다고도 했고. 하염없이 울더군."

"형님, 여전히 예쁘시던가요?"

가덕도에 뛰어든 사람

"물론이지!"

"남편도 없다는데 그럼 정부로 삼으면 되겠네요."

"박 교수, 이제 막장으로 가자는 소리야?"

"좌우간 부산으로 한번 모셔오세요. 우리도 만나 볼 권리가 있다고요."

"알겠다. 기회를 만들어 보마."

"그리고 보니 요즘 형님 노래가 좀 바뀐 것 같기도 해."

"종건이가 정말 예리하네. 형님이 노래방에만 가면 첫사랑을 찾았잖아. 그분을 다시 만난 이후부터는 노래도 바뀌었어. 박 변은 못 느꼈어?"

"알다시피 그 방면으로 내가 좀 둔하잖아. 그건 그렇고, 우석이는 그 조 선생인가 하는 사람은 한번 만나 보았나? 이름이 '조미향'이랬지, 아마?"

"이 친구가. 오늘 그 이야기는 왜 하나?"

"남 얘기를 했으면 자기 얘기도 해야지."

"이거 완전 계획적으로 밀어붙이는군."

＊＊＊

유신독재가 단행되었던 1972년 10월 17일 저녁 7시 무렵, 나는 부산대 도서관 앞뜰에 서서 호흡을 고르고 있었다.

마음속 그녀에게 대시할 작정이었다.

난생처음 있는 일이라 밀려오는 중압감으로 다리에 힘이 빠지고 손에서는 진땀이 났다. 무슨 꼴로 망신을 당할지 모를 일이기에 자꾸만 주저되었으나, 더 이상 미룰 수는 없는 일이었다.

긴 숨을 들이쉬고 억지로 용기를 끌어 올려 보았다.

뜰에서는 만개한 유카 꽃향기가 진하게 풍겼고, 하늘에는 이미 가을 달이 떠올라 휘황한 빛을 뿌리기 시작했다.

다시 한번 스스로를 다그쳤다.

'오늘 어떻게든 말을 붙일 기회를 잡아야 한다!'

중간고사 기간이라 1학년인 우리들은 대부분 도서관에서 진을 치고 있었는데, 그녀도 그 대열에 있었던 것이다. 그녀는 나와 전공이 달랐지만, 1학년 교양과정부에서는 한 반으로 편성되어 있었다.

자그마하고 얌전했던 편이라 눈에 잘 띄지 않았는데, 봄 학기 산성 야유회 때 어느 토방 주점에서 〈제네파 주네파〉를 부르던 그녀를 처음으로 보면서 그 존재를 알게 되었다.

'저런 미인이 같은 반에 있었던가?'

그 순간부터 그녀는 바로 나의 '제네파'가 되었다.

그날 이후로 그녀는 줄곧 내 머릿속에 남았고, 가을이 깊어가면서 드디어 나는 '할 수만 있다면 고백이라도 해야겠다.'라고 결심했던 것이다.

내가 비장한 각오를 하고 있던 바로 그 시각, 교내에 휴교령이 내

가덕도에 뛰어든 사람

려졌고 도서관은 즉각 폐쇄되었다.

시험을 앞두고 있던 터라 학생들이 쏟아져 나오는 북새통에 그녀를 찾을 수는 없었고, 떠밀리듯 교문으로 나오니 이미 무장한 군인들이 탑승한 장갑차들이 길가에 늘어서 있었다.

버스를 타려고 기다리다 교양과정부의 같은 반 친구 둘을 만났다. 우리는 대학에서 처음 만나서 친구가 되었고 학교 시험공부도 같이 하던 사이였다.

"우석이, 저녁 식사 후에 보이지 않던데 어디 있었지?"

"아, 그냥 바람 좀 쐬었지."

그 친구들도 그녀와 같은 반이라 들키면 곤란하니 얼버무렸다. 내가 알기에도 벌써 우리 반 남학생 중 두세 명이 그녀에게 대시했다가 딱지를 맞았는데 나까지 그런 소문에 휘말리기는 싫었다.

"박정희가 3선 개헌도 성에 차지 않아 또 개헌을 할 참인가?"

"미친놈들! 개헌한다면서 비상계엄은 무슨 소리이며, 대학교는 왜 휴교시키나?"

"그러나저러나, 이거 시험공부 다시 해야 하는 것 아니야?"

친구 둘이 열을 받아서 불만들을 쏟아 놓았다.

우리는 가을부터 원하지 않던 긴 유신 방학을 맞이하게 되었다.

방학 내내 그녀를 그리워했으나 만날 길은 없었다.

박정희 정권이 비상계엄을 통하여 마침내 개헌의 목적을 달성한 이후에서야 개학이 되었고, 우리는 때늦은 기말고사를 치렀다. 나는 미리 공부를 해 두었다고 여겨 방심하다가 영어 과목에서 낙제점을 받아 겨울방학 중에 '윈터 스쿨(winter school)'을 통해서 학점을 채워야 했다.

교재는 투르게네프의 단편 『첫사랑』의 영문판이었다.

『첫사랑』은 사랑의 열병을 앓고 있던 나에게 폐부를 찌르는 듯한 감명을 주었다.

그 후로 나는 그 작품을 오랫동안 소장하며 암송했다.

다시 봄이 되어 2학년. 교정에서 간간이 보이는 그녀는 화장을 시작했는지 더벅머리 점퍼 차림의 나와는 비교할 수 없이 성숙해 보였다.

전공이 다른 탓에 그녀는 매일 마음대로 볼 수 있는 사람도 아니었다. 그녀를 보려면 교정 어디에선가 하염없이 기다려야 할 처지가 되었다.

학교 정문 앞 기원을 아지트로 삼고, 하굣길이면 일찌감치 그곳에 자리 잡기 일쑤였다. 기원은 길옆의 건물 1층에 자리하고 있어서 지나다니는 사람을 잘 볼 수 있었고, 마침 고등학교 동창 어머니가 경영했기에 무시로 출입하기에 좋았다.

'강태공이 바늘 없는 낚시로 세월을 낚았다던가.'

바둑은 건성으로 두니 실력이 늘 리도 없었고 죽어나는 것은 시간이었다.

2학년이 되었으니 법대생인 나도 본격적으로 고시 공부를 해야 할 터였으나, 마음이 잡히지 않으니 도서관에 앉아 있어도 책은 도

통 눈에 들어오지 않았다. 아무튼 끝장을 봐야 할 처지였다.

늦은 봄 어느 날. 집으로 돌아가는 그녀를 뒤따라 버스에 올랐다. 조금 가니 그녀의 옆자리가 비었고, 나는 당연하다는 듯 그녀 옆에 나란히 앉았다.

그래도 공식적으로 교양과정부 동기였고 적어도 인사는 하고 지내는 사이였기에 옆자리에 앉았다고 해서 이상할 것은 없었다.

무슨 내용인지 도통 기억나지 않는 말로 어색한 분위기를 메웠다. 50분쯤 후에 동대신동 정류소에서 그녀가 내렸고 나도 따라 내렸다. 그녀가 획 돌아섰다.

"뒤따라온 겁니까?"

"그렇습니다. 시간이 되면 차라도 한잔하지요?"

"지금 피아노 아르바이트하러 가는 길이라 바쁩니다."

그 말을 남기고는 뒤도 돌아보지 않고 쌀쌀맞게 가버린다.

그야말로 닭 쫓던 개 지붕 쳐다보는 신세가 되고 말았다.

너무나도 예상하지 못했던 사태가 벌어졌고 체면을 내던진 시도는 어이없이 무산되었다.

수치심으로 얼굴이 달아오르고 다리가 후들거렸다.

처음부터 그녀가 마냥 좋기만 했던 것은 아니었다. 오랫동안 머릿속에만 맴돌던 그녀에게 대시할 것을 1학년 가을에야 결심한 것은 그때까지 내 마음이 정해지지 않았기 때문이었다.

당시의 나는 '평생을 함께할 각오가 생기지 않는 여성에게 말을 건네는 것은 부도덕하다.'라는 입장을 지닌 순진무구한 바보였다. 또한, 보기에 그녀의 키가 좀 작았고 그것이 내내 마음에 걸렸던 것이다.

그러나 역설적이게도 완벽하지 못한 그녀를 생각하는 것이 지속되다 못해 습관처럼 변하면서, 오히려 그녀에게 깊이 빠져 버렸다.

그렇다고 내가 마음만 먹는다면 그녀가 나를 받아주리라 생각한 것은 아니었다.

나로 말하면 보통 키에 보통의 생김새였으며, 기라성 같은 명문고 출신의 엘리트 속에서 몇 안 되는 실업계 고교 출신인 점도 핸디캡이라면 핸디캡이었다.

더욱이 중학교 2학년 때의 결투로 앞니 하나가 부러져 대학 1학년 때까지 줄곧 반짝이는 금니를 하고 있었으니 우쭐대고 구애할 처지도 못 되었다.

그녀에게 퇴짜 맞은 날 이후, 오히려 나는 그녀의 모든 점을 좋아하게 되어버렸다. 작아 보이던 키도 전혀 문제가 되지 않았다.

구애 전략을 다시 짰다. 정면 승부를 피하고 유격전을 펼치기로 했다. 숫기가 부족했던 탓일까. 아무튼 "왜 나를 피하느냐?"라고 따지는 따위의 대응은 생리에 맞지 않았고 자존심도 이를 허락하지 않았다.

며칠 뒤 교정에서 마주친 그녀를 보고는 짐짓 아무렇지도 않은

　　　　　　　　　　　가덕도에 뛰어든 사람

양 큰 소리로 이름을 부르며 인사를 했다.

"미향 씨, 반갑습니다!"

"……"

웃는 얼굴로 인사하니 그녀도 그냥 모른 체할 수는 없었던지 반응은 보였다.

만날 때마다 그렇게 응대했다. 그렇게 시간이 흘렀다. 그녀를 보고 싶어도 참아야 했기에 상사념(相思念)은 골수로 퍼진 듯했다.

도서관에서 공부하다 도망치는 날이 잦아지니 친구들에게도 민망했다. 그 무렵, 학교 도서관에서 왕복으로 두어 시간쯤 걸리는 '오륜대'는 나만의 은밀한 도피처가 되어 있었다.

처음에는 죄의식을 가지고 도서관을 빠져 나섰다가 나중에는 '될 대로 돼라.'라는 식으로 마음껏 생각에 잠겼고, 돌아올 때야 겨우 평정을 유지할 수 있었다.

'오륜대'는 해동수원지 일대의 기암절벽으로 당시는 인적이 드물었다. '오륜대'로 가는 길의 한쪽에는 법무부 산하의 소년원이 있었고 반대쪽에는 천주교 순교자 성지가 있어서 묘한 대조를 이루었다.

달빛 교교한 가을날 평탄한 산길을 거닐다 보면 저절로 달콤한 상념에 젖어 들었다. 가슴 벅찬 무한한 희망과 생명의 희열을 느끼면서도 무엇인가 아쉬운 느낌을 지울 수가 없었다.

그런 아쉬움은 소년기부터 느껴 왔던 것이었다. 중학 시절 아버지와 둘이서 종종 수영비행장 부근 강가에서 낚시를 했는데, 그때에도 내 옆에 한 소녀가 있었으면 하는 허전함을 느끼곤 했다.

나는 세상의 모든 일에 흥미를 느꼈고 세상사 모든 문제가 내가 책임져야 할 과제로 여겨졌다. 당시 내 역사관에 주요한 영향을 미쳤던 두 권의 서적은 『삼국지』와 '도쿠가와 이에야스'의 일대기를 그린 『대망』이었으며, 한국의 비참했던 근대사에는 어쩐지 관심이 가지 않았다.

한편, 2학년이 되니 법대생인 우리는 헌법 과목을 배워야 했고 유신헌법을 강의하던 교수님은 곤혹스러워하셨다.

"유신헌법이 민주주의와 법치주의에 부합된다고 보십니까?"

"민주국가 중에서 국회의원 3분의 1을 대통령이 추천하는 헌법을 가진 국가가 있습니까?"

"이것이야말로 총통제이자 인치주의(人治主義)가 아닌가요?"

"반공을 외쳐대면서 정작 우리가 지키는 가치는 무엇입니까?"

학생들의 질문이 연방 쏟아졌다. 2학년 가을부터 이듬해까지 전국적으로 대학가에서는 데모가 일어났고, 부산대에서는 우리 학과가 앞장섰다. 2학년 2학기 중간고사 시간에 돌연 급우 하나가 일어나서 외쳤다.

"지금 이대로 시험만 치고 있을 겁니까?"

그 소리는 바로 우리의 양심을 일깨우는 총성이 되었다.

우리는 서울에서 일어나는 시위 소식을 듣고 있었으므로 대부분이 즉각 동조했다.

"시험 그만두고 밖으로 나가자!"

우르르 운동장에 모여서 운동가를 부르자 다른 학과 학생들도 모여들기 시작했다. 일부는 도서관으로 가서 학생들을 규합해 왔다.

세력을 키워 무지개 문 앞으로 행진하니 어느새 경찰들이 앞을 막고 있었다. 사전계획 없이 우발적으로 벌인 시위다 보니 두어 시간쯤 대치하다 흩어졌다.

3학년 봄 개교기념일 축제 때, 그녀는 자신의 학과에서 주관하는 교내 시화전에 출품도 하면서 참여하고 있었다. 말을 붙이기 좋은 기회인지라 나는 절친 김종건과 함께 그녀에게 다가갔다.

종건은 나와 고교 동창으로 불문과였으나 그때까지는 행정고시 (행시)에 뜻을 두고 있었다. 키가 작은 편이었으나 심지가 굳고 남의 어려움을 그냥 지나치지 못하는 성격이었다. 절친 진석의 고향 집이 위치한 밀양 초동에는 아주 큰 저수지가 있는데, 종건은 대학 시절 어느 겨울날 그곳에 놀러 갔다가 얼음 구덩이에 빠져서 죽어 가던 사람을 구한 적도 있다.

종건은 여형제가 많은 까닭인지 여성과의 대화를 제법 부드럽게 이어갔다.

그곳에서 그녀의 작품 〈밤차〉에 대한 이야기를 핑계 삼아 뭉그적거리다 저녁을 함께하자고 제의하니 신기하게도 따라나서 주었다. 지금은 후문이 된 부산대 무지개 문 앞의 거리에는 분식점이 즐비했고 우리는 단골로 다니던 '학사식당'에 자리 잡았다.

무슨 말들을 했는지 기억나지는 않지만, 내내 황홀한 느낌이었다. 훗날 해동대 부총장이 된 경영학과 학우가 옆자리에서 웃으면서 말을 건넸다.

"I envy you."

"Thank you."

미인과 함께하니 으쓱했다.

그날 저녁. 나는 그녀와 두 번째로 버스에 동석했다. 조금 후 초로의 아주머니 한 분이 짐 보퉁이를 들고 옆에 섰다. 짐을 들어 주려고 보퉁이를 안으니 모양새가 별로 좋지 못하게 되었다. 그녀가 웃으며 말을 건넸다.

"보따리를 들고 있으니 촌사람 같군요."

"원래 촌놈 아닙니까."

"축구선수 차범근을 닮은 것 같다는 느낌이 드는군요."

"얼굴이 긴 편이라 그런 모양이지요?"

"눈매도 날카로워 보여요."

"칭찬으로 알겠습니다."

"우석 씨는 열등감이 없는 것 같아요."

"남들보다 잘났다고 생각하지 않으니 못날 것도 없지요."

'지난번에 퇴짜맞고도 그렇게 달라붙느냐?'는 말인지, 아니면 좋은 소리로 하는 것인지 모르겠지만 확인하지는 않았다.

그 후에 우리는 다방에서 두어 번 만난 적이 있는데, 아마 그날 버스 안에서 애프터를 약속했던 것 같다.

가덕도에 뛰어든 사람

첫 번째 부산대 부근 다방에서의 만남은 기억이 희미하고 두 번째 만남은 제법 또렷하다.

그날 우리는 동래에 내려서 냉면을 함께 먹고, 지금의 동래시장 입구에 있던 어느 다방에서 마주 앉았다. 동래는 절친 종건의 집이 있기에 비교적 지리를 잘 알아 그쪽으로 방향을 잡았던 것이다. 그날 냉면을 난생처음으로 먹었는데 겨자가 매워서 혼이 났다. 뜨거운 물이 좋다고 그녀가 권했다.

- 다방 안.

당시 나는 커피 맛을 몰랐으니 쌍화탕이나 다른 것을 주문했을 것이다. 그녀를 마주한 감회는 새로웠고 많은 것을 얻은 것처럼 기뻤다. 그녀를 바라보던 그 순간이 얼마나 소중하게 느껴졌는지 모른다.

"우석 씨, 왜 눈을 감고 있습니까?"

"미향 씨 얼굴을 오래 기억하려고요."

"……."

"가까이서 보니 정말 미인이시군요."

"과찬이에요."

"미인들은 괴롭지 않나요?"

"무슨 말씀이신지…."

"이를테면 저를 비롯하여 쫓아다니는 사람들이 많을 것 아닙니까?"

"절 놀리시는군요."

"……"

"법대생은 주로 무슨 공부를 합니까?"

"대부분 사법고시나 행정고시 준비를 하지만, 저는 행정고시에 관심을 두고 있지요."

"공부가 힘들지 않나요?"

"마음먹은 대로 잘되지 않는군요."

"여성이 직업을 가지는 것을 어떻게 생각합니까?"

"저는 반대하는 편입니다. 미향 씨는 어떤 편이지요?"

"여자도 만약의 경우를 대비해서 준비는 해야 한다고 봅니다."

"……"

"우스갯소리 하나 할까요. 친구들이 미향 씨하고는 연애만 하라는군요."

"충격적이군요. 우석 씨 생각은요?"

"저야 당연히 그렇게 생각하지 않지요!"

그날, 다음 약속은 잡지 않고 헤어진 것 같다. 한번 헤어지니 만나기도 쉽지 않았다.

'그녀를 간절히 원했으면서 그때는 왜 주기적으로 데이트할 생각을 하지 못했을까?'

'고시 공부한다는 부담감으로 시간을 내기 어려웠던 것일까?'

그해 여름에는 아마 범어사의 어느 암자에서 그녀에 대한 그리움을 억누르고 있었을 것이다.

몇 달의 시간이 또 하염없이 흘렀다. 3학년 2학기 개학 후 어느 날 친구들과 점심을 먹고 도서관과 대학극장 사잇길 숲에 서 있으니 그녀가 친구들과 지나가고 있었다.

"미향 씨, 안녕하세요?"

"거기서 뭐하세요?"

"미향 씨 기다리고 있지요."

그러자 그녀가 혀를 쏙 내밀고 지나갔다.

'일이 잘되어 가는 것일까?'

그즈음 시위는 전국적으로 더욱 격렬해졌다. 박정희 정권은 내가 3학년이 되었던 1974년부터 긴급조치를 발동하기 시작하여 1975년까지 모두 9차례에 걸쳐 긴급조치를 발동했다.

대부분이 유신헌법 반대를 위한 시위의 금지에 초점이 맞춰졌다.

영장 없이 체포할 수 있고 군사재판을 실시하며 위반자는 최고 사형에 처할 수 있도록 하였다.

1974년 봄과 가을에 우리는 긴급조치 발동에도 불구하고 시위를 멈추지 않았다. 이번에는 제법 치밀하게 모의하여 조직적으로 시위대를 구성했다.

그해 봄과 가을에는 남포동까지 진출하여 시위를 벌였다. 당시의 남포동은 '미국문화원'도 있었으므로 그곳이 부산 정치의 일번지나 다름없었다.

가을에는 부산대에서 전례 없는 대규모 시위가 있었는데 법대가 앞장섰다. 우리는 강의실 하나를 점거하여 시위 방식을 논의했고 나는 사회를 보았다.

"이번에는 양동 작전을 구사합시다. 교내에서 먼저 시위를 하면서 세력을 모은 뒤 분산해서 남포동에서 집결하면 어떻겠습니까?"

"옳은 말이요. 그대로 합시다!"

친구 몇 명과 시위 방식을 사전에 의논해 두었으므로 쉽게 결론이 났다.

시위대를 규합하기 위해 도서관으로 갔더니 마침 그녀 조미향과 같은 학과인 국어교육학과의 여학생 학과 대표가 있어서 시위에 동참해 주길 요청했다.

그들은 우리와 달리 헌법을 배우지도 않았지만, 시국의 중대성을 알고 흔쾌히 동참해 주었다. 여학생들도 참여해 주니 분위기가 한층 고조되었다.

먼저 무지개 문 안쪽의 독수리탑 부근에서 시위대를 규합하기 위한 시국성토회를 가졌다.

절친 진석도 분개하여 연단으로 올라가 유신정권을 성토하는 구호를 외쳤고 종근도 시위대에 합류하고 있었다.

무지개 문 앞에 경찰들이 포진하기 시작했다. 우리의 목표는 교정에서 경찰과 대치하는 것이 아니라 시민들과 언론이 주목하는 남포동으로 진출하는 것이었으므로 일부만 대치하고 곧이어 분산 작전을 전개했다. 모두 이구동성으로 외쳤다.

"가자, 남포동으로!"

가덕도에 뛰어든 사람

부산대 남녀 학생 수백 명이 10월 초의 늦은 오후에 속속 남포동 극장가의 광장으로 몰렸다. 우리는 사전에 준비한 유신 정부 성토문을 낭독하고 구호를 외쳤다.

"유신헌법 철폐하라!"

"독재정권 물러나라!"

기습 시위는 일단 성공적이었다. 그러나 어느 틈에 경찰대가 우리를 포위하고 최루탄을 쏘면서 한쪽 방향으로 밀어붙이기 시작했다.

시위대는 당초 광복동 일대에서 규탄대회를 벌이다 대청동 '미국문화원'까지 행진하는 것을 목표로 삼았으나, 경찰들은 반대 방향인 충무동 쪽으로 우리를 몰았다.

자연히 경찰과 우리는 충돌하여 몸싸움을 벌여야 했고 나도 최루탄의 중심부로 들어서게 되었다. 매캐한 최루탄 가스로 정신이 아찔하고 눈도 뜰 수 없었으므로 황급히 인근 상가로 피신했다.

경찰들이 데모 학생들을 연행하기 시작했으며, 함께 출발했던 진석과 종건의 행방은 알 수 없었다. 그날 시위는 그렇게 끝이 났다.

박진석은 뒷날 변호사로서 명성을 날리고 지역사회의 명사가 되었지만, 20대 초반의 그는 무척 촌스러웠다. 게다가 밀양 무슨 파의 16대 종손이라며 예법이나 입신양명을 중시하는 분위기를 풍기니 재미있기도 했다.

듬직한 체구와 선한 얼굴에서 순수한 열정이 엿보였기에 딱히 꼬집을 수는 없으나 아무튼 가까이 다가가고 싶은 매력이 있었다.

마치 특징 없는 바둑의 제왕 이창호처럼 진석은 그런 류의 매력이 있었다.

진석과 내가 상면한 것은 종건의 중개가 있었기 때문이다. 종건과는 2학년이 되어 도서관에서 우연히 만났다. 종건은 같은 경남공고 동기였으나 고교에서 전공이 달라 그때까지 우리는 서로를 알지 못했다. 서로 통성명을 하면서부터 급속하게 가까워졌고, 교양과정부의 같은 반이었던 진석과 고 선배를 소개해 주었다.

진석은 법학과로 사법고시 준비를 하고 있었지만, 유신 정부의 횡포에 분개하여 우리와 같이 시위에 나섰다. 고시 공부를 하는 처지여서 경찰에 연행되었더라면 문제가 커질 수도 있었는데 둘은 무사히 빠져나왔다.

3학년 2학기의 시위로 나와 동급생 몇 명에 대해서는 데모 주동 혐의로 교내 징계가 논의되었다.

이때 학생들에게 유난히 애정이 많았던 지도교수님이 백방으로 노력하신 덕분에 우리는 반성문을 쓰고 '조건부 무기정학'이라는 이상한 처분을 받고 무사히 졸업할 수 있었다.

같은 시위 사건으로 1학년 몇 명은 결국 제적되었고, 그들은 80년대 후반 민주화 시절이 되어서야 비로소 복학이 허용되었다.

유신 시절의 데모는 80년대의 민주화 선언 이후와 달리 감옥에 갈 각오가 없으면 앞장서기 어려웠다.

그 때문에 나는 '역사의 수레바퀴를 굴리는 한 번의 채찍질 역할을 하는 것으로 내 인생이 끝나도 좋다.'라는 각오를 하기도 했다.

가덕도에 뛰어든 사람

대학 3학년까지 나는 학업 외에도 시국 문제나 다양한 분야에 관심을 두고 있었지만, 무엇보다도 큰 관심사는 그녀, 조미향의 마음을 얻는 것이었다.

3학년 2학기 중간고사 기간쯤의 어느 가을날, 나는 우선 조미향에 대하여 가부간에 결판을 내야겠다고 결심했다.

마침 그녀가 도서관에서 친구들 몇몇과 같이 있었다. 막무가내로 그녀들 옆에 앉아서 책을 폈다. 내가 있으니 공부가 되지 않는다고 그녀들 서너 명이 동아대로 가겠다고 했다.

부산대는 장전동, 당시 동아대 캠퍼스는 동대신동으로 그녀의 집 쪽이니 버스로 한 시간 거리인 정반대 방향이다. 물론 나도 따라나섰다.

동아대 도서관에서 다시 그녀들 옆에 앉았다. 그녀들은 곧 헤어지고 2명의 여학생만 남았다. 그녀들 중 다른 한 명 역시 나와 아는 사이였다.

그 여학생은 거제도 출신인 나의 고교동기와 동향인 동시에 나의 그녀와도 친구인지라 각별히 인사하는 사이였다.

"공부 그만하고 이제 차 한잔합시다! 승남 씨는 가주시고요."

아마 그 여학생은 내가 그녀의 친구를 좋아한다는 사실을 몰랐던 것 같다. 아니면 혹시 자신을 만나려고 질척대고 있다고 생각했을지도 모를 일이다.

"사람이 눈치가 있어야지!"

나는 제법 의기양양하게 그렇게 말하면서 그녀와 부근의 다방에 들어섰다.

"미향 씨 마음을 얻을 수 없겠습니까?"

"우석 씨도 좋은 사람이지만, 저는 좋아하는 사람이 있습니다. 그 사람과 맺어지기는 어렵겠지만 어쩔 수 없군요. 우리 친구 하면 어떨까요? 좋은 후배 소개해드릴게요."

"친구는 싫습니다! 내 걱정은 하지 않아도 좋습니다. 참을 수 있습니다."

호기롭게 말했지만, 헛헛한 마음으로 그 다방을 나와서 어디론가 하염없이 걸었다. 가슴이 무너지고 또 무너지는 날이었다.

설상가상으로 3학년 2학기의 시위 사건으로 학내 징계가 논의된 이후 우리 집 관할구역인 부산진 경찰서의 정보담당 형사는 내 소재를 파악하기 시작했다.

부모님과 형들은 나에게 간섭하는 일이 거의 없었는데 시위 문제로 새로운 걱정을 끼치게 되었다.

"앞으로 늦은 시간에 귀가하지 못하게 되면 꼭 연락해다오."

대학 입학 후 아버지께 들은 최초의 당부였다.

이러한 신상 파악은 그 후로도 근 10년 정도나 이어졌고, 경찰과 마주하게 된 어머니도 유신정권을 아주 싫어하셨다.

3학년 2학기 중간고사 기간, 그녀에게 거절을 당한 지 얼마 후에 처음으로 응시한 행정고시 1차 시험에서는 보기 좋게 불합격했다. 데모로 다소 시간을 허비하기도 했지만, 돌아보니 여러 과목에서

가덕도에 뛰어든 사람

준비가 부족했고 특히 영어 성적이 좋지 않았다.

영어는 평소 실력이면 될 것으로 보았으나 훨씬 미치지 못했다.

6개월이면 될 것 같았던 행시가 1차부터 막히니 크나큰 착오가 아닐 수 없었다.

4학년이 되자 전국적으로 시위가 줄어들었다. 박정희 정권이 긴급조치 7, 9호를 통해 일체의 집회와 시위를 금지하는 한편, 위반자는 재판 없이 처벌하도록 하는 초강경 수단을 발동했기 때문이다.

나에게도 입장을 분명히 해야 할 때가 다가왔다. 3학년 2학기의 시위 주동으로 제법 이름이 알려져 있던 차에 절친 종건의 친구인 서강대 학생 하나가 전국적인 연대의 참여를 제의해 왔다.

"박 형, 종건이를 통해서 부산대 시위 활동을 잘 들었습니다. 이제 우리는 운동방식을 달리해야 하며, 박 형 같은 열성적인 사람의 참여가 절대적으로 필요합니다."

"서울의 분위기는 어떻습니까?"

"지난해인 1974년 4월에 있었던 민청학련 사건을 기억하시지요? 유신 정부는 반독재 시위 학생들을 공산주의자로 몰아서 180명을 구속하고 그중 8명을 사형에 처했습니다."

"그 이야기는 신문을 통해서 대략 알고 있습니다."

"그 사건 이후로 서울 지역 대학에서는 반독재 운동을 산발적인 시위 차원으로 할 것이 아니라 조직적인 운동으로 변화시켜야 한다는 움직임이 나타나고 있습니다."

"저에게 어떤 일을 기대합니까?"

"부산대에 운동조직을 만들어 전국적 연대와 함께 행동해 주었으면 합니다."

"생각할 시간을 좀 주시기 바랍니다."

불의로 가득 찬 현실을 외면하는 것이 양심에 찔렸으나, 부모·형제의 기대를 저버리고 운동 대오에 참여할 용기는 나지 않았다. 전국적 연대에 참여한다면 고시 공부는 물론이고 졸업마저 장담하기 어려웠기 때문이다.

그리하여 나는 체재 내에서 세상을 변화시키는 쪽을 선택했다.

유신 정부를 반대하면서 인생을 소진하기보다 실력을 키우기로 했다.

그날 이후 나는 역사적 소용돌이를 외면하고 오직 일신의 문제에만 몰두하게 되었다.

4학년이 되니 마음도 조급해졌다.

대학 시절 내내 나를 괴롭혀 온 인생의 근원적인 의문은 그만 덮으려 했고, 특히 그녀를 잊으려 했다.

그렇지만 공부는 잘 안 되었고, 여전히 도서관을 빠져나가 '오류대'를 거니는 날이 많았다.

그해 여름에 접어들면서 나는 그녀를 잊는 것이 불가능하다는 것을 깨달았다.

잊겠다고 마음을 먹을수록 가슴이 답답해지고 찌르듯이 아파왔다.

가덕도에 뛰어든 사람

그리움을 참다 끝내 병이 되어 버린 것이었다.

나는 살기 위하여 마음을 고쳐먹었다.

'나 스스로 그녀를 포기하지는 않으리라.'

전략을 다시 짰다.

'4학년 가을의 행정고시에 합격하여 그녀에게 청혼하리라.'라고.

그녀의 마음이나 그녀가 좋아한다는 그 사람에게는 신경 쓰지 않기로 했다.

그의 이름은 최대웅.

우리와 같은 교양과정부 동기로 건장한 체격에 남자답게 잘생기고 성격도 호방한 편이어서 실로 남녀를 불문하고 호감을 가질 만한 인물이었다.

그는 문리대 소속으로 나와 전공은 달랐지만, 교양과정부 시절에는 서로 호의적으로 인사를 나누며 지냈다.

2학년 이후에는 그를 자주 보지 못했고, 아마 3학년 무렵에 입대했을 것이다.

3학년 1학기 무렵 우리 학과 급우 중에 최와 가까운 친구로부터 '그녀가 그의 애인'이라는 소리도 들었다.

아마 1학년 때부터 두 사람은 연인 사이가 된 듯하였다.

나도 그 정도의 정보는 가지고 있었으므로 3학년 말에 그녀와 만났을 때 "좋아하는 사람이 있다."라고 했어도 별로 놀라지 않았다. 그 둘의 관계에 대해서는 거의 관심을 두지 않았고 그날도 "좋아하는 상대가 누구냐?"라고 물어보지도 않았다.

나도 최를 개인적으로 좋아했던 편이지만, 그러한 이유로 그녀를 포기할 수는 없었다. 더욱이 3학년 말에 그녀와 만났을 때 그들 두 사람이 맺어지기 어려울 것이라는 암시도 주었기 때문이다.

그녀에게 구혼하기로 마음을 정하니 신통하게도 가슴이 아프지 않았다. 대신 그녀에 대한 그리움과 그녀를 쟁취해야겠다는 투지가 솟아올랐다.

4학년이 된 후 교정에서 가끔 그녀와 마주치기는 해도 목례만 했을 뿐 말을 걸지는 않았다. 그녀가 "따로 좋아하는 사람이 있다."라고 했으므로 구애한다는 인상을 주지 않으려 했던 것이다.

하지만 다시 그녀를 좋아하기로 마음을 바꾸어 먹게 되니 사정이 달라졌다. 그녀와 일정한 관계를 지속할 필요가 생기게 된 것이다.

4학년 2학기 중간고사 무렵, 드디어 나는 그녀에게 다시 말을 건넸고 또 가장 가슴 벅찬 순간도 경험했다.

도서관에 있으니 그녀가 나타난 것이었다.

나는 떨리고 설레는 가슴을 간신히 억누르고 책을 들고 그녀의 옆자리에 앉았다.

싫어하지 않는 듯했다.

"법대생이면 한자 잘 알겠네요. 이것 좀 알려주세요."

아마 교양과목의 한자였던 것 같고 '퇴폐(頹廢)'와 '배치(背馳)'라는 글자였다.

내가 답해 주니 "정말이에요?"라고 의문시했다.

"내 말은 아무것도 믿지 못합니까?"라고 반문했다.

그러나 사실 그날 난 큰 실수를 했다.

'背馳'의 의미는 제대로 알려 주었지만, 음은 '배시'라고 했기 때문이다.

우리는 곧 도서관을 나섰다.

함께 공부하던 절친 박진석이 우리를 지켜보고 있었다.

그는 나와 그녀의 사이를 잘 알고 있었다.

나는 의기양양하게 손을 흔들고 지나갔다.

도서관 복도를 지나면서 그녀를 살펴보니 실로 아름답기 그지없었다.

그날 그녀는 흰색 계열의 바탕에 짙은 청색의 동그란 점 모양의 무늬가 있는 원피스를 입고 있었다.

도서관 문 앞의 계단을 내려오니 달빛이 찬란했다.

1학년이었던 1972년 10월 17일, 유신이 단행되었던 그 밤의 달빛과 흡사했으나 그날에 비하면 나는 크게 성공한 셈이었다.

유신의 그 날, 난 그녀에게 대시해야겠다는 비장한 각오를 하고 있었는데 3년이 지나서는 당당하게 그녀와 나란히 그 도서관의 계단을 밟고 있었으니 말이다.

그날 밤 우리는 부산대 구 도서관에서 무지개 문을 지나 버스 정류소까지 걸었고, 나란히 버스에 앉아 그녀의 집이 있는 동대신동까지 갔다.

함께한 시간은 대략 한 시간쯤이었으리라.

버스에서 내려 조금 지나니 "이제 집 부근이니 돌아가 달라."라고 했다.

그 한 시간 동안 무슨 말을 했는지는 도무지 기억에 없다.

그럼에도 황홀하고 행복했던 그 느낌은 수십 년이 지난 후에도 생생했다.

그러한 행복감도 잠시, 그즈음 발표된 행시 1차 합격자 명단에 내 이름은 없었다.

고시에 합격하여 청혼하고자 했던 구애 전선에도 극심한 차질을 빚게 되었다.

고시야 대학원에 진학하면 또 기회가 있겠지만, 과연 그녀가 졸업 후에도 나를 기다려줄지는 의문이었다.

그날 4학년 중간고사 기간에 만났을 때는 피차 시험 기간이라 애프터를 기약하지는 않았던 것 같다.

한동안 나도 마음을 정하지 못하여 그녀를 적극적으로 찾지 못했다. 나를 기다려 달라고 말하고 싶었으나 이룬 것 없는 빈손으로는 말이 될 수 없었다.

그녀와 서로 좋아한다는 최와 맺어지기 어려우리라는 것도 '마음이 변해서라기보다 동년배인 관계로 결혼을 위한 남자로서의 준비가 되기 어렵다.'라는 점을 암시하였기 때문이다. 따라서 그러한 한계를 벗어날 수 있는 그 무엇이 있어야만 했다.

졸업이 가까워지던 어느 날, 법정대가 있는 본관 4층 복도로 그녀가 두어 명의 친구들과 함께 걸어왔다.

몹시도 그립고 반가운 마음이 들었지만 무심한 척 "안녕하세요?" 라고 말하고 지나쳤다.

그녀들 일행 중 누군가가 그녀에게 질책하는 듯한 소리가 희미하게 귓가를 스쳤다.

"저 사람이 누군데 애가 걸음도 제대로 못 걷나?"

그녀도 나와 같이 아쉬움이 컸던 것일까.

그녀는 사범대생이라 졸업 전에 교생실습을 해야 했다.

그 기간 동안 그녀가 실습하는 학교를 찾아가 격려라도 하고 싶었지만, 변변한 양복 한 벌이 없기도 했고 이래저래 망설이다 시간이 흘렀다.

점점 추워지는 어느 날 밤, 절친 종건의 집에서 진석과 어울렸다. 종건은 아버지를 여윈 장남인 데다 집이 넓었으므로 여러 가지로 마음이 편해 우리는 자주 그의 집에서 모였다.

그날 그녀에 대한 이야기도 나왔다. 친구들 사이에서 그녀 이야기는 재미있는 안줏거리가 된 지 오래였다.

나는 그리움을 참지 못해 전화기를 들었다.

그녀 집 전화번호는 학교 서무실을 통해서 어렵사리 알아 둔 터였다.

다이얼을 43국에 1213으로 돌렸다.

"거기 중국집입니까?"

"우석 씨군요. 어딘가요?"

"미향 씨 집 앞입니다."

"거짓말, 피아노 소리가 들리네요."

"보고 싶어서 전화했어요."

"굿나잇."

졸업이 가까이 다가오매 나는 운명의 문을 다시 두드리기로 했다.

무엇 하나 이룬 것 없는, 그녀를 좋아하는 마음 하나뿐인 나를 받아줄 수 있는지를 묻고자 했다.

대학 노트 한 권을 구해 그동안 그녀에게 가졌던 심경을 송두리째 적어 우송했다.

며칠 후 처음으로 그녀의 집을 찾아갔다.

담장 너머로 동백나무 몇 그루가 힐끗 보이는 아담한 한옥이었다.

문을 두드리니 그녀가 나왔다. 마침 혼자였다.

"용기 좋네요."

"이런 것이 용깁니까?"

"잠깐 기다리세요."

안내하는 방에는 피아노가 있었다.

'아, 지금의 이 심정을 저 피아노로 나타낼 수 있다면!'

피아노를 다룰 줄 모르는 것이 그 순간만큼 한스러운 적이 있었을까.

하릴없이 계명으로 애국가를 두드렸다.

"이것 가져가세요."

내가 보낸 편지 노트를 돌려주었다.

"태워 버리지 않고…"

엉거주춤 편지 노트를 받고 돌아왔다.

노트 뒷장을 보니 반 페이지가량 또박또박 쓴 글씨가 적혀 있었다.

누구의 시인지, 그녀의 생각인지는 모르겠으나 이별과 마무리를 암시하는 글귀였다.

"성급한 사람들은 벌써 쇼윈도에 크리스마스 장식을 꾸미기에 바쁘고…"

노트를 돌려받은 얼마 후 불태웠기에 그녀 답장의 전문은 기억나지 않지만, 문장의 느낌은 아직도 그대로 남아 있다.

며칠 후 우리는 교정에서 다시 마주쳤다.

부산대학은 후문에서 독수리탑을 조금 지나면 구 본관 앞 화단에서 지금의 본관과 대학극장 쪽으로 길이 나뉜다.

그녀가 친구들과 본관 방향으로 걸어가면서 다른 방향으로 가던 나와 시선이 마주쳤는데, 나를 보고는 가만히 미소를 지었다.

그녀와 거리가 떨어진 탓도 있고 편지의 답장도 그러하여 나는 별다른 인사를 하지 않고 지나쳤다.

그녀의 속마음을 짐작할 수 없었기에 다시 한번 만나야겠다고 생각했다.

그녀의 집을 다시 찾아갔다.

이번에는 분위기를 바꿔 절친 종건, 진석과 함께 갔다.

문을 두드리니 부모님도 함께 계셨다. 아버님이 나섰다.

나는 너스레를 떨었다.

"서클 친구들입니다."

"친구는 학교에서 만나지, 집에는 왜 찾아오나?"

그녀로부터 "교편을 잡으셨고 엄하시다."라고 들었는데 과연 단호한 어조로 말씀하셨다. 어머님이 나서서 어색한 분위기를 수습하시고 친구들도 적당히 거들어서 무마했지만, 여지없이 문전박대를 당하고 만 것이다.

그러나 기회는 다시 오기 어려우니 그대로 물러설 수는 없었다. 그녀가 거절하기 어려운 구실을 붙였다.

진석에게 "우석이가 군대 입대하기 전에 보고 싶어 한다."라고 전화해달라 했더니 그녀가 곧장 남포동으로 나와 주었다.

남포동 큰길가의 어느 좁은 다방 안에서 친구 둘과 우리는 자리를 함께했다. 나는 내심 긴장되어 있었고 딱히 무슨 말을 하고 싶은지도 생각나지 않았다. 작별의 인사를 해야 할 것인지, 그녀의 정확한 마음을 다시 한번 확인할 것인지조차 정하지 못한 상태였다.

날은 이미 어두워져 다방에는 조명등이 켜져 있었다.

그날따라 불빛 아래의 그녀는 유난히 예뻤다.

왜일까. 예쁘다는 표현이 바로 나오지 않았다.

"꼭 일본 사람 같군요."

가덕도에 뛰어든 사람

"무슨 말을 그렇게 하나?"

종건과 진석이 이구동성으로 나를 힐책했다.

친구들이 나가자 나는 분위기를 바꾸고 싶었다.

그 다방은 너무 좁아서 옆 사람들에게 우리의 심각할 것 같은 말을 들려주기 싫었기 때문이다.

내심 조금 떨어진 '피닉스호텔' 커피숍이라도 갈 요량으로 "밖으로 나가자."라고 했다.

아뿔싸! 밖에서는 내 의도와 달리 분위기가 엉뚱하게 흘렀다.

밖은 바로 버스 정류장이었고, 그녀가 가로수 옆에 서서 지금껏 보지 못한 단호한 어조로 말했다.

"무슨 사람이 시작도 끝도 없습니까?"

"그런 작품도 있지 않겠습니까?"

"할 말이 뭡니까? 지금 여기서 하세요!"

"나한테 시집올 생각 없습니까?"

"에이, 더러워라! 징그러워라!"

'아, 그래도 그렇게 말하는 그녀의 표정이 도무지 싫지 않았으니 너무나도 큰 착각이었을까?'

버스가 오니 그녀는 화난 듯한 표정으로 올라탔고 나도 옆에 섰다.

그 모든 것은 내가 예상하거나 의도했던 상황과는 너무나 거리가 있었다. 그녀의 추궁하는 듯한 말에 나도 모르게 어긋나는 대답이 튀어나오고야 말았다.

불과 몇 분이라는 시간이 지났을 뿐인데 이제는 말 한마디조차 붙일 수 없는 사이가 되어버렸다. 나도 그녀처럼 굳은 얼굴로 그저 서 있을 수밖에 없었다. 어색하고 불편한 시간이었다.

얼마 후 그녀가 내리더니 총총걸음으로 앞으로 걸어갔다.

나는 어두컴컴한 거리에서 그녀 뒤를 따라 성큼성큼 걸었지만, 차마 그녀의 어깨를 잡을 수는 없었다.

그런 가운데 졸업식을 맞이했다.

부산대 대운동장에 마련된 식장에서 그녀 학과의 대열이 우리와 가까웠다.

나는 곧 그녀 학과 쪽 대열로 다가가 그녀 옆에 섰고, 그렇게 졸업식을 마쳤다.

"축하합니다."

"……."

"나도 축하해 주지 않겠습니까?"

"……."

그녀의 표정은 굳어 있었고 심중을 알 길이 없었다.

나를 두 번째로 거부한 것이라면 그쯤에서 쿨하게 대해 주었으면 좋으련만.

졸업 후 입대를 미루고 고시 공부를 계속하기 위해서 부산대 행정대학원(행대원)에 진학했다.

일반대학원으로 진학하면 조교를 하거나 교수님들과 얽힐 수 있

가덕도에 뛰어든 사람

다고 생각하여 번거로움을 피한 것이다.

사법고시 준비를 하던 진석도 같이 행대원에 진학했다.

대학원 진학 후에도 상념은 그치지 않았다.

하이네의 시 〈눈부시도록 아름다운 5월에〉는 나에게 퍽이나 위안을 주어 암송하고 또 암송하게 되었다.

어쩌면 아직도 그녀와의 기회가 있을 것 같기도 했지만, 한편으로는 또 졸업하자마자 그녀가 결혼해 버릴 것 같은 불안감도 느껴졌다.

무엇보다도 그녀와 제대로 된 작별조차 하지 못한 것이 한스러웠다. 그해 봄날, 군대에서 휴가 나온 절친 차민수에게 그녀에 대한 심경을 얘기하니 자신이 만날 기회를 만들어 보겠다고 했다.

그는 나와 같은 정책학과로 2학년 때부터 우리는 서로의 내면을 이해하는 친구가 되었는데, 3학년 때 입대한 후 휴가 기간에 나를 찾아왔던 것이다.

"연애 경험도 없는 사람이 어떻게 이런 일에 중개를 할 수 있지?"

"중이 제 머리는 못 깎지만, 남의 일에는 개입할 수도 있는 법이거든."

무슨 수를 썼는지 민수의 재주로 그녀를 다시 볼 수 있게 되었다.

그녀의 집에서 멀지 않은 서대신동의 '산정다방'에서 셋이 자리했다.

그녀는 여전히 눈부시도록 화사했다.

"무슨 할 말이 있습니까?"

"얼마나 잘났기에 그리 도도합니까?"

그녀는 기다리지도 않고 말을 뱉었고, 옆에 있던 민수가 대뜸 시비조로 언성을 높였다.

그 순간 나도 모르게 큰 소리가 터져 나왔다.

"그만해! 그리고 미향 씨도 들어가시오!"

나는 무엇보다 그녀가 내 친구에게 모욕을 당하는 것 같아서 참을 수 없어 민수를 제지했다.

이제 그녀와의 관계도 돌이킬 수 없게 되었으며 대화마저 불가능해졌다는 점을 직감했다.

그 원인이 내 주변머리 없는 무능 탓인지, 혹은 그녀의 배려심이 부족한 때문인지 모르겠으나 그 어느 쪽이었더라도 어차피 상관없는 일이있다.

그날 이후로 다시는 그녀를 만날 생각을 하지 않았다.

그렇다고 그녀에게 정이 떨어졌다든가 그녀가 싫어졌다는 것은 아니었다. 관계 개선을 위해 노력하면 할수록 점점 원하지 않는 진흙탕으로 빠질 뿐이라는 점을 깨달았기 때문이다.

회한은 더욱 커졌다.

4년 동안 가장 심혈을 기울였던 인간관계가 어처구니없는 방식으로 끝났기 때문이다.

대학원 1년 동안 수도 없이 지난 대학 생활을 반추해 보았다.

대국적 측면에서 나는 애인이 있는 여자를 가로채려 했으며, 그

가덕도에 뛰어든 사람

수단으로 고시라는 세속적 성취를 생각했던 것이다. 그러한 성취를 하지 못했으므로 당연히 그녀를 포기할 수밖에 없었다. 사랑을 구하려면 새로운 방식으로 새로운 사람을 찾아야 할 것이었다.

그럼에도 지난 시간들을 돌아보면 굽이굽이 흥분되고 아쉬웠던 장면들이 떠올랐다.

'3학년 2학기에 처음 거절당했을 때 왜 나는 좀 더 현명하게 대처하지 못하였을까?'

'그녀가 친구 하자는 것은 어쩌면 새롭게 사귀어 보자는 신호는 아니었을까?'

"두 번째로 집을 방문하고 남포동에서 만났을 때 '시작도 끝도 없느냐?'라는 말은 '제대로 시작도 하지 않지 않았느냐?'라는 원망의 표현은 아니었을까?"

'그렇다면 그녀는 왜 나에게 좀 더 가까이 다가와 주지는 않았던 것일까?'

'그녀도 원하는 것이었다면 분명 이런 결과는 나오지 않았을 것이 아닌가?'

'좋아하는 사람이 있다고 말했으므로 자기 스스로 다가올 수는 없었기 때문인가?'

'아니면 애인이 군대 간 사이에 집적대는 놈과 적당히 놀아준 것이었던가?'

때로는 그녀가 사려 깊지 못했다는 원망도 들었다.

'사랑의 감정은 하나이니 다른 사람을 받아주지 못하는 것은 충분히 이해된다. 그렇지만 적어도 대학 동창으로서 정상적인 인간관계라면 사랑의 짐을 지게 된 사람은 타인에게 최소한의 배려를 해주어야 할 것이 아니던가?'

'좀 더 쿨하게 대해 주었으면 나도 감성이 있는 인간이니 그녀를 지속해서 좋아하지는 않았으리라.'

'어쩌면 그녀도 나에게 고통을 주지 않으려고 충분히 배려해 주었던 것일까?'

아무튼, 3학년 2학기 무렵부터는 만나자면 만나주고 전화하면 응대해 주었으니.

'그녀의 활달하지 않은 성격 탓으로 어른스럽게 쿨한 태도를 취하지 못했던 것일까?'

매번 그녀를 만나면서 느꼈던 것은 확실하게 맺고 끊는 태도를 보이기보다는 치근대면 마지못해서 따라나서는 형국을 취하였으니.

한편으로는 그녀가 나를 동정하거나 쿨하게 대하지 않고 구애하는 남성으로 대해 준 것에 감사했다.

사랑은 실패와 성공이 있으니 결과는 어쩔 수 없는 일이고, 그녀를 좋아하는 나에게 그녀도 장단을 맞추어 줄다리기를 해 주었으니.

비록 그녀의 의도는 다를지라도 나는 그렇게 느꼈으니.

예의 그 남포동에서 "나에게 시집올 생각 없느냐?"라는 내 말에 대한 그녀의 대꾸는 사랑의 실패자인 나를 동정하러 나온 사람의 말이 아니라 사랑의 줄다리기를 하는 사람들에게서나 가당한 표현이라 여겨졌기에.

'그렇다면 내 실패는 두 가지 측면이리라.'

'첫째는 재학 중 고시에 불합격함으로써 국면 반전을 시도할 수 없었던 점.'

'둘째는 연애의 법칙에 충실하지 못하여 그녀의 마음을 사로잡는 노력을 게을리했거나 여성을 리드하는 능력이 부족했던 점.'

그녀의 마음을 얻지 못한 이유를 일단 내 무능으로 결론짓고는 이를 수용하기로 했고 또 나를 위로하고자 했다.

재학 중 고시 합격은 정상적이라기보다 오히려 비정상적인 것일 수 있기에.

그리고 동년배 여성을 리드하는 것 역시 아무에게나 있는 능력은 아니었기에.

그렇지만 지나간 추억은 아프고도 감미로웠다.

상념에 빠지면 몇 시간이나 지난날을 되뇌면서 생생한 감상에 젖어 들었다. 마치 연속극 재방송을 습관처럼 보듯 나만의 드라마에 빠져들었다.

시가 위안이 되었고 모든 유행가의 가사들이 가슴에 와 닿았다.

대학 시절에는 "토요일은 싫어요. 월요일이 좋아요.", "오늘도 젖은 짚단 태우듯 또 하루를 보내고."라는 가사들이 가슴에 다가오더니, 그즈음에는 나훈아의 〈찻집의 고독〉, 차중락의 〈낙엽 따라

가버린 사랑〉, 배호의 〈안개 속으로 가버린 사랑〉 같은 아픈 노
래들이 진한 위스키처럼 위안이 되어 주었다.

　　마치 마약 중독자처럼 생각에 빠지면 추억의 레코드가 자동적으
로 돌아가도록 두뇌 회로에 깊은 흔적이 패인 듯했다.

의혹의 김해신공항

2016년 6월 21일은 내게 잊지 못할 날이 되었다. '가덕신공항'을 위해 그때까지 꼬박 5년 동안 기울였던 내 노력이 물거품으로 돌아갈 수도 있었기 때문이다.

당일 박근혜 정부에서는 외국용역기관인 프랑스 '파리공항공단 엔지니어링(ADPi)'을 통해 '영남권 신공항'에 대한 입지평가 결과를 발표하기로 했다.

부산시는 거리마다 '가덕신공항'이라는 대형 현수막으로 물결쳤고, 밀양을 주장했던 4개 자치단체 역시 마찬가지 상황이었다. 팽팽한 긴장감 속에서 TV를 지켜보던 나는 정말이지 실망을 금치 못했다.

ADPi의 장 마리 슈발리에 수석 엔지니어는 가덕도도, 밀양도 아닌 '김해공항 확장'이 최적이라는 엉뚱한 결과를 발표한 것이다.

가덕도를 주장했던 부산시민들이 가장 분노했을 것이고, 밀양의 지지에 앞장섰던 대구 시민들의 분노도 만만치 않았을 것이다. 이튿날 『부산일보』나 대구 지역 일간지들을 살펴보니 5개 단체장 중에서는 부산시장이 가장 강력하게 반발했다.

"정부가 김해공항 확장 결정을 내린 것은 당장 눈앞에 닥친 지역 갈등을 우선 피하고 보자는 미봉책입니다. 부산시는 안전하고 24시간 운영 가능한 공항, 제2 허브공항으로 가덕신공항을 만들 수 있도록 전력을 다하겠습니다."

대구시장도 반발했으나 수위는 한층 낮았다.

"역사의 수레바퀴를 10년 전으로 돌리는 어처구니없는 결정이며, 이 정부마저 신공항 건설을 백지화한 것은 유감이다."

경북지사는 안타깝고 유감스럽다고 언급했으며 울산과 경남은 유감이지만, 정부의 결정을 수용한다는 입장을 취했다.

정부에서는 영남 지역 주민들의 반발을 무마하기 위하여 안간힘을 썼다.

발표 당일 주무장관인 국토부 장관은 영남 지역 주민들의 양해와 수용을 구하는 담화문을 발표하였다.

"국토부에서는 김해공항 확장안을 단순 확장이 아닌 '김해신공항' 개념으로 인식하고 '영남권 관문 공항'이자 '거점 공항' 역할을 할 수 있도록 추진할 것입니다."

다음 날은 박근혜 대통령이 직접 나서 국토부의 입장을 재확인하였다.

"앞으로 정부는 김해신공항 건설이 국민의 축하 속에서 성공적으로 이뤄지도록 최선을 다할 것입니다. 김해공항 확장은 사실상 동남권 신공항입니다."

대통령까지 이렇게 나서자 영남권의 들끓던 여론이 수그러들면서 "김해신공항은 5개 시·도의 갈등을 잠재운 신의 한 수."라는 평가까지 나타나기 시작했다.

그로부터 일주일이 경과한 2016년 6월 27일, 서병수 부산시장은 "김해신공항을 전향적으로 수용하고, 사퇴는 하지 않겠다."라고 밝혔다. 서 시장은 시장선거에서 가덕도 신공항 추진에 시장직을 걸겠다는 공약을 했기 때문에 거취를 표명해야 했다.

아울러 "김해신공항이 허브공항이나 영남권 관문 공항이라는 목표를 달성하지 못한다면 가덕도 신공항은 다시 추진해야 마땅하다."라며 여운을 남겼다.

서 시장이 김해신공항을 수용했던 것은 시민들 사이에서 "김해공항이 밀양으로 이전하지 않은 것이 그나마 다행이다."라는 분위기가 높아졌기 때문이기도 했다.

밀양이라는 대안에는 김해국제공항과 대구국제공항을 모두 밀양으로 이전하는 방안이 포함되어 있었던 것이다.

부산시장이 '김해신공항'을 수용하자 부산 지역의 분위기도 달라져 갔다. 상공계와 시민단체들도 시장의 방침을 수용하는 쪽으로 방향을 바꾸기 시작했다.

그렇지만 김해신공항에 대한 비판이 아예 사라진 것은 아니었다. 오히려 지역 언론에서는 다음과 같은 새로운 의혹을 제기하기도 했다.

"외국용역기관인 ADPi의 입지평가 기준이 자의적이었으며, 정부에서는 밀양을 결정하려다 부산의 민란을 우려하여 부랴부랴 김해공항 확장안을 제시했다.”

실제로 입지평가 결과가 발표되기 20일쯤 전부터 밀양이 결정될 것이라는 『부산일보』 기사가 실리면서, 부산시에서는 시민단체가 중심이 되어 용역의 불공정을 규탄하기 위한 대규모 시위가 벌어졌고, 자발적으로 1인 시위를 이어가는 시민들도 나타나기 시작했던 것이다.

부산시장이 김해신공항을 수용한 지 열흘쯤 지나 등산모임 겸 사교모임인 '천지회'에서 밀양으로 등산을 하러 갔다.

밀양에는 천지회의 오 회장이 거주하고 있었는데 문안도 할 겸 그쪽으로 가기로 한 것이다.

오 회장은 작고한 현대그룹 정주영 회장을 연상하게 하는 외모를 지녔으며 천지회의 누구보다도 강건했기에 등산에서도 언제나 앞장서서 걸었다.

우리보다 몇 살이 많았고 포용력도 있었으므로 천지회의 종신 회장으로 모시던 사람이었다.

당시로부터 10여 년 전부터 밀양에 자리 잡고 전원주택사업을 벌이고 있었는데, 그즈음 몇 달 동안 등산에 참석하지 못하였으므로 가벼운 산행을 함께하기로 한 것이다.

산행 중에 오 회장이 내게 물었다.

"박 교수, 앞으로 신공항은 어떻게 될 것 같은가?"

오 회장은 내가 신공항에 관심이 많다는 사실을 잘 알고 있었다.

나는 옆에서 걷던 판사 출신 이 변호사에게 먼저 물어보았다.

"이 변은 어떻게 생각하지?"

"재판과 정책 결정은 비슷하다고 생각하는데, 이미 정부에서 결정한 것이니 수용하는 수밖에 없다고 보네."

나는 다시 옆에 있던 언론사 간부를 지낸 친구에게 물어보았다.

"권 국장은 어떻게 생각하시나?"

"가덕도는 공사비도 많이 들고 태풍의 영향도 많이 받을 것이므로 김해신공항으로 확정하는 것이 좋다고 보네. 그리고 이런 문제로 다시 나서기에는 우리 나이도 너무 많고."

두 사람의 발언에 맥이 풀리고 숨이 막히는 답답함을 느꼈지만, 오 회장이 질문을 했으니 내 생각을 말하기로 했다.

"회장님, 김해신공항 결정은 의혹투성이입니다. 제대로 된 공항이 될 수 없는 곳을 억지로 밀어붙이고 있는 꼴이지요. 청와대의 정무라인과 국토부 실무라인이 TK 일색인 데다, 장애물 절취기준도 밀양이나 김해에 유리하도록 고의적으로 국내법 절차를 어겼습니다. 문제가 한두 가지가 아닙니다. 동남권의 백년대계가 걸린 문제이므로 앞으로 진행될 정부 절차의 이행과정에서 반드시 재검토하여 가덕도로 갈 수 있는 방안을 찾아야 할 것입니다."

"박 교수, 그럼 결정을 번복할 가능성은 있다고 보는가?"

"최종적으로 확정되기까지 앞으로 2년 정도가 소요되는 기재부 주관 '예비타당성 조사'와 국토부 주관 '기본계획' 수립과정이 남아 있으니 그런 절차를 밟는 동안 기회를 찾아야 할 것입니다."

내 말이 채 끝나기도 전에 절친 진석이 나섰다.

"이제는 그만해야 해! 우석이도 이쯤에서 포기하는 것이 좋을 것이야."

그날 산행에서 내 편에 선 사람은 아무도 없었다.

절친인 진석마저도.

동남권 신공항은 참여정부에서 공식적으로 검토하기 시작했다. 서의택 부산대 석좌교수를 위시한 부산시의 선각자들은 이미 1990년대 초반부터 새로운 신공항의 필요성을 언급했고, 가덕도를 대안으로 지목하기도 했다.

그러나 2002년 4월 15일 김해공항에 착륙을 시도하던 중국 민항기가 공항에 인접한 돗대산에 충돌하여 129명이 사망하는 사고가 발생하면서 김해공항 이전이 본격적인 관심사로 부상했다.

2003년 1월, 노무현 대통령이 당선자 신분으로 부산을 방문했을 때 부산·경남·울산 지역의 상공인들이 자리를 마련하고 '동남권 신공항' 건설을 건의하자 즉석에서 답변을 주었다.

"저도 필요하다고 봅니다. 적당한 위치를 찾아봅시다."

서울공대 토목과 출신으로 도시 인프라 구축의 달인이었던 안상영 부산시장은 그해 2월 출범한 참여정부에 신공항 건설을 공식적으로 요청했다.

노무현 대통령은 즉각 비서실의 관련 참모들을 모아 회의를 열었다.

"김해공항을 대체하는 부산신공항을 어떻게 생각합니까?"

"각하, 아직까지는 항공 수요도 부족하고 명분도 약합니다."

"그럼 방법이 없다는 것입니까?"

"영남권 5개 시·도지사가 공동으로 요청하도록 하면 어떻겠습니까?"

"좋은 생각이군요."

안 시장은 타이밍을 놓치지 않고 2003년 4월부터 '부산신공항 개발의 타당성 및 입지조사 연구용역'에 착수하도록 했다.

이런 상황에서 부산시 정가는 급변을 겪게 되었다. 신공항 추진을 주도하던 안상영 시장이 2003년 10월 16일 저녁 전격적으로 구속되는 사태가 발생했다.

안 시장은 2000년 4월에 부산의 모 기업 회장으로부터 금품을 받고, 각종 편의를 제공했다는 혐의로 그동안 검찰의 조사를 받아오다 구속된 것이다.

안 시장의 불운은 거기서 끝이 아니었다. 부산구치소에 수감 중이던 안 시장은 추가 혐의로 다시 검찰의 조사를 받게 되자, 억울함을 호소하는 유서를 남기고 2004년 2월 4일, 구치소 내에서 스스로 목을 매어 자살했다.

뒤이어 보기 드문 광경의 보궐선거가 실시되었다. 오거돈 제1부시장은 여당이었던 열린우리당 후보로 출마했고, 대항마로는 허남식 제2부시장이 유력 야당이었던 한나라당 후보로 나섰다. 한나라당이 부산에서 강세였던지라 결과는 허남식 후보의 승리로 끝이 났다.

2004년 6월 보선으로 당선된 허남식 시장 역시 신공항을 최우선 과제로 받아들였다. 정부의 요청에 따라 허 시장은 2005년 부·울·경과 대구·경북을 아우르는 '영남권 5개 시·도지사협의회'를 구성하여 신공항 건설을 촉구하는 공동건의문을 제출했다.

국토부는 「제4차 국토종합계획수정안(2005~2020)」에 동남권 신공항 건설을 추가해 사실상 사업 추진을 확정지었으나, 구체적인 계획단계인 「제3차 공항개발 중장기 종합계획」에서는 이를 누락시키고 장기 검토 과제로 분류하는 이중적인 자세를 보였다.

국토부 관료들이 사실상 대통령의 의도를 무산시킨 처사라 볼수 있었다. 부산시민들은 분개했고 노 대통령도 민망했을 것이다. 부산시가 정부 정책에 직접 반대하는 것은 모양새가 좋지 않았기에 이번에도 상공인들이 나섰다.

2006년 11월에 '영남권 5개 시·도 상공회의소'가 집단으로 국토부의 정책에 반발하는 성명서를 발표하자, 2006년 12월에 들어와 노무현 대통령은 기다렸다는 듯이 국토부에 "적극적으로 검토하라."라는 지시를 내렸다.

국토부가 2007년 3월~11월 기간 용역을 실시해 "남부권에 제2 관문 공항을 건설할 필요성이 있다."라고 인정함으로써 비로소 정부의 공식적인 의제로 확정되었다. 그렇지만 참여정부의 임기가 2008년 2월에 끝나게 됨에 따라 정책의 승계는 불투명하게 되었다.

가덕도에 뛰어든 사람

이명박 대통령은 2007년 대선 때 '동남권 신공항'이라는 명칭을 붙이면서 신공항 건설을 공약으로 제시했고, 취임 이후 용역을 거쳐 2009년 4월 여러 후보지 중에서 부산 가덕도와 밀양 하남 두 곳으로 사실상 압축했다.

신공항 건설이 가시화되자 이제까지 공동보조를 취했던 '영남권 5개 시·도지사'는 자기 지역의 이익을 위해 목소리를 높이기 시작했다.

신공항의 주창자인 부산시로서는 '동남권 신공항' 후보지가 당연히 가덕도가 되어야 한다고 보았고, 다른 지역 역시 협조해 줄 것이라는 믿음에 의심을 가진 적이 없었다. 동남권 신공항은 김해공항의 항공 수요 증가와 위험성에 대처하기 위하여 건설된다고 보았기 때문이다.

그런데 막상 뚜껑을 열고 보니 부산시의 생각이 순진한 발상이었음이 드러났다. 대구·경북에서는 동남권 신공항을 자신들의 지역 문제를 해결할 호기라고 생각하여 행동을 개시했다.

경남이야 밀양이 자신의 행정구역이므로 주장을 할 수도 있겠다 싶었으나, TK가 눈을 부릅뜨고 신공항을 삼키려 한다는 것을 그때까지 부산은 상상도 하지 못한 상태였다.

대구·경북의 태도에 크게 당황한 부산시에서는 제1부시장을 위원장으로 한 긴급 대책 회의를 열었다. 그 자리에는 시의 주요 간부와 외부 전문가들이 참석했다. 원래는 시장도 참관할 예정이었으나 긴급한 행사로 자리하지 못하게 되자 분위기는 자유로웠다.

위원장이 먼저 답답한 심사를 표명했다.

"대구시가 저리 날뛰는 이유가 무엇입니까?"

"위원장님, 대구시도 나름대로 고충이 있다고 봅니다. 'K2비행장'과 부속 대구국제공항의 소음으로 현재 대구시 인구의 10%에 해당하는 24만 명 정도가 고통을 받고 있고, 대구시 도심의 13%가 고도제한에 묶여 정상적인 건축이 불가능한 상태입니다."

"어떻게 하다 그렇게 되었지요?"

"대구시 동구에는 일제강점기부터 '동촌비행장'이라는 군용비행장이 있었습니다. 1958년에 들어와 그 자리에 대한민국 공군의 주력 전투기를 운용하는 'K2비행장'이 건설되었지요. 1961년에는 '부산비행장 대구출장소'란 이름으로 오늘날의 대구국제공항이 군 공항의 부속 공항으로 출발을 보게 되었습니다. 공항 건설 당시는 도시의 외곽이었으나 지금은 공항 주변에 인구가 밀집하게 되었지요."

"대구시는 군 공항만 이전시키면 될 것이 아닙니까?"

"그게 좀 복잡합니다. 대구시의 최우선 숙원사업은 당연히 군 공항 이전이지만, 군 공항 이전에는 해당 지방자치단체가 비용을 부담해야 할 가능성이 높으므로 재원 조달을 위해서는 반드시 민간 공항도 이전할 필요가 있다는 것입니다."

"어렵군요. 좀 더 자세히 말씀해 보시지요."

"예, 위원장님. 현재 군 공항 이전에 대해서는 법률적 근거가 없으나 대구시 국회의원들은 자치단체 부담을 조건으로 하는 특별법을 제정할 움직임을 보이고 있습니다. 이 경우 현재의 'K2비행장'과

　　　　　　　　　　　가덕도에 뛰어든 사람

대구국제공항의 부지를 모두 팔아야 재원 조달이 가능할 것으로 보고 있습니다."

"그렇다면 대구시는 동남권 신공항을 밀양으로 유치해야 군 공항도 이전이 가능한 처지에 놓였군요."

"바로 보셨습니다. 밀양이 되면 대구시는 군 공항도 이전하고 대규모 국제공항을 자신들의 텃밭에 둘 수 있으니 일석이조인 셈입니다. 또 있습니다. 대구시는 공항 부지에 해운대 센텀시티와 같은 새로운 첨단도시를 건설할 구상을 가지고 있으니 그야말로 일석삼조가 아니겠습니까?"

"중앙정부 입장은 어떨 것으로 봅니까?"

"국방부에서는 'K2비행장'의 전투기 소음 때문에 매년 1,000억 원 정도의 배상금을 지출해야 할 처지에 놓였으므로 정부로서도 군사 공항 이전을 마다할 이유가 없을 것입니다. 더구나 지금은 TK 정권 아닙니까?"

"그것참 고약하게 되어 가는군요."

"그렇습니다. 가덕신공항과 밀양신공항은 애초부터 목표가 달라서로 양립할 수 있는 관계가 아닙니다. 우리 부산에서는 '제2 허브공항' 건설에 목표를 두고 있지만, 대구는 허브공항에는 관심이 없다고 보아야 합니다."

"부산시에서는 앞으로 어떻게 대처하는 것이 좋겠습니까?"

"대구시의 양보는 기대할 수 없으니 시민들의 힘을 뭉쳐 여론전을 펼칠 수밖에 없다고 봅니다."

그 대책 회의의 결과는 곧 시장에게 보고되고 부산시의 방침으로 정해졌다.

대구시는 부산시 대책 회의에서 예측한 대로 경북은 물론 경남과 울산시와도 연대하여 사생결단으로 밀양 입지를 주장하였다. 울산시는 공항 입지가 어느 쪽이든지 큰 이해관계가 없을 것으로 보였으나, 단체장이 같은 여당이고 당시는 TK 정권이라 대구시의 입장에 동조하는 듯했다.

부산시도 그제야 위기의식을 느끼고 시민단체들과 연대하여 결사 항전의 자세로 여론전을 펼치기 시작했다.

따라서 이명박 정부에서 부산 가덕도와 밀양 하남을 최종후보지로 선정한 2009년 4월 이후부터 영남 5개 시·도에서는 본격적으로 주민을 동원한 홍보전에 들어갔고 거리마다 신공항 유치를 위한 현수막이 물결치게 되었다.

정종환 국토부 장관은 2009년 8월에 부산상공회의소 소속 기업인들과의 면담에서 "동남권 신공항의 경제성과 필요성을 충분히 공감하므로 지역 분열 양상만 해결된다면 신공항 건설을 늦출 이유가 없다."라고 장담하면서 2010년 상반기에 입지를 발표할 것임을 시사했다.

이 같은 정 장관의 발언에도 불구하고 5개 시·도의 극단적인 갈등에 당황한 정부는 2010년 6월로 예정된 지방선거 이후로 입지 발표를 미뤘다가, 2011년 3월에는 "두 지역 모두 경제성이 없다."라는 이유를 대며 백지화를 선언하였다.

뒤이은 박근혜 정부에서는 '영남권 신공항'이란 명칭으로 신공항을 재추진하였으며, 2016년에는 프랑스의 용역사인 ADPi의 입을 빌어 김해신공항이 최선이라는 결정을 내리기에 이른 것이다.

김해신공항은 런던 '히스로 공항', 파리 '샤를 드골 공항'과 함께 유럽의 3대 허브 공항으로 불리는 터키 '아타튀르크 국제공항'을 벤치마킹한 V자 활주로라는 특징을 지니고 있다.

현재의 김해공항은 군사 공항이므로 2개의 활주로 중 1개를 민간용으로 사용하면서도 군용기 이착륙에 따른 용량 제한을 받아 2018년에 여객처리 실적이 1,700만 명을 넘어서면서 거의 포화상태에 도달했다.

김해신공항이란 기존 2개의 남북방향 활주로에다 북서쪽 김해시 방향으로 활주로 1본을 신설하는 것이다. 신설 활주로는 평소 이륙 전용으로 사용하고 기존 민간용 활주로는 착륙 전용으로 사용할 계획이지만, 여름철에 바람의 방향이 남풍으로 바뀌게 되면 반대로 신설 활주로는 착륙용으로, 기존 활주로는 이륙용으로 바뀌게 된다.

과거 국토부와 부산시가 7차례에 걸친 용역을 통해서 김해공항 확장 방안을 찾는 데 실패했지만, ADPi가 이륙과 착륙을 분리하여 활주로를 운용하는 방식을 찾았다는 점에서 창의적이라는 찬사도 덧붙여졌다.

그렇지만 과연 새로운 발상이 3면이 산지로 둘러싸인 김해공항의 지형적 한계를 극복할 수 있는 대안이 될 수 있는지에 대해서는 의문을 표시하는 사람들이 많았다. 나도 그중의 하나였다.

'김해신공항' 발표 이후 나는 지속해서 가덕신공항을 추진할 수 있는 방안을 찾았다. 그해 12월에 박근혜 대통령이 탄핵당하고, 2017년 5월에 치른 제19대 대선 과정에서 문재인 대통령은 김해신 공항이 관문 공항으로 부적합할 경우 재검토를 할 것임을 시사하는 공약을 했다.

나는 제19대 대선 직후 '김해신공항'에 대한 입장을 명확히 하기 위하여 시민단체 지도자들과 함께 전문가를 초청하여 비공식적인 워크숍을 개최했다. 초청 인사는 얼마 전까지 부산연구원에서 부산시 공항 정책을 주도했던 최 원장이었으며, 내가 사회를 보았다.

주제는 '김해신공항이 문 대통령이 공약한 관문 공항이 될 가능성이 있는가?'에 대한 것이었다.

먼저 김해시 시민단체 대표로 참여한 류 대표가 손을 들고 발언했다.

"새로운 활주로는 김해 시가지를 향하고 있어서 치명적인 소음 문제를 유발하므로 불가하다고 봅니다. 최근 김해시가 자체적으로 실시한 용역 결과에 의하면 김해시민 33,000가구 86,000명이 70웨클(WECPNL) 이상의 소음에 노출될 것으로 나타났습니다."

"최 원장님께서는 이러한 의견을 어떻게 보십니까? 김해시의 의견에 동의할 수 있겠습니까?"

"김해시의 용역에 대해서는 검증이 필요하므로 현재로서는 명확

가덕도에 뛰어든 사람

한 답변을 드리기 어렵습니다. 70웨클이면 휴대폰으로 통화가 어려운 정도의 소음이므로 반드시 대책이 필요합니다. 만약 김해시 예측의 1/3 수준인 10,000세대 정도가 70웨클 이상에 노출된다 해도 공항 건설은 불가능하다고 보아야 할 것입니다."

"최 원장님. 소음은 향후 검증을 해 보면 될 것이지만, 그 정도 소음이면 24시간 운항도 불가한 것이겠지요?"

"국토부에서는 현재 김해공항 주변에 5,086가구가 70웨클 이상의 소음에 노출되고 있는 것으로 파악하고 있습니다. 그 정도의 소음에도 김해공항에는 오후 11시부터 다음 날 오전 6시까지 7시간 야간 운항이 금지되고 있습니다. 김해신공항을 건설한다면 보다 많은 소음피해가 예상되므로 야간 운항 금지 시간(커퓨 타임)을 7시간 이하로 축소시킬 수 있는 가능성은 '제로'라고 보아야 할 것입니다. 커퓨 타임의 축소를 위해서는 인근 주민들의 동의가 필요한데 김해 시민들이 협조할 리가 만무하기 때문이지요."

"최 원장님 의견에 의하면 24시간 운항은 불가한 것이 확실한 것 같고, 소음은 지금보다 늘어날 것으로 예상되는군요. 여기에 다른 의견이 있습니까?"

"……."

"김해신공항에는 예비타당성 조사에서도 안전성 문제가 지적되었습니다. 어떻게 보십니까?"

"국내의 「공항시설법」에 의하면 김해신공항이 정상적인 안전성을 갖추기 위해서는 3개의 산봉우리를 절취해야 합니다. 이 비용만

해도 2조 1천억 원 규모인데, 국토부 계획에서는 이러한 비용이 누락되어 있지요."

"왜 이런 문제점이 발생했다고 봅니까?"

"국토부가 의도적으로 법규를 지키지 않았기 때문입니다. 활주로 진입 표면의 장애물을 제거하는 기준으로 적용되는 「공항시설법」을 적용하지 않고, 기본계획 이후 실시설계 단계에서나 검토되는 '비행 절차 기준'을 적용하여 안전등급을 낮추어 버렸기 때문이지요."

"국내에 그런 사례가 있었습니까?"

"전혀 없었습니다. 국토부에서는 김해 쪽 방향의 장애물 절취가 불필요하다고 주장하지만, 인천공항이나 무안공항 등에 적용된 안전성 기준을 적용한다면 당연히 제거되어야 하는 것이지요."

"오늘 중요한 사실이 발견되었군요. 감사합니다. 여기에 대하여 다른 의견이 있습니까? 의견이 없으면 다음으로는 활주로 길이를 살펴보겠습니다. 지금까지의 국토부 구상은 3,200m인데, 현재 부산시는 이를 3,500m 수준으로 늘이고자 하고 있습니다. 최 원장님. 이게 가능할까요?"

"불가능하지요. 신설 활주로 앞에 서낙동강이 놓여 있어 3,200m에서 단 10m도 연장하기 어려울 것입니다."

"부산시는 왜 3,500m 수준으로 늘일 수 있다고 생각할까요?"

"부산시의 희망 사항일 뿐이지요. 아니면 시민들의 반발을 우선 줄이기 위하여 기망하고 있을지도 모르겠군요."

가덕도에 뛰어든 사람

"3,200m가 되면 관문 공항에는 어떤 문제가 생기지요?"

"대형화물전용기의 이착륙은 아예 불가능하고, 뉴욕이나 런던행 대형항공기의 이착륙에도 지장을 주게 됩니다. 따라서 중량 제한 등으로 항공사의 수익에 악영향을 미치게 되고 인천공항 재난 시 대체도 불가능하게 될 것입니다. 관문 공항으로서의 기능이 떨어지게 되는 것이지요."

"여객수송 용량도 큰 문제로 지적되고 있는데요. 국토부에서는 2056년 김해신공항 수요를 2,925만 명으로 추정하고 있는데 여기에는 어떤 문제가 있을까요?"

"김해신공항은 2016년 지정 당시 연간 3,800만 명의 여객수요를 충족할 수 있다고 보았으나, 신설 활주로가 V자형 이륙 전용 활주로 방식으로 건설되므로 3,000만 명 이상의 처리는 어렵다고 봅니다. 지형적 여건상 더 이상의 활주로 건설도 불가능하지요. 따라서 예비타당성 조사에서부터 김해신공항에는 원천적으로 수요가 3,000만 명에 미치지 못한다고 주장하고 있습니다."

"그럼 이대로 건설될 경우 어떤 현상이 발생할까요?"

"김해공항의 실제 수요는 항상 정부예측보다 빠른 속도로 증가해 왔습니다. 이대로 건설된다면 조만간 포화상태가 되겠지만, 확장도 불가하니 예산의 낭비가 되는 셈입니다. 이것이 김해신공항의 가장 큰 문제라고 할 수 있지요."

"최 원장님. 대단히 감사합니다. 요약해 보겠습니다. 김해신공항은 3,200m 활주로에 7시간 이상 운항이 정지되며, 안전등급이 낮은 동시에 개항 후 곧장 포화상태에 도달하는 아주 비효율적인 공항이 되겠군요."

* * *

공항에 대한 기억은 중학교 시절로 거슬러 올라간다. 그 시절 어느 여름에 나와 작은형, 바로 밑의 동생은 수영해수욕장에 놀러갔다가 옆에 있던 수영비행장에 눈길이 갔다.

드넓은 공항에 비행기가 착륙하는 모습이 그렇게 좋을 수가 없었다. 우리 형제들은 활주로로 들어가 팔을 펴고 정신없이 비행하는 흉내를 냈다.

저만치 비행기가 날아오기에 황급히 활주로 밖으로 비켜서니 착륙하면서 바람을 거세게도 일으켰다.

조금 있으니 백차 하나가 사이렌 소리를 내면서 나타나 우리를 태웠다. 우리는 비행장 관리실로 끌려갔다.

"야, 이 새끼들아! 느그 죽는 것은 아무렇지도 않지만, 비행깃값이 얼마인지 알아?"

우리 삼 형제는 단단히 혼이 났고 나보다 4살 위인 작은 형은 손찌검까지 당했다.

그 와중에 나는 '비행깃값 정도는 되는 사람이 되어야겠다.'라고 다짐했다.

'수영비행장'은 그 후 1976년에 현재의 김해국제공항으로 이전되

가덕도에 뛰어든 사람

었다.

　나는 고교 시절에 서울공대 항공공학과 진학을 희망했고 이를
통해 미국 NASA에서 우주 개척을 하겠노라는 야심 찬 목표를 세
웠다.

　우주 개척을 염두에 둔 것은 모든 가난의 원인이 자원 부족에
있다고 보았으며, 가난에 주목한 것은 초등학교 시절에 점심 먹을
기약도 없이 아침을 굶고 등교한 적이 한두 번이 아니었기 때문인
지도 모른다.

　공무원이셨던 아버지와 부농 집안인 어머니 슬하에서 행복한 유
년 시절을 보냈으나, 초등 4학년부터 가세가 기울더니 5~6학년쯤
부터 중학교 과정까지는 절대 빈곤의 나날이었다. 그 시기의 간절
한 소망은 오직 세끼 밥을 먹는 것이었다.

　『춘향전』에서 이몽룡이 급제 후 거지꼴로 춘향의 모친을 찾으면
서 "양반이 그릇되매 형언할 수 없다."라고 했던가.

　공무원으로서, 선비로서 반생을 보낸 아버지께서 공직을 떠난
이후의 우리 집이 바로 그 꼴이었다.

　김해에서 초등학교를 졸업하고, 부산에 있던 당시의 명문 제2 상
업학교에 불합격한 아버지는 수치심으로 중학교 과정부터 동경 유
학길에 나섰다. 일본이 승승장구하던 시절에 만주를 다스리는 성
장(省長)쯤으로 출세의 목표를 세운 아버지는 동양대학 척식학과로
진학하였으나, 일본이 태평양전쟁을 일으키기 직전에 대학을 중퇴

하고 귀국했다.

해방 직전 김해로 돌아와 공직을 시작하신 아버지는 학벌이 좋고 약간의 전답도 있었기에 자신감 넘치는 공무원이었다. 자유당 정권이 붕괴하고 민주당 정권이 들어서서 읍장을 선거로 뽑게 되자 마음이 내키지 않아 사표를 냈다.

한때 논농사를 위해서 머슴을 둔 적도 있지만, 부산 영도에서 주물 공장을 하는 조카딸이 "농사보다 이자놀이가 좋다."라고 하는 말에 혹해서 아버지는 어머니 몰래 논을 팔아 조카딸에게 빌려주었는데 이자는커녕 원금마저 홀랑 떼여 버렸다.

어머니는 "밭만 남겨주면 살아갈 수 있겠다." 했는데 그것마저 온전하시 못했다.

어머니는 여성으로서는 체격이 좋은 편이었고, 성격은 온순하면서도 꿋꿋한 편이었으나 그때까지는 매사에 순종적인 주부였다.

그즈음 아버지는 화병을 얻었고 화투에 미쳐 있었다.

우리는 딸기밭을 일구기 위하여 딸기 모종을 심었으나 수확하기도 전에 노름빚으로 넘어갔다.

그 후 부모님이 부산으로 떠나기 전까지 일 년여간은 아이러니하게도 우리는 아버지의 노름으로 생계를 꾸려 갔다. 아버지께서 돈을 따면 먹고 잃으면 굶는 나날을 보냈다.

큰형은 중학교를 졸업하자마자 일자리를 찾아서 부산으로 떠났고, 큰형과 연년생인 작은형 역시 중학교 과정을 채 마치기도 전에 생활전선에 뛰어들었다.

김해에서 초등학교에 다녔던 나는 존경하던 담임선생님이 개성 중 출신이라 서면에 있던 개성을 가장 좋은 학교로 알았고, 거기에 지원했다 떨어졌다.

2차로는 동아중학에 합격했으나 입학금을 마련할 수 없었다.

그런 와중에 우연히 연산동의 어느 전봇대에 붙은 '연산자선학 원'의 모집 벽보를 보게 되어 중학 과정을 시작했다.

중학교에 들어가 나는 새로운 단짝과 친구들을 만나서 즐겁고 도 행복한 시간을 보냈으나, 초등학교 단짝 김상조를 잊지 못했다.

그는 나보다 키가 한 뼘이나 컸지만 성격은 유순한 편이었는데, 어쩐 일인지 우리는 궁합이 잘 맞아 단짝이 되었다.

삼성초등학교는 남녀가 각각 한 반씩밖에 없었으므로 우리는 6 년간 한 반이 되었다. 중년에 들어오면서부터 남녀가 합쳐서 동기 회를 하고 있지만, 우리 둘의 특별한 우정은 지금까지도 동기들 입 에 오르내릴 정도이다.

고등학교에 입학한 직후의 일이다. 상조도 부산에서 이름난 5년 제 부산공전에 입학한 후 부전동에 있던 우리 집을 찾아왔다. 3년 만에 만났으므로 우리는 밀린 이야기를 나누기에 정신이 없었다.

"우석이, 김해에서 살던 사람이 어떻게 연산동에서 살게 되었나?"

"이야기하자면 길어. 김해에서 우리 집이 망한 후에 부모님이 부산 역 인근의 판자촌에 있는 친척 집에 잠깐 세 들어 산 적이 있었지."

"그런 일이 있었군."

"그곳은 바다를 매립한 매축지였는데 6·25 피난민들이 모여 살면서 점점 마을이 커졌다고 하더군. 시내 한복판에 커다란 판자촌이 있었으니 보기에도 안 좋았겠지. 부산시에서는 판자촌을 철거하려고 망미동에 인접한 연산동에 택지를 주는 조건으로 주민들을 이주시켰다고 하네. 그 바람에 우리도 철거민들을 따라 연산동에서 땅을 얻었지."

"그 집에는 지난번에 나도 한 번 갔지."

"맞아, 초등학교 졸업 무렵에 같이 갔지. 그때 우리가 구포까지 걸어가서 다시 버스를 두 번이나 갈아타고 가느라 생고생을 했지. 그때 집도 겨우 지어졌어."

"부모님이 부산에는 언제 오셨지?"

"내가 초등학교 5학년 무렵에 부산으로 오신 것 같아. 나와 바로 밑의 남동생은 초등학교를 마치지 않아 할머니와 김해 집에 남게 되었는데 그 덕분에 나는 한동안 가장 역할을 하기도 했지."

"가장 역할을 하다니, 그게 무슨 소리야?"

"주로 부산에 가서 돈을 얻어서 일용품을 구입하는 것이었어. 아버지가 하시던 자갈돌 채취 사업이 여의치 않아 어머니가 채소 행상을 하기도 했는데 돈을 구하지 못할 때는 며칠씩 돌아오지 못할 때도 있었지."

"그래서 가끔 결석도 한 모양이네. 나는 그런 사정이 있는 줄은 정말 몰랐어."

가덕도에 뛰어든 사람

"그런 생활을 일 년쯤 하다가 6학년 2학기 무렵에는 혼자 김해 큰아버지 댁에 남고 가족들은 모두 부산으로 떠났지."

"중학교는 어디서 다녔나?"

"초등학교를 졸업하고 바로 부산으로 왔는데, 마침 연산동에 무료 수업을 하는 학교가 있는 것을 알게 된 거지."

내가 다닌 중학교는 가톨릭 재단에서 운영하던 자선 학교였다. 남녀 공학으로 학년마다 한 반만 편성되어 있었는데, 수업료는 물론 없었고 점심으로는 빵이 공짜로 제공되었다. 교사들은 대부분 아르바이트 대학생들이었다.

지금 생각해보면 그 학교는 1960년대 중반에 연산동으로 이주했던 철거민 자녀들을 위한 목적으로 설립되었던 것 같다.

우리 학교는 정식 인가를 받지 못했으므로 진학을 위해서는 검정고시를 쳐야 했다.

함께 응시한 급우들은 모두 불합격했고 나도 떨어졌다. 생애 두 번째의 불합격으로 원인은 음악 과목의 과락인 듯했다.

마침 같이 공부하던 학생 중에서 2학년 무렵에 다른 학교로 편입한 친구가 있어, 그 학교 담임선생님을 찾았다.

그렇게 하여 졸업을 2개월 앞둔 우리 남학생 8명은 '북부산중학교' 야간반에 편입학하였다.

당시 부산에서 남자 학교로는 경남중학과 부산중학이 최고 명문이었고 다음으로 개성, 대신, 동래, 동아가 있었다.

'북부산중학교'는 후에 평준화되면서 '서면중학교'로 개명했다. 부산중학에서 '북' 자만 붙었을 뿐인데 학교 수준은 극과 극이었다.

고등학교는 공고를 지원했다. 공대에 가려면 공고에 진학하는 것이 좋겠다고 생각했기 때문이다. 연산중학 시절 물리 선생님이 경남공고를 거쳐 성균관대학에 갔다는데 아마 그분의 영향을 크게 받았던 것 같다.

그러나 대학에 갈 생각을 했으면서 공고로 진학했던 것은 스스로도 미스터리이다.

'집안 형편이 좋지 않아 실업계를 택했던 것일까?'

고입원서를 들고 우리의 편입을 주선하신 담임선생님을 찾았을 때의 일이다.

"우리 고등학교로 진학하라고 편입시켰지 않았느냐?"

"인문계를 간다면 당연히 그리해야겠지요."

고등학교에 입학하면서부터 비로소 나는 빈곤에서 벗어나 공부할 수 있었다.

중학교를 마치자마자 사회에 진출한 큰형이 약관 20세에 사업체를 만들었기 때문이다. 큰형은 중학교 졸업 직후 3년 만에 당대 제일의 부산 부평동 시장 공장에서 최고의 어묵 기술을 배운 후 창업을 결심했다. 부평동 시장은 오늘날의 국제시장과 인접한 곳으로 당시에는 이름난 어묵 공장들이 여럿 있었다.

아버지는 철거민 대열에 참여하여 얻은 최후의 자산인 연산동

15평짜리 집을 팔아 사업에 투자했다.

창업은 큰형이 했으나 행정에 밝은 아버지가 사장이 되었고, 어머니는 판매를 맡았다.

학생이었던 나와 동생들은 틈틈이 공장 일을 도왔다.

작은형은 다른 일을 했기에 집안일은 돌보지 않았다.

처음에는 연산 3동 골목 시장의 조그만 가설 건물에서 공장을 시작하였으나, 1년이 채 지나지 않아 부전시장 쪽으로 옮겼다. 그렇게 나의 고교생활과 대학 생활도 부전동을 무대로 펼쳐지게 되었다.

고등학교 2학년 무렵부터는 큰형과 작은형이 모두 입대하여 내가 본격적으로 공장 일을 돕게 되었다.

당시는 어묵 제조 기계가 없었기에 대부분의 공정을 손으로 했고 상당한 기술이 필요했다. 나는 손재주가 좋았던 편이라 곧 숙련되었고 기술자가 없을 경우에는 대신 투입되기도 했다.

노동의 강도는 높아서 새벽부터 밤늦게까지 이어지기 일쑤였다.

나는 아주 건강한 편이었으므로 매사를 즐겁게 받아들였고 노동이 고되어도 결코 의욕이 꺾이지는 않았다.

고3 어느 봄날에는 학교에서 수업하는데 아버지가 "공장이 바쁘다."라며 부르러 오셨고, 어느 날은 공장 일을 마치고 가니 학교 수업이 끝나기도 했다.

그러나 대학 입시를 1개월 앞두고는 가족들에게 모질게 선언했다.

"내일부터는 집에 불이 나도 나는 모른다."

중학 시절부터 줄곧 우주공학에 관심을 두었기에 서울대 항공공학과를 목표로 삼았는데, 고교 3학년이 되니 돌연 서울대학의 입시요강이 바뀌었다.

이전의 서울대는 8개 과목으로 본고사를 보면서 제2외국어를 요구했으나, 공고 출신에게는 제2외국어 대신 공업을 선택하도록 허용하고 있었다. 그런데 3학년이 되니 서울대에서 모두 제2외국어를 치르도록 요강을 바꾸어 버렸고 이를 공부하지 않은 나로서는 낭패가 아닐 수 없었다.

지금도 교육 정책이 오락가락하지만, 아무리 공고 출신의 서울대 지원자 수가 적다고 하더라도 1년의 유예 기간도 두지 않고 3학년 초에 갑자기 바꾸는 것은 납득하기 어려운 처사였다.

1971년도 봄부터 그해 여름까지 서면 인근에 있는 '범일학원'의 야간 단과반에서 독일어 공부를 해 보았지만, 절대적으로 시간이 부족했다. 재수를 각오하지 않고 서울대에 지원하기는 어렵다는 결론에 도달했다.

목표를 잃고 방황하니 모의고사 성적은 쭉쭉 내려갔다.

생각 끝에 발상을 전환하게 되었다.

'지구의 문제는 지구에서 해결하자!'

'법대로 가서 고시 공부를 하자!'

한때 우주 개척을 통하여 지구의 빈곤을 해결하고자 했으나, 고3 여름이 지날 무렵에는 국가기관에서 일하면서 빈곤 문제를 해결해야겠다는 생각에 이르게 된 것이다.

가덕도에 뛰어든 사람

이듬해 나는 부산대 법대로 진학했고 행정고시를 발판으로 대통령 비서실장이나 장관이 되었으면 좋겠다는 포부를 지니게 되었다.

대학 2학년이 되니 형님들이 속속 제대하여 비로소 나는 집안 문제나 경제적 문제에서 완전히 벗어났다. 형님들은 사업을 일으키고 나는 공부하여 집안을 일으키자는 암묵적인 약속도 이루어졌다.

이제 공부하는 데 아무런 장애가 없으니 행정고시는 어렵지 않을 것 같았다.

지나온 과거를 생각하면 그다지 큰 도전이 아닐 것이라는 자만심도 들었다.

'행정고시는 마음만 먹으면 6개월 만에 끝낼 수 있다.'

턱도 없는 계산이었지만, 마음을 가다듬는 것 자체가 더욱 문제였다.

2학년이 되면서 막상 공부를 시작해 보니 생각지도 못한 복병들이 속속 나타났다. 우선 그녀, 조미향이 뇌리에서 떠나지 않으니 마음을 잡기 어려웠다.

집안의 기대를 한 몸에 받고 있는 자로서 연애 감정에 빠진다는 사실 자체도 용납하기 어려웠다.

게다가 헌법 과목을 공부하면서 유신독재의 문제점을 알게 되니 사회문제도 외면할 수 없었다.

더욱 큰 문제는 고교 시절 내내 억눌러 왔던 인간의 근본적인 의문이 고개를 쳐든 것이다.

'산다는 것은 무엇인가?'

'어떻게 사는 것이 행복한 삶인가?'

'나는 누구인가?'

'우주는 어떻게 시작되었는가?'

'신은 과연 존재하는가?'

책을 뒤졌으나 이러한 의문에 대한 답은 없었고, 그것을 안다고 말하는 사람 또한 없었다. 대부분의 사람은 그러한 주제에는 관심조차 두지 않고 잘 살아가는 듯했다.

그러나 나는 진리를 모른 채 살아간다는 사실을 견딜 수 없었다.

방황의 깊이는 더해 갔다.

교양과정부에서 배운 철학개론을 다시 들여다보고 불경도 이것저것 뒤져보았다.

거기에는 문제만 있을 뿐, 답은 없었다.

만나는 사람마다 물었다.

"주로 어떤 생각을 하십니까?"

"별로 생각하지 않는데요."

그 시기에 나는 새로운 절친 차민수를 만났다.

종건과 진석은 2학년 때부터 도서관에서 공부를 함께하던 사이였고, 우리는 가끔 하숙집에서 공부하던 고 선배와 휴식 겸 술자리를 같이했다. 우리 네 명은 그때 고시 공부를 하고 있었으므로 대화의 주제도 공부에서 그다지 멀리 나가지는 못했다.

가덕도에 뛰어든 사람

그러나 민수의 관심사는 아주 달랐다. 그는 나와 같은 학과 동기로 2학년 전공 수업을 같이 들으면서 알게 되었는데, 균형 잡힌 큰 키에 용모도 준수하여 첫인상부터 무척 마음에 들었다.

그는 명문 경남고교에서 전교 10위를 다투던 수재였으나, 3학년 때 늑막염을 앓아 1년 늦게 졸업함으로써 진석과 동급생이 되었다.

처음 만났을 때 그의 관심사는 천지 만물이었으며 나보다는 지적으로 성숙해 보였다. 나는 고시 공부하던 친구들에게 말할 수 없었던 내면적 고민을 털어놓을 수 있었는데 그는 그러한 문제들을 매우 진지하게 받아들여 주었다.

우리는 철학이나 종교를 주제로 급속하게 가까워졌고, 나는 그를 통하여 갈급한 내면적 욕구를 약간이나마 충족할 수 있었지만, 그의 내면세계를 모두 이해하기는 어려웠다.

"민수. 신은 도대체 있는 것일까, 없는 것일까?"

"그 어려운 문제를 내가 어떻게 대답하겠나. 내 생각에 신이 있다고 생각하는 사람은 그렇게 믿을 것이고, 없다는 사람은 또 그렇게 믿고 살아갈 것이라고 보네."

"그런 황당한 말이 어디 있나? 있다면 있는 것이고, 없다면 없는 것이지, 사람마다 다르다면 그게 정답이 될 수 있단 말인가?"

"우석이가 좋은 말을 했는데, '정답이 없다.'라는 말이 어쩌면 정답일지도 모르겠어."

"점점 더 모를 소리를 하는군."

"생명체 출현 이전에도 우주가 존재한 것은 과학적으로도 증명이 되니, 우리가 스스로 우주를 창조한 것은 아님이 자명하지 않나?"

"물론이지."

"우리를 비롯한 생명의 출현에 대해서는 창조론과 진화론으로 나뉘지만, 진화의 시발점이 신의 의도적인 창조인지, 혹은 자연법칙에 의한 스스로의 탄생인지에 대해서도 논란이 되고 있지."

"그렇지. 그 점은 동의하네."

"자연법칙에 의한 스스로의 탄생은 불교나 유교 혹은 조선의 성리학과도 일맥상통한다고 보네."

"그 점도 동의하네."

"우석이, 신이 창조했다 하더라도 인간의 일거수일투족에 관심을 가지고 천국과 지옥을 준비한 인격적인 신이 있는가 하면 자연법칙이라고 할 정도로 인간의 개인적인 화복에는 관심이 없는 신도 있겠지?"

"그 점도 동의하네. 전형적인 인격 신은 기독교와 유대교, 이슬람교에서 나타나는 신인 것 같고, 자연법칙과도 같은 신은 동양 사상의 일부가 아닐까도 생각되네. 우리가 종종 조물주라는 말도 하니까. 힌두교는 하도 복잡해서 말하기는 어렵지만, 어쩌면 두 가지의 속성을 다 가진 것도 같고…."

"그러면 먼저 인격 신의 존재에 대해서 논의해 볼까? 기독교에서는 여호와가 천지를 창조했다고 하는데, 동의하는가?"

"기독교를 못 믿는데 그걸 어떻게 인정하겠나?"

"기독교에 목숨을 걸고 순교해 온 사람들과 지금도 여호와를 체험한다는 사람들을 어떻게 보아야 할까? 그 사람들이 틀렸다는 것을 과연 어떤 방식으로 설득할 수 있을까?"

"……"

"불교도 마찬가지이지. 색즉시공과 공즉시색을 어떻게 논리적으로 설명할 수 있을까? 결국 개인적인 체험의 문제로 귀결되니 현재로서는 각자의 선택이라 볼 수밖에 없다는 것이지."

"그럼, 진리의 모순성이 발생하지 않는가?"

"개별적 체험을 하게 된다면 공통점을 찾을 수도 있겠고, 궁극적으로는 하나의 진리에 도달할 수도 있다고 보네. 결국, 단기간에 해결되지 않고 꾸준한 노력이 필요하다는 이야기이지!"

"……"

민수의 마지막 대답에서 나는 할 말을 잊었다. 그러다 화제를 바꾸어 조미향에 대한 심경도 털어놓았다.

"짝사랑을 하게 되었으니 어쩌면 내 인생도 조연으로 끝날 것 같다는 생각이 들어."

"우석이, 무슨 소리야! 사람은 무슨 짓을 하든 저마다 자기 인생의 주인공이야. 너는 내가 본 사람 중에서 가장 열정이 있고 용감한 사람이야!"

민수의 그 말은 내게 큰 힘이 되었다. 그날 이후로는 짝사랑을 하더라도 부끄러운 일은 아니라는 생각을 가지게 되었다.

3학년이 되면서 민수는 휴학하여 군에 입대했고, 나는 고시 공부를 계속했다. 인생의 문제도 더 이상 거론하지 않으려 했다.

하지만 그럴수록 더욱더 깊이 빨려들었다.

사회과학의 모든 내용, 고시과목의 모든 내용은 인간의 본성과 가치를 주제로 하고 있었으므로 책만 보면 저절로 눈을 감고 생각하는 버릇이 들어버렸다. 책의 진도가 도무지 나가지 않았다.

후에 생각해보니 도서관보다 산사 독방에서의 공부는 더욱 위험했다.

생각에 빠지면 밤낮이 없었고 잠도 오지 않았다. 잠이라도 자려면 몇 시간이나 운동하여 몸을 지치게 해야 했다.

대학 시절의 공부 장소는 주로 집 밖이었다.

집은 시장 건물의 공장에 딸린 방 1개와 다락방 2칸이 전부였으므로 공부하기가 힘들었다. 그 때문에 대학 2학년 1학기에는 부산대 교정에 있는 법정대 고시반에서 거주했고 식사는 인근 하숙촌을 이용했다. 그 후 방학이면 주로 범어사에 딸린 암자에서 공부했고, 때로는 부산대 부근에서 하숙을 했다.

밖에서 공부하다 보니 자연히 에피소드도 많이 생기게 되었다.

대학 2학년 1학기의 법대 고시반 시절은 공부보다 선배들과 사귀고 이야기하는 것이 좋았다.

아! 이야기에 관한 것이라면 나는 열정이 많은 사람이었다.

어릴 적 정월 대보름에 쥐불놀이할 때도 나는 친구들이 하나둘씩 집으로 떠나도 마지막 한 친구가 떠나기 전까지 남아 있곤 했다.

대학 전공의 클래스메이트가 30명 정도였는데, 나는 거의 모든 급우와 개인적으로 잠자리를 같이했다. 물론 남자만 있었고 현역과 복학생이 망라되었다.

당시는 통금이 있었으니 11시쯤이면 결단을 내려야 했다.

집으로 가든, 어디서 같이 자든.

절친들과 여관방에서 잔 날도 많았고, 친구 집에서 잔 날도 많았다. 그리고 내 하숙방에서 재워준 날도 많았다.

그때의 어울림이 공부에는 방해가 되었지만, 평생의 소중한 인맥을 쌓는 계기도 되었다. 재학생 때는 물론이고 졸업 이후에도 오랫동안 우리 학과는 나를 통하여 정보가 흘렀다.

2학년 1학기 고시반 시절에는 윤천주 총장께서 맥주를 준비하여 들리셨다.

그분은 집권당이었던 공화당의 사무총장을 지내다 부산대 총장으로 오셨다.

술잔이 오가면서 거나해지자 우리를 둘러보며 인물 평가를 해주셨다.

"자네는 상이 좋군, 고시 되겠어."

"저는 어떻습니까?" 내가 물었다.

"자네는 안 되겠어!"

나는 행시 준비를 한답시고 고시반에 들어갔지만, 관심사는 여러 가지였다.

고시반 건물은 현재의 부산대 중심부에 해당하지만, 당시로는 캠퍼스의 외곽에 있었고 다리 건너 바로 옆에는 외국인 사택이 있었다.

2학년 1학기 무렵에는 미국 앨라배마 주립대학에서 파견된 맥켄리 교수 가족이 살고 있었고, 나는 그 교수의 세 딸과 친구가 되었다.

그 애들은 미군 '하야리아 부대'의 부속 학교에 다녔다.

제니퍼는 7살, 줄리는 9살, 캐시는 11살이었다.

미인이라 좋아서였는지, 나는 그중에서도 금발의 아름다운 소녀였던 줄리와 이야기를 많이 했다. 그들도 내가 가면 으레 줄리를 불러 주었다.

부모들도 꺼리는 것 같지 않았다

당시에는 부산에서 외국인을 만나기가 쉽지 않았는데, 울타리를 넘으면 미국 땅에 갈 수 있었던 셈이다.

중학교 때부터 영어를 공부했지만, 외국인을 만난 것은 그들이 처음이었다.

처음에는 사택 부근의 쓰레기 소각장에서 놀이를 하는 그들을 보고 무슨 사슴쯤으로 생각하고 다가갔다. 때는 늦봄이라 모두 날씬한 다리를 드러낸 짧은 바지를 입었고 금발과 갈색의 긴 머리가 나부꼈다.

난생처음으로 외국인에게 말을 건네어 보았는데 대화가 신통치 못했다.

'R'과 'T' 발음이 귀에 맴돌기만 할 뿐 도무지 분명하게 맺히질 않았다.

　　　　　　　　　　　　　가덕도에 뛰어든 사람

"Where are you going now?"

"Go to party."

'파티'에 간다는 것이 무슨 '파리'로 들렸다.

그것도 바로 들리지 않고 귓가를 휙 지나고 나서야 의미가 겨우 잡혔다.

그날 이후 나는 영어 회화에도 관심을 두었다.

대학에서의 회화 공부는 1학년 한 학기 동안 어학 실습실에서 헤드폰으로 테이프를 듣는 것이 전부였다. 나는 그 회화책을 다시 찾아서 공부하고 그들을 만났다.

한 학기가 끝날 무렵에는 그들을 찾아온 한국의 꼬마 어린이들에게 겨우 통역할 정도는 되었다.

그들과 있으면서 느낀 점 중 하나는 관사를 정말 굉장히 중시한다는 사실이었다.

한 번은 잔디밭 뜰에서 뱀이 한 마리 나타났다.

그 긴박한 순간에 그들은 "A snake!"라고 소리쳤다.

우리는 "뱀이다!"라고 했겠지만, 그들은 "뱀 한 마리!"라고 외친 셈이다.

그들은 귀국할 때 김포비행장을 이용하기 위해 명동 '사보이호텔'에 묵었다.

나도 비슷한 시기에 전국 대학생 하계 공수훈련에 자원하여 참가하기 위하여 서울로 갔다.

경기도 부평시에 소재한 '제5공수여단'에서 훈련을 받았는데, 집 결지는 서강대였다.

'사보이호텔'로 찾아가 맥켄리 가족과 통화하니 호텔 로비에서 만나자고 했다. 그 통화가 외국인과의 최초 통화였으며 당시의 나는 로비가 어디인지도 알지 못했다. 종업원에게 물어보니 지금 서 있는 곳이 로비라고 했다.

그들이 떠나갈 때 나는 '강강술래'가 묘사된 민속 공예화를 선물했고, 그들은 테니스공 한 박스를 주고 갔다.

맥켄리 교수와는 테니스장에서 몇 번 보았기에 공을 선물했던 것 같다.

귀국 이후 세 자매는 모두 편지를 보내왔지만, 그 뒤로는 소식을 모르고 있다.

자매가 보낸 편지는 각자 색깔을 달리하는 인쇄된 봉투와 편지지를 이용한 것으로 우리와는 생활 수준 차이가 크다는 점을 느낄 수 있었다.

고시반은 윤 총장님의 방침에 따라 2학년 여름 이후로 폐쇄되었으므로 2학년 2학기는 집에서 통학했다.

그 시기 나는 공대 학생회에서 주관하는 회화반을 신청했고, 거기서 메리놀 수녀회 소속 시스터 진을 만났다. 시스터 진의 나이는 39세로, 체격이 좋은 갈색 머리의 건강하고 활기찬 전형적인 미국 여성이었다.

가덕도에 뛰어든 사람

난 시스터 진과 친해졌고 자주 수녀원을 방문했다.

미국의 문화는 많이 달랐다.

목이 마르다고 하면 "주스냐, 물이냐?"라고 물어보았고, "쿠키를 원하느냐?"고 물었을 때 "아니오."라고 하면 말 그대로 내놓지 않았다.

그때의 우리 정서는 주인이 음식을 권하고 손은 사양하는 것이었는데.

그 강좌가 끝난 이후에도 우리는 근 10년간 교류했다.

"미스터 박은 영어를 좋아합니까?"

"시스터 진은 좋아하지만, 영어를 좋아하지는 않습니다."

시스터 진은 내 대답에 진실성이 있다고 느끼는 것 같았다.

"내 주변의 많은 학생이 '영어를 아주 좋아한다.'라고 말하지만, 사실 나는 그 말을 믿지 않아요."

시스터 진은 그 후 서울 마포구 합정동, 충북 증평, 광주광역시 등으로 임지를 옮겼는데, 나는 세 곳을 모두 방문하여 만났다.

오랫동안 많은 이야기를 나누었는데 마지막 광주시에서의 만남은 강좌가 끝난 지 20년쯤 되는 해였다.

"수녀가 될 때 부모님의 반응이 어땠습니까?"라고 물었더니, 한국의 여느 부모와 마찬가지로 "수녀가 되면 내 딸이 아니다."라고 했단다. 그러나 후에는 자녀 중에서 시스터 진을 가장 믿고 사랑하신다고 했다.

암흑시대

대학원 입학 후 2학기에 접어들면서 그 상태로는 공부를 계속할 수 없다고 판단했다. 2학기를 마치고는 휴학 신청을 해서 일단 군대에라도 갔다 와야겠다는 생각이 들었다.

일본이 야심 차게 태평양 전쟁을 일으킨 후 연합군에게 무조건 항복했듯이, 나는 스무 살 시절에 품었던 두 가지 야심을 어쩔 수 없이 버려야 했다.

20대의 야심이 마치 폭격으로 파괴되듯 잿더미가 된 것이다. 앞으로 내 인생이 어떻게 될 것인지에 대해서도 가늠이 되지 않았다. 그즈음 인생의 본질적 의문에 대해서는 나름대로 입장을 정리했다.

'범부로서 진리를 모르고 사라질 수도 있겠다.'라고 생각했다. 곧이어 '모르는 것 역시 나쁠 것도 없다.'라는 생각에까지 이르게 되었다.

진리를 꽃밭에 비유한다면, 끝이 있는 것보다는 끝없는 편이 오히려 더 아름다울 수 있을 것이기에.

그리고 '범부가 할 수 있는 것 중에서 가치 있는 일은 일단 주변

가덕도에 뛰어든 사람

사람부터 사랑하는 것이다.'라는 생각이 들었다.

가족을 사랑하고 친구들을 사랑하고 나아가 세상 사람들을 사랑하리라고. 마치 영화 〈바람과 함께 사라지다〉에서 북부 군에게 남부가 패했을 때 주인공 스칼렛이 자신의 땅 '타라'에 대한 가치를 새롭게 인식하듯 말이다.

난 10대부터 거창한 포부를 품고 있었다고 자부했지만, 기실은 출세와 미인을 얻는 데 온 마음을 집중하였기에 다른 사람들의 삶에는 그다지 관심을 두지 않았다.

가족의 소중함조차 느끼지 못한 채 내 야망에 몰두했으며, 가깝다는 친구들에게도 사교적 목적 이상으로 진실하게 대했는지도 의문스러웠다.

한편, 그녀를 떠나보내니 마음은 바람 부는 황량한 벌판에 서 있는 것 같았지만, 그 허허로움 속에서 속박을 벗어난 자유를 느낄 수 있었다.

'새롭게 출발하리라.'

'그녀를 생각하듯 주위를 사랑하고 또 세상을 사랑하리라.'

진지하게 가족들과 주위를 둘러보았다.

모두 생업에 열중이었고 고된 하루를 살고 있었다.

큰형님이 결혼하여 여자 조카도 태어나 있었다. 조카를 안아보고 얼러보니 그 재미도 쏠쏠하였다.

대학 친구들 대부분은 꿈을 이루기 위해 공부에 몰두하고 있었다.

적지 않은 친구들이 남녀 간 사랑의 상처로 신음하고 있었다. 개

중에는 나보다 더욱 철저히 망가져 인생 자체가 송두리째 무너져 내린 친구마저 있었다.

절친 하동철이 그러했다.

동철은 마산고교가 낳은 수재로 서울대 약대의 필기시험에 합격하였으나, 소아마비 때문에 한쪽 다리를 전다는 이유로 최종적으로 불합격했다. 동철은 이듬해 부산대 법대에 수석으로 입학하여 우리와 동기가 되었다.

그는 대학 2학년 때 진석의 권유로 법대 축제 때 여학생 파트너와 참석했는데 이것이 그의 운명을 바꾸어 놓은 일대 사건이 되고 말았다. 그는 그 여학생이 좋았으나 상대는 받아주지 않았다.

동철은 준수한 용모에 이상도 높았고 인간미가 있었지만, 마음이 모실지가 못했다. 그녀를 향한 마음을 극복하지 못하고 대학 내내 술로 세월을 보냈다. 등록금으로 술을 마셔댔고 부산대 부근에서 하숙하던 나에게 근 한 달씩이나 더부살이하더니 내 시계마저 전당포에 잡히고는 날려버리기도 했다.

대학 졸업 후에는 직장생활을 하다 사법고시에 새롭게 도전했으나 공부할 시기를 놓쳤기에 때늦은 시도는 실패로 돌아갔고, 나머지 인생도 순탄치 못했다.

젊은이에게 사랑은 열매를 맺게 하는 화풍이 되기도 하지만, 때로는 결실을 앞둔 시점의 태풍도 되는 것 같았다.

두 바람을 무사히 견뎌야 비로소 수확할 수 있듯이 젊은이에게 사랑은 어른이 되는 시작이자 마지막 관문인 것 같기도 했다.

가덕도에 뛰어든 사람

휴학하고 군 입대를 기다리는 동안 영어 회화를 다시 시작했다.

서면에 있는 영어학원에서 '하야리아 부대'의 군속으로 근무한 경험이 있는 에스퍼런드와 1:1 수업을 2개월간 하고 다시 주한미군 방송인 AFKN 청취반에서 1개월 동안 수강했다.

미국인을 만나 실전 회화를 더 해 보고 싶어서 부산에 있는 외국인을 찾아보기로 했다. 나와 같이 대학원을 휴학하고 입대를 기다리던 친구와 같이 부산시 경찰청 외사과를 찾았다. 그 부서가 외국인 담당 부서였다.

"부산에 사는 외국인들 주소를 알고 싶습니다."

"비밀입니다."

우리의 순진한 발상은 여지없이 무너졌다.

당시는 국제화 시대가 아니었고 특히 부산에서 외국인을 만나기는 그렇게 어려웠다.

군대 정보에 관심을 두었더니 군 입대를 하지 않을 수도 있다는 친구가 있었다. 얼마 전 신체검사를 받았다던 한 친구가 이런 말을 했다.

"신체검사 과정에서 특별히 한 곳이 나쁘지 않아도 총체적으로 몸이 좋지 않으면 현역에서 빠질 수 있을 것 같다."

군 입대를 각오하긴 했지만, 사실 '입대하면 모든 것이 끝이다.'라는 절망감을 가졌던 나에게 그 말은 매우 솔깃하게 다가왔다.

그날 이후 부산대학병원에 가서 온몸을 점검했다. 어릴 적부터 평소 눈앞에 아지랑이가 어른거려 신기하게 여겼는데 안과에서 그것도 체크해 보았다. 의료진이 무슨 말인지도 모를 소리를 했다. "동공을 키워서 촬영한다."더니 '초자체 혼탁증'이라는 진단서를 끊어 주었다.

고교 시절 겨울에 무리하게 공부하느라 가끔 무릎이 시리기도 하여 관절염 검사도 해 보고 충치 여부도 확인했으나 이상이 없었다.

또 종합 판정을 위하여 체중을 줄여 보고자 권투도장에서 3개월간 연습하고 매일 사우나로 땀을 뺐다. 대학 1학년 동안에는 태권도를 해 보았지만, 체중 감량에는 아무래도 권투가 좋을 것 같았다. 그리하여 168㎝의 신장에 체중을 50㎏가량으로 줄일 수 있었다.

신체검사는 1977년 5월 거창에서 실시했다.

거창에서 1박을 하게 된 나는 신검 전날 대학원 동창 하나와 거창보건소에 들러 최후까지 군 입대를 면할 수단을 찾았다.

그 친구는 여드름이 유독 심했는데 담당 의사에게 "악성인데 감면 사유가 되느냐?"라고 물었다.

나는 대학병원의 진단서가 어떠한 의미를 지니는지 알지 못했으므로 이를 보여 주었다. 어쩌면 감면이 될 수 있을 것 같단다.

그날 밤 최후의 방법으로 설사약을 먹고 절친 진석과 안경을 쓴 채 밤새 바둑을 두었다. 친구가 신체검사한다고 거창까지 와서 밤을 함께해 준 것이다.

평소 착용하지 않는 안경을 빌려 쓰고 바둑을 둔 것은 '행여 일시적으로나마 시력을 약화시킬 수 있지 않을까?'라는 생각에서였다.

가덕도에 뛰어든 사람

신체검사장에 당도하니 나같이 핑계를 대는 사람들이 여럿 보였다. 어떤 친구는 야맹증이라고 우기는데 의료진이 확인을 못 하여 세워두고 있었고, 어떤 친구는 "국졸인데도 군에 가느냐?"라고 묻기도 했다. 그렇지만 군의관들의 태도는 단호하고 엄격했기에 예사로 해서는 안 되겠다는 생각이 들었다.

나는 일생일대의 모험을 감행하기로 했다.

'이 자리에서 현역 입대를 모면하거나 영창에 가거나!'

안과 군의관에게 예의 대학병원 진단서를 보여 주니 "부산대학병원장의 진단서면 다냐? 내게는 안 통한다."라고 하면서 내 눈에 검사 장비를 들이댔다.

나는 시약을 넣고 동공을 키워야 증세가 발견된다는 사실을 알았기에 그 군의관이 가진 휴대용 기기로는 판정이 불가능하다는 점도 알 수 있었다.

그러나 그가 모른다면 체면도 서지 않을 것이었다. 어떻게든 그가 나의 증세를 확인할 수 있다는 점을 강조할 필요가 있었다.

나는 "보시다시피 아지랑이가 끼어 사물이 제대로 보이지 않는다."라고 연기했다.

다음으로 그 군의관이 주도하는 시력검사가 이어졌다.

"안경을 벗고 시력검사표에서 보이는 부분까지 말해주세요."

"거기까지 보입니다."

"좌우 시력이 모두 0.1군요."

가슴을 졸이면서 시력을 낮추어 말했는데 군의관은 아무런 이의도 제기하지 않았다. 대졸자 중에 시력이 나쁜 사람들이 워낙 많다 보니 0.1 정도면 의심도 되지 않는 듯했다.

이동하여 사지를 검사하는 곳에서 "무릎이 시리니 관절염이 있는 것 같다."라고 했더니 청천벽력 같은 소리를 했다.

"이미 면제 사유가 있는데 뭘 또 주장하나?"

최종적으로 신체검사 판정관이 딱하다는 듯이 말했다.

"공부도 많이 한 사람이… 면제되면 공무원도 못 할 것인데 안 됐다."

그날은 설사약까지 먹어서 체중이 50kg밖에 안 되었고, 밤새 잠도 안 잤으니 얼굴색이며 몰골이 말이 아니었을 것이다. 그때의 벌을 받은 것인지 당시 56kg 수준이던 체중이 중년이 되어서는 근 10년간 50kg 언저리를 맴돌게 되었다.

보충역을 희망했고 그렇게 1년쯤 쉬면 심신이 회복될 것이라 기대했는데, 막상 '면제'라고 하니 당혹스러웠다. 면제 사유가 전적으로 그 진단서 때문인지, 혹은 시력도 속였기 때문인지는 알지 못했지만, 좌우간 군 문제가 해결되었으니 다시 고시 공부를 계속하지 않을 수 없게 되었다. 군 면제는 행정고시의 결격 사유가 아니었기 때문이다.

곧 행장을 수습하여 기장군 앞바다에 위치한 '해불암'으로 들어갔다. 대학원의 여름방학이 되자 진석도 그곳으로 합류했다. 하지만 내 병은 그때까지도 치유되지 않았다.

그해 여름 내내 민법총칙 교과서를 100쪽도 채 읽지 못하고 바닷가에서 헤엄치고 고둥 잡는 일로 날을 보냈다. 스스로에 대한 불신감이 일었다. 어느 태풍 부는 날, 나는 그 바다에 뛰어들었다. 운명을 시험해 보고 싶었던 것이다.

태풍으로 물보라가 20여 미터 높이의 해안 끝 '용왕당' 꼭대기까지 치솟았다. 그 바다는 며칠 전 같이 공부하던 대학생 하나가 헤엄치다 빠져서 죽은 곳이었다.

같은 절에서 공부하던 동료들이 몹시 놀란 듯 멀리서 다가오며 손짓했다. 나는 파도에 몸을 맡기다 사는 쪽을 택했다.

간신히 해안으로 헤엄쳐 갔더니 뭍으로 오르는 것은 마음대로 되지 않았다. 온통 바위투성이라 파도가 치는 상황에서 그대로 나갔다가는 머리통이 깨지기 십상이었다.

나는 침착하게 파도의 흐름을 주시했다. 파도가 오르내리는 극히 짧은 순간에 물결이 멈춘다는 사실을 발견했다. 그 순간을 놓치지 않고 사뿐히 해변 바위 위로 올랐다.

장소를 옮겨야 했다.

짐을 싸서 돌아가는데, 진석은 나를 쳐다보지도 않았다.

훗날 물으니 '공부를 포기했구나.' 하고 생각했다는 것이다.

집으로 돌아가 여름의 끝 무렵부터 부산대 도서관에서 죽을 각오로 공부했다. 잡념이 밀려오면 오는 대로 이를 악물고 책을 읽어

나갔다.

약 40일간의 공부가 결실을 거두어 그해 가을에 좋은 성적으로 1차 시험에 합격했다. 그해 2차 시험은 준비 부족으로 떨어졌으나, 다음 해에 바로 2차를 볼 수 있으니 일단 유리한 고지에 들어선 것이었다.

행정고시는 1, 2, 3차 시험으로 치러졌는데 1차는 객관식, 2차는 주관식, 3차는 면접이었으나, 사실상 2차에서 합격 여부가 결정 났다.

이듬해 2차 시험 준비는 주로 고성 '옥천사'에서 했다. 거기는 8년 연상의 학과 동기인 고 선배가 먼저 자리를 잡고 있었다.

좋은 기회였지만, 여전히 공부는 잘되지 않았다. 그녀 조미향의 생각이 간간이 들었다.

'아직까지 기회가 있을 것인가?'

학마(學魔)도 끼었는지 잡념으로 정상적인 독서가 되지 않았다. 책을 읽는 것이 마치 손가락으로 암벽을 긁는 듯 답답하고 고통스러웠다. 뒷산을 배회하는 일은 여전히 잦았다.

이듬해 가을의 2차 시험에서도 준비 부족으로 불합격했다. 그 후 3년간 서울의 고시원에서 혹은 산사에서 공부해 보았지만, 목표를 이루지 못했다. 서울에서는 도봉산이나 북한산을 배회했고, 심지어는 만화방에서 시간을 죽이기도 했다.

마지막 시험에서 나는 기억력이 현저히 떨어졌음을 절감하고, 고시는 불가능하다는 판단을 하게 되었다. 마침내 최후의 항복 선언을 하고 우리 나이로 서른 살이 되던 해에 부산은행에 입사했다.

가덕도에 뛰어든 사람

대학 입학 후 뜻을 세운 지 근 10년 만에 아무것도 이루지 못한 채 늦은 나이에 신입 행원이 된 것이다.

부산은행은 나에게 한때의 안식처가 되기는 했지만, 마음을 집중할 수 있는 매력을 주지는 못했다. 입사시험 후 3개월간 연수를 받고 이듬해부터 발령을 받았으나, 마지못해 출근했다가 퇴근 시간이면 낙동강 둑길을 하염없이 걸었다.

'내 인생을 이렇게 마무리 지어야 하는가?'

나는 갈 길을 몰랐고 시간이 흐르는 대로 몸을 맡겼다.

1981년 말의 은행 연수가 끝날 무렵인 어느 날, 버스 안에서 우연히 대학 시절에 안면이 있던 여성을 만났다. 그녀는 당시 부산대 인근 출판사의 근로학생이었는데 지도교수님의 출판 관계로 심부름을 하게 되면서 낯이 익은 터였다.

"주 양, 오랜만이네. 요즘 어디 있지?"

남포동에 있는 무역회사에서 근무한다면서 맹랑한 소리를 했다.

"박 선생님, 이제는 말을 놓으시면 안 돼요."

그 말을 듣고 보니 원래 멀쑥하게 키가 컸던 여고생이 어느덧 늘씬한 여인으로 변해 있었다.

"시간 되면 차 한잔하지?"

그해 겨울에 우리는 몇 번 차를 마셨고 어느 날은 야외로 산책하러 나갔다. 행선지는 금정구 '법기 수원지' 부근의 한적한 뒷산으로 그곳에 나는 절친 종건과 두어 차례 간 적이 있었다.

산 중턱 바위 위에 나란히 앉게 되었는데 그녀의 모습이 예사롭지 않았다. 새롭게 단발을 했는지 하얀 목덜미가 드러났고 겨울 날씨에 발갛게 달아오른 뺨과 입술이 고혹적으로 다가왔다.

갑자기 심장이 뛰었고 그녀가 무슨 말을 하는지 내용은 알 수도 없었다. 남성이 움직이고 무엇인가 축축한 느낌이 들었다. 욕망이 춤추기 시작하였다.

내 상태를 아는지, 모르는지 그녀는 하얀 이를 드러내고 미소짓고 있었다. 일생 처음으로 느끼는 직접적이고 강렬한 유혹이었다. 내가 무슨 짓을 해도 그녀는 거절할 것 같지 않았다.

'저 입술에 키스한다면 아마 멈출 수 없으리라!'

'그리고 그녀가 원하는 모든 것을 들어주어야 하리라!'

나는 호흡을 깊이 들이켰다.

다행히 오랜 방어기제가 작동해 주었다.

연말이 다가왔고 그 여인 주선숙에 대해서도 입장을 정리할 때가 된 것 같았다. 그해 크리스마스이브에 우리는 서면에서 저녁을 먹고 늦은 시간에 해운대 방면으로 향했다.

수영쯤에 내려서 걷기 시작했는데 영하의 날씨에 취객 하나가 인적이 드문 길거리에 쓰러져 있었다. 우리는 그냥 지나칠 수 없어서 그 사람을 부축하여 인근 여관에 맡기고 다시 해운대로 길을 잡았다.

해운대에서 어떻게 시간을 보냈는지 기억나지 않지만, 밤은 깊었고 할 말은 남아 있었다. 그러나 당시는 통금이 있었다. 이야기를

가덕도에 뛰어든 사람

계속하려면 여관밖에는 갈 곳이 없었다.

"오늘 밤은 이야기나 좀 하면 어떻겠나?"

"입장이 곤란해요."

난 그녀를 어찌할 생각은 없었으므로 택시를 잡았다. 수영으로 돌아올 무렵 갑자기 그녀가 택시를 세웠다. 우리는 수영 삼거리의 즐비한 여관과 모텔 중에서 아무 곳이나 하나를 잡았다.

모텔에 들어서니 야릇한 흥분으로 머릿속이 윙윙거렸다. 샤워하려니 벌써 남성이 축축하게 젖어 왔다. 지난번 '법기 수원지'의 매혹적인 장면이 떠올랐다. 오늘은 어쩌면 내 의지대로 끝날 것 같지는 않았다. 애당초 생각은 밤새 이야기나 실컷 했으면 하는 것이었다.

몽롱한 가운데 문득 정신을 차려야 한다는 생각이 들었다. 급히 찬물을 틀어 샤워기로 얼굴을 식히고 온몸에 뿌렸다. 한겨울에 찬물을 뒤집어썼더니 한기가 뼛속까지 파고드는 듯했다.

"왜 이리 늦어요?"

샤워장에서 머뭇거린 시간이 오래였던가. 방 안에는 이미 나란히 자리가 펴져 있어 대화할 수 있는 분위기가 아니었다.

자리에 누워 천정을 보고 무슨 말인가 했다. 계속 천정을 볼 수도 없고 돌아누울 수도 없으니 그녀 쪽을 보아야 했다. 그 순간 내 의지는 어느 틈에 사라지고 너무나 자연스럽게 그녀를 끌어안게 되었다.

'임신을 하게 될까?'

'결혼이라도 해야 하는 걸까?'

그날 이후 우리는 두어 번 더 만났지만, 곧 헤어졌다. 우리는 가는 길이 달랐고 그녀 주선숙도 나에게 큰 미련은 없는 듯했다.

내가 주선숙과 여관에서 밤을 새우고자 한 것은 나름대로 스스로의 자제력을 믿었기 때문이기도 했다. 주선숙과 동침하기까지 나는 몇 명의 여인으로부터 성적 충동을 느꼈으나 비교적 잘 극복했던 편이었다. 대학 내내 따라다닌 그녀 조미향은 성적 충동의 대상은 아니었다. 만나면 황홀하기는 해도 그것은 어디까지나 정신적인 측면의 것이었다.

하지만 대학 3학년 1학기 축제를 마치고 파트너 여학생과 우산을 함께 받쳐 들면서 나는 처음으로 여성에게서 직접적인 성적 충동을 느꼈다.

부산대 법대는 매년 봄 '학봉정'이라는 이름으로 축제를 열었고 반드시 여학생 파트너와 동행해야 입장이 허용되었다. 3학년 학급 대표를 맡고 있던 나는 나뿐만 아니라 다른 친구도 챙겨주어야 할 형편이었다.

나로 말하자면 조미향을 간절히 원했지만, 그때까지는 차 한 잔도 함께하지 못한 처지였기에 축제 당일 오후에 반 친구 하나와 무작정 부산여대 앞으로 갔다.

부산여대는 신라대학교의 전신으로 당시는 연제구 연산동에 캠퍼스가 있었다. 부산여대 앞 어느 다방에서 무작정 들이밀었는데 첫 시도에서 성공했다. 우리의 절박함이 공감을 얻은 것 같았다.

가덕도에 뛰어든 사람

파트너는 같은 3학년으로 성은 양씨였고 거창여고를 나왔단다. 그날은 종일 촉촉한 봄비가 내렸고 축제를 마치니 날은 이미 어두워졌다. 우산이 하나밖에 없었기에 비를 맞지 않으려고 바짝 붙어서 걸었다.

온천장에서 동래쯤 걸었는데 갑자기 몸에 이상이 느껴졌다. 남성이 작동하여 멀쩡한 대로에서 걸음걸이가 불편해진 것이었다.

처음 만난 여성에게 그런 느낌을 받았다면 관계 지속에 문제가 있을 것으로 여겨졌다. 참한 여학생이었지만 애프터를 약속하지 않고 모질게 헤어졌다.

대학원 1학년 겨울 무렵에는 친구들과 술을 마시다 그 술집 여인 중 한 명과 여관방을 잡았다. 부산대학 부근에는 술집이 많았고 접대부가 있는 술집 골목도 있었다.

우리 중에는 8년 연상의 고 선배가 같이 어울렸다. 선배가 술을 좋아하다 보니 졸업 무렵엔 단골집이 생겼고 나도 다른 친구들과 함께 합석하는 경우가 종종 있었다.

고 선배는 28살이라는 늦은 나이에 나와 같은 정책학과에 입학하였는데 술을 많이 마시게 된 데는 사연이 있었다. 고 선배는 키가 다소 작은 편이었으나 다부진 체구에 운동이면 운동, 공부면 공부, 언변이면 언변, 모든 면에서 뛰어났다. 열정이 있었고 때론 열변을 토하는 격정적인 측면도 있었다.

고 선배는 마산고교가 낳은 수재의 한 사람이었지만 서울법대에

4번 낙방하고 자살을 시도하다 입대했다. 군대 시절에는 한 부대원 친구의 여동생을 소개받아서 깊은 사랑에 빠졌다. 하지만 고 선배가 대학 2학년을 마칠 무렵 그녀는 돌연 편지 한 통만 남기고 다른 사람에게 시집을 가버렸다.

고 선배의 비극은 이날부터 시작되었다. 술에 취하면 그녀를 떠올렸고 그녀가 생각나면 또 술을 찾았다. 사실 고 선배가 단골 술집을 정하게 된 것도 그 여인이 떠나면서부터였다.

나는 그녀 조미향의 마음을 얻지 못하여 괴로웠고, 고 선배는 고무신을 거꾸로 신은 첫사랑을 잊지 못하여 괴로워했다. 그런 점에서 나와 고 선배 사이에는 사랑의 고통이라는 공통점이 있었다.

나는 술을 잘하지 못했지만, 친구들과 어울리는 것은 대단히 좋아했다. 통금이 있었던 탓으로 우리는 단골 술집에서 밤샌 날이 여러 번 있었고, 때로는 여성들 틈에 끼어서 새우잠을 잔 적도 있었다. 그날은 어찌 된 일인지 우리는 각각 여자들을 데리고 여관방으로 가게 되었다.

나는 여성 문제에 매우 보수적이어서 '혼인하지 않을 여성과는 성관계를 하지 않는다.'라는 원칙을 세우고 있었다. 술에 취하지도 않았을 것인데 여성과 잠자리를 같이하게 된 것은 아마 어쩔 수 없는 분위기 때문이었을 것이다.

같이한 여성은 성이 류씨였고 우리는 안면이 있는 정도였다. 욕심을 가지지는 않았지만, 남녀가 한 방에 누웠으니 체면은 차려야

가덕도에 뛰어든 사람

했다.

손을 잡아보니 가만히 있었다.

입술을 더듬어 보았는데 역시 가만히 있었다.

가슴을 만졌는데 저항하지 않았다.

마침내 바지를 내려 보았다.

그녀의 손길이 거부했다.

자기는 좋아하는 사람이 있으니 그냥 잠만 같이 자자고 했다.

지금 생각하면 그녀가 그런 주장을 했던 것은 돈을 주고 그녀를 산 것이 아니었기 때문으로 여겨진다. 그녀에게 돈을 주기는커녕 여관비를 부담한 기억도 없다.

우리가 출입하던 술집에서는 맥주는 말할 것도 없고 소주에 동태탕을 안주로 삼아도 여성들이 같이 노래 불러 주고 팁을 달라는 법도 없었다. 그러니 대학생들이 그녀들과 잠자리를 하면서도 팁을 주는 일은 없었을 것이다.

이유야 어떻든, 잠자리를 같이하는 여성과 잠만 자는 것 역시 체면이 서지 않는 일이었다. 나는 순전히 체면용으로 두어 차례 더 시도하다 잠을 청했다. 문제는 그다음이었다.

다음 날 아침, 우리는 다시 그 술집에 모여 아침 해장을 했고, 류씨 여성은 지퍼가 고장 났다며 물어달라고 칭얼댔다. 지퍼값을 지불했는지는 기억에 없으나 그날 이후로 그녀는 정말 나를 좋아하게 된 것이었다.

나이는 나보다 두어 살 떨어지는데 외모가 밉지 않았으며, 다소 반항기가 있는 선머슴 같은 기질이 엿보였다. 그런 사람이 나를 보면 얼굴을 붉히는 얌전한 사람으로 바뀌었고, 술자리가 끝날 무렵이면 은근히 나의 손을 잡았다.

나는 새로운 고민에 빠졌다.

그때까지 나는 누군가를 일방적으로 좋아하면서 그 사람의 마음을 얻기 위한 노력만 해 왔다. 나를 좋아한다는 사람을 만나지 못했고 그런 마음을 헤아릴 줄도 몰랐다.

그리고 나는 심각한 실연의 감정에 빠져 있었으므로 위안이 필요했다. 그뿐만 아니라 여인을 몰랐던 나로서는 호기심도 컸다. 그런데 이세 손만 뻗으면 한 여인을 품에 안을 수 있게 된 것이다.

그로부터 얼마 후 종건과 진석 등과 같이 그 술집 골목을 다시 찾았다. 류 씨 여성도 자리를 같이하며 반겨주었다. 술자리가 끝나자 내 팔을 잡았다.

"오늘 밤에 여관방을 잡아서 기다리겠어요."

"……."

나는 대답 없이 술집을 나온 뒤 친구들과 헤어져 부산대 부근 내 하숙집으로 돌아갔다.

그녀의 말은 무시하지 못할 위력이 있었다. 몇 번을 머뭇거리다 자정이 될 무렵에 그녀를 찾아 나섰다. 그녀는 빈방에서 기다리고 있었다.

가덕도에 뛰어든 사람

"오지 않을 듯하더니 왜 왔어요?"

"……."

그녀와는 두 번째로 잠자리를 하는 사이였으니 별로 말이 필요 없었고 어색하지도 않았다.

아침이 되니 착잡한 마음이 들었다. 그녀와의 잠자리가 그다지 후회되지는 않았지만, 생각해보니 내 처지가 우습게 되었다. 결혼할 생각도 없으면서 여인을 품었으니 나의 원칙이 무너져 버렸고, 자칫하면 작부 집의 기둥서방 노릇을 할 수도 있겠다 싶었다.

실제로 대학 동창 중 두어 명은 대놓고 그 술집 거리의 여성들과 내연관계를 맺고 있기도 했다.

실수를 두 번 할 수는 없는 일이었다. 그날 이후 마음을 다잡았다. 김유신이 말머리를 베듯 다시는 그 술집 거리에 발걸음을 하지 않았다.

싱거운 짓을 한 경우도 있었다. 아마 대학을 졸업하고 대학원 1학년 시절쯤이었을 것이다. 동래에 사는 절친 종건의 집 앞에 약국이 있었는데 약국 일을 하던 여성이 늘씬하고 예뻤다. 나이는 스물서넛쯤으로 약사 보조를 하는 듯했다.

종건의 모친이 소화가 잘 안 된다기에 나는 그 친구 집을 방문할 때면 으레 그 약국에서 활명수를 사 갔다. 장난기가 돌았다.

"선물용인데 포장 부탁합니다."

싱거운 소리를 싫어하지 않는 듯했다. 어느 날은 너스레를 떨었다.

"배가 몹시 고플 때 먹을 것이라고는 소화제뿐이라면 먹어야 할까요?"

웃기만 했다.

어느 날은 한 걸음 더 나갔다.

"잔돈 모이면 차 한잔합시다."

순순히 잔돈을 맡아 주었던 것 같다.

"이제 찻값이 될 것 같은데, 시간 됩니까?"

약속을 잡았고 드디어 우리는 동래 어느 다방에서 만났다. 아마 그녀가 선선히 나서준 것은 종건과 들른 적이 여러 번 있었으니 나에 대한 대략적인 정보를 가지고 있었기 때문이리라.

- 다방 안.

그즈음 내 관심사는 사람들이 생각하는 바였다.

"주로 무슨 생각을 합니까?"

"아무 생각도 하지 않습니다."

"해운대로 바람 쐬러 가면 어떨까요?"

그녀가 고개를 끄덕였다.

택시를 타고 바로 해운대로 갔다. 그날따라 비가 왔고 우리는 백사장을 걷기로 했다. 각자 우산이 있었으나 하나는 접고 둘이서 함께 썼다.

계절은 초가을로 시간은 대략 오후 3시쯤이었다. 그해 봄에 그녀

가덕도에 뛰어든 사람

에게 작업을 시작하여 계절이 두 번째 바뀐 것이다.

비 오는 초가을의 백사장은 한적하여 우리 둘만 있었다. 늘씬한 미인과 함께하는데 관중이 없으니 비단옷을 입고 밤길 걷는 격이었지만, 아무튼 기분은 좋았다.

우리는 초면이나 마찬가지였으니 무슨 말인가 해야 했지만, 열심히 많은 말을 하지는 않았다. 그녀가 내 주도에 선선히 따라 주었기에 포근한 느낌도 들었다.

그런데 데이트 중에 돌연 문제가 생겼다. 벌건 대낮이었지만 그녀와 우산을 같이 쓴 것이 화근인지 별안간 본능이 맹렬하게 작동하기 시작한 것이다.

나는 맹세코 그녀에 대하여 그러한 욕심을 품은 적이 없었다. 걸으면서 그녀의 얼굴을 보지도 않았고 어떤 생각도 품지 않았는데 여성의 체취와 체온에 내 몸이 반응하여 이성의 통제를 벗어나 버린 것이었다.

그녀의 표정을 힐끗 살피니 그녀 역시 상기된 것 같았다. 데이트 지속이 불가능하게 되어버렸다. 즉시 돌아가자고 제의해서 서둘러 택시를 잡아타고 되돌아왔다.

헤어질 때 애프터를 기약하지 않았고 다시는 그녀를 만나지 않았다. 그녀로서는 황당한 데이트였을 것이며 싱거운 사람이라는 생각도 들었겠지만, 나로서는 서로에게 좋은 결말이 예상되지 않던 것이다.

부산은행 생활에서 보람을 느낄 수는 없었으나 좋은 휴식 기간이 되었다. 고시 공부에 뜻을 둔 스무 살 이후로 마음의 휴식을 가져 본 적이 없었음에도, 직장을 가지니 일만 하고 다른 생각을 하지 않아도 되었다.

발령지는 국제시장이 가까운 부평동지점이었는데, 마침 인사부가 같은 건물에 있었으므로 예쁜 여행원들도 많았다. 고객 가운데에서도 눈에 띄는 여성들이 더러 있었다.

여행원들과 산행 뒤 뒤풀이로 가는 디스코도 좋았고, 퇴근 후 함께 순대를 먹는 것 역시 좋았다. 나는 보통계에 발령받아서 창구에서 여행원과 함께 보통예금을 수납하는 일을 맡았다.

하루는 같이 있던 여행원들이 밖에서 어떤 여성이 나를 기다린다기에 급히 나가 보았다. 아무도 없어 돌아오니 모두 깔깔대고 웃고 있었다.

"박 계장님, 도대체 어떤 여자를 만나기에 돈다발을 제쳐 두고 나갔습니까?"

만우절이었다.

'나는 누구를 생각하고 그렇게 황급히 나갔던 것일까?'

아무튼 시간은 잘 지나갔다. 여직원들은 모두 잘 대해 주었고 여성 고객들과의 대화도 즐거웠다. 개중에는 마음을 빼앗길 것 같은 미녀들도 있었다. 그러나 여름으로 접어들면서 고민도 깊어갔다.

'평생을 이렇게 은행에서 보내야 할 것인가?'

가덕도에 뛰어든 사람

고민 중에 우연히 대학교수가 된 동창을 만나니 박사과정에 들어가면 교수가 될 기회가 있을 것도 같았다. 당시는 직장에 다니면서 대학원 과정을 밟을 수는 없던 시절이었다. 진학을 위해서는 사표를 내야 했고, 나이가 찼으니 다시는 제대로 된 직장을 구할 수 없을 것이었다.

공부한다고 모두가 교수가 될 수 있는 것도 아니었기에 불안감도 일었다. 머리가 복잡해졌으나 생각을 단순화하기로 했다.

'하고 싶은 대로 살고 결과는 지어지는 대로 받아들이겠다!'

법대를 다니며 고시에 실패하여 인생이 망가진 사람들을 무수히 보았다. 그럼에도 어떤 인생이 되든지 기꺼이 받아들일 각오를 하고 변화를 시도했다.

그렇게 마음을 정하니 홀가분했다.

즉시 사표를 내고 고시 공부하는 대학 동창 안상수가 있던 기장군 국도변에 위치한 '연봉사'로 향했다. 부산은행에서 발령받은 지 8개월이 된 시점이었다.

'연봉사'에서 안상수와 합류한 후 대학원 입시까지의 3개월간은 독일어 공부만 했다.

부산대 박사과정의 전형은 영어, 제2외국어, 전공 필기시험을 치르는 방식이었다. 주로 부산대를 졸업한 비슷한 학력의 사람들이 응시하였고 경쟁률은 3 대 1 수준이었다.

비슷한 사람들이 3과목으로 시험을 치르니 입시도 그리 호락호

락하지만은 않았다. 더구나 나는 공고 출신이라 고교 시절 제2외국어를 공부하지도 않았던 것이다.

허나, 이미 모든 것을 던지고 새롭게 시작했으므로 불안은 없었다. 하고 싶은 일을 하고 그로 인해 나타나는 어떠한 결과도 받아들이기로 했으니 말이다.

마음이 안정되니 공부도 잘되었다. 그 3개월 동안 안상수와 새벽에는 조깅하고 때로는 논밭 주위로 산책을 했다. 가을철 벼나 배춧잎에 맺힌 영롱한 아침이슬을 보는 것만으로도 행복했다.

나는 주지 스님이 사용하던 큰 방을 사용했는데 불경도 몇 권 놓여 있었다. 반야심경과 해설서를 읽어보니 새로운 세계를 만난 것 같았다.

대학 시절부터 진리에 목말라하고 이것저것 살펴볼 때는 눈에 들어오지 않던 것들이 마음이 가라앉으니 비로소 보이는 것 같았다.

안상수는 진석과 같은 법학과였는데 학부 때는 서로 인사 정도만 나누던 사이였다. 명문 부산고교 출신이지만 완력이 있어 보이고 거만한 인상을 풍기는 것이 별로 호감 가는 인물은 아니었다.

그와는 행정대학원을 같이 다니면서 대화하기 시작했는데 한인회를 '한심회'라고 불렀고, 나를 '진석을 추종하는 줏대 없는 인간' 쯤으로 보는 것 같았다.

한인회는 대학에서 공부를 같이하면서 마음이 서로 통했던 나와 종건, 진석이 중심이 되어서 만든 소모임으로, 인간관계나 호연

가덕도에 뛰어든 사람

지기를 앞세우다 보니 사법고시에 열중하던 상수의 눈에는 한심한 사람들로 보였을지 모르겠다.

연봉사에서 박사과정 입시 준비를 하면서 비로소 상수와는 서로를 알게 되고 마음이 통하는 친구가 되었다. 점심 후에는 둘이서 뒷산을 산책하며 인생을 논하기도 했다.

"우석이 자네가 이렇게 말을 잘하는 사람인 줄 몰랐다."

나는 시국이나 종교, 이성 문제로 많은 고뇌를 해 왔으니 그 방면으로는 할 말도 많았을 것이다. 그 후 우리는 급속하게 가까워졌고 나도 그의 유머러스하고 소탈한 성품을 알게 되었다.

그는 탱크처럼 쉬지 않고 버티면서 시간을 확보해 갔다. 난 항상 그렇게 집중하여 공부할 수 있는 상수가 부러웠고 존경심마저 들었다.

그런 그에게도 고민은 있는 것 같았다. 그의 책상을 보니 '잡념 자르는 칼'이라고 이름 붙인 조그만 나무칼을 두고 있었다.

그는 서른이 훨씬 넘도록 사법시험 준비를 했으나 끝내 성공하지 못했다. 형님이 큰 회사를 운영하였으므로 법률고문 겸 임원으로 취업하여 생활에는 어려움을 겪지 않았다. 세월이 많이 흐른 후 그의 큰아들 결혼식의 주례를 부탁하기에 나는 기꺼운 마음으로 받아들였다.

박사과정에 입학했으나 전공과목에는 크게 끌리지 않았다. 교수가 되고 싶다는 생각도 들지 않았다. 기실 박사과정에 든 이유 중

하나는 '대학원 과정을 밟으면서 다시 고시에 도전해 볼까?' 하는 생각도 있었기 때문이다.

박사과정 1학기에는 전문대학에서 강의도 해 보았지만, 영 재미가 없었다. 그런 와중에 집안을 돌아보니 모든 것이 엉망이었다.

내가 은행에 근무하는 동안 집안의 경제 사정은 매우 어려워져 있었다. 몇 년 전에 어묵 공장 확장을 위하여 '사상공단' 내에 새 공장을 사게 되었는데 경기가 좋지 않은 상황에서 이자 부담이 늘어나 끝내 파산하고 말았다.

공장을 처분해도 부채를 다 갚을 수 없게 되었다. 기술자였던 큰형님은 마침 전주에 임대 공장을 얻게 되어 그곳으로 떠났고, 부모님은 채권자를 피해 멀리 전라도 익산시로 피신하셨다.

새로운 공장 소유주는 당분간 우리에게 세를 놓았으므로 나와 동생들은 큰형님이 전주로 간 이후에 공장의 사택에서 거주하게 되었다.

공장은 대표를 다른 사람 명의로 변경하고 실제로는 큰형님이 원격으로 관리했다. 의욕은 있었겠지만, 공장을 직접 운영해도 어려운 판에 경리를 통해 멀리서 관리하는 것은 사실상 무리였다.

박사과정 1학기를 마칠 무렵, 마침내 큰형님은 공장을 처분할 생각을 하고 부산으로 내려왔다.

하지만 공장을 처분하면 당장 나도 갈 곳이 없었거니와 동생들도 뿔뿔이 흩어져야 할 처지였다. 집이 무너졌으니 공부하기도 어려울뿐더러, 집안을 돌보는 것이 급선무라는 생각이 들었다.

가덕도에 뛰어든 사람

"형님, 공장의 가장 큰 채권자인 저에게 맡기면 어떻겠습니까?"

"자신 있나?"

"해 보겠습니다."

하룻밤 사이에 나는 생각지도 않았던 공장을 인수하게 되었다. 1983년 7월 1일. 당시 내 나이 만 30세 때였다. 공장은 300평 규모에 직원은 10여 명 정도였다.

공장 거래처의 외상 채무를 포함한 부채와 기계 장비를 합산한 영업권을 상계하니 실질적 자본은 100만 원도 안 되었다. 만약 경영에 실패한다면 영업권은 휴지가 될 것이고 나는 최소한 억대의 빚을 지게 될 판이었다.

내가 형님에게 채권자라고 주장했던 것은 절친 종건의 집을 담보로 공장에 투자하였고, 공장 처분 이후에도 1천 4백만 원의 은행 채무가 남아 있었기 때문이다.

종건은 장남인 데다 아버지가 일찍 돌아가셨으므로 실질적인 경제권을 어머니가 가지고 있었지만, 번듯한 이층집을 자기명의로 하고 있었다.

내가 은행에서 근무할 무렵에 공장에서 저금리의 수협 융자를 받고자 했으나, 공장은 1차 저당이 잡혀있던 터라 대신 종건의 집을 저당하고 3천만 원의 대출을 받은 것이다. 37년쯤 전의 일이니 지금으로써는 2억 원에 가까운 금액일 것이다.

세상 물정을 몰랐던 나는 친구에게 무리한 부탁을 했고 종건은 큰 결단을 내려서 어머니 몰래 집을 잡혀준 것이었다. 그런 이유가 없었다면 군이 내가 나서서 공장을 인수하는 일은 결코 없었을 것이다.

아무튼 나는 친구에게 적지 않은 금액의 담보를 서게 하여 공장을 맡게 된 셈이었고, 실패하면 친구에게도 큰 피해를 끼치게 될 처지가 되었다.

공장 인수 후 3개월이 지날 무렵 절친 종건과 둘이서 저녁을 같이했다. 종건이 다니던 대우그룹 계열사의 의류 수출회사는 우리 공장 부근에 있었는데 그때 그는 총무과에서 인정을 받아 크게 활약하고 있었다.

종건에게 공장 사정도 이야기할 겸, 그간 쌓인 스트레스도 풀 요량으로 그의 퇴근 시간에 맞추어 약속을 잡았다.

종건이 먼저 말문을 열었다.

"사장이 된 기분이 어때? 잘되어 가나?"

"그런 소리 말아. 죽을 맛이야. 좋은 회사에서 월급 받는 네가 정말 부러워."

"아이고, 월급쟁이 심정을 알기는 하고? 공장 사정은 좀 어때?"

"고등학교 입학할 무렵에 집안에서 어묵 공장을 시작하였으니 10년 이상 지켜본 셈이지만, 실제로 부딪히니 현실은 정말 많이 다르다는 걸 실감하고 있어. 하도 불안해서 간편한 결산 시스템을 고안해서 한 달에도 두 번씩 결산을 하고 있지. 아직은 살얼음판을 걷는 기분이야."

가덕도에 뛰어든 사람

"전주에 계신 큰형님이 도움을 좀 안 주시나?"

"물론 큰 도움을 주고 있지. 큰형님이 내게 맡겨 두기는 했지만, 마음속으론 걱정이 이만저만이 아닐 것이야. 전주 형님은 주로 군산에서 생선을 구입하는데, 값싸고 좋은 생선이 나오면 가끔 한두 차씩 보내 주시기도 하지."

"형님께 연락은 자주 하나?"

"아직은 의논할 것이 많으니 자주 전화를 하는 편이지. 그렇지만 모든 것을 의논할 수는 없으니 대부분은 여기서 직원들의 말을 들어보고 스스로 결정하고 있어."

"결산 외에 또 뭐 달라진 점은 없나?"

"작업을 주야 2교대로 하기로 했어. 어묵은 냉동 체인이 없다면 봄여름에는 유통기간이 하루밖에 되지 않지. 그래서 새벽부터 작업해서 바로 시장에 내놓는데, 성수기인 가을부터는 밤늦게까지도 작업을 해야 하니 그야말로 중노동이지. 나 자신도 그런 시스템에 적응할 수 없겠고, 생산성도 높지 못할 것 같아서 이번 가을부터 일단 2교대로 바꾸어 보았어."

"잘했네. 시대가 바뀌면 방식도 바뀌어야지. 기술자들이 애를 먹이지는 않는가?"

"어, 이 사람 그걸 어떻게 아나? 김 대리가 모르는 것이 없네. 어묵은 기술이 중요한데, 나는 큰 형님과 달리 기술이 없어. 그래서 궁리 끝에 비용이 좀 더 들더라도 인력을 여유 있게 운용하기로 했어."

"다른 애로 사항은 없었고?"

"말도 말아, 오늘 하소연 좀 해야겠어. 내가 이제껏 경험하지 못한 별일을 다 겪고 있지."

* * *

공장을 인수한 뒤 얼마 지나지 않아 부모님을 공장 사택으로 모시고 다시 집안의 사람을 하나로 모았다. 부모님을 모시니 자연히 빚쟁이들도 달려들었다.

하루는 한 채권자가 조폭 같은 무리를 데리고 아버지를 찾아왔다. 나도 거칠게 나갔다.

"당신들은 누구요?"

"당신?"

"당신이지 않으면 누구란 말이요?"

"댁의 아버지에게 받을 돈이 있는 사람이요!"

"돈을 받고 싶다면 내 말을 들으시오!"

나는 아버지의 채무를 대신하여 변제하겠다는 각서를 써 주고 그 상황을 마무리했다.

하루는 생선 살을 채취하는 '롤러'라는 중요한 기계가 고장 났다.

대부분의 기계는 여분이 있었지만, 롤러는 고가인 데다 거의 고장이 나지 않으니 한 대만으로 운용하고 있었다.

"'금강기계'지요? 롤러 수리 부탁합니다."

가덕도에 뛰어든 사람

"'삼광식품'에는 안 갑니다."

"아니, 그게 무슨 말입니까?"

"'삼광'은 수리비가 밀려 거래를 안 하기로 했습니다."

때는 오후 5시경이었다. 만약 야간 교대 시간까지 고치지 못하면 그날 야간작업은 중단해야 할 판이었다.

우리는 주로 야간작업을 하여 새벽이면 마산이나 진주 등지로 보냈고 그것이 가장 큰 거래처였다. 워낙 경쟁이 심한 곳이어서 하루라도 배달하지 못하면 손해 배상은 물론이거니와 거래처도 크게 흔들릴 것이었다.

나는 화물차 기사 옆자리에 타고 그 기계 공장으로 갔다. 공장에 도착하니 기계 공장 사장이 차에다 기계를 잔뜩 싣고 어디론가 나가려던 참이었다. 우리 기사에게 화물차를 그 공장 대문 앞에 세우게 했다. 사장은 기름기가 묻은 얼굴로 차에서 내렸는데 40대 중반의 체격이 좋고 무뚝뚝해 보이는 사람이었다.

"지금 나와 같이 가지 않으면 꼼짝도 못 하게 하겠소!"

내 시위가 얼마나 단호해 보였던지, 비로소 그 사장은 내 말을 들어 주었다.

자금 관리는 가장 큰 문제였다.

망해서 문을 닫으려는 공장을 인수했고 별도로 운영 자금을 가지고 있지 않았으므로 끊임없이 돈이 필요했다.

직원들의 월급날은 자고 나면 다가오는 것 같았다. 나도 직장생활을 해 보았지만, 직원들은 오직 월급날만을 고대할 것이니 하루라도 미룰 수는 없는 일이었다.

신용이나 담보물이 없었으므로 은행과의 정상적인 거래는 불가능했고 오직 사채만이 유일한 자금줄이었다.

사회 경험 없고 머리를 숙여 본 적이 없던 서생이 누구에게 돈을 빌려달라고 말하기는 어려웠다. 더구나 집안은 이미 파산하여 친지 중에서도 피해자가 많았으니 모르는 사람에게 돈을 빌려야 할 판이었다.

절체절명의 순간에 고마운 사람을 만났다. 내가 운영하던 공장의 대표 명의를 지니고 있던 배 사장님이 상당한 신용을 제공해 주었다. 배 사장님은 큰형님보다 나이가 서너 살 많았으나 오랜 유대로 두 분은 친구 같은 사이였다.

배 사장님은 우리 공장과 거래하던 사료 공장의 임원이었는데, 큰형님이 전주로 떠나면서 사업자 명의를 이분께 맡겼던 것이다. 따라서 내가 운영하던 공장의 법률상 대표는 배 사장님이었다. 나는 배 사장님을 잘 몰랐지만, 형님같이 대했고 처한 사정을 숨김없이 의논했다.

배 사장님은 중키의 단단한 체격으로 다방면의 정보를 가졌으며, 판단이 빠르고 부지런했다. 공장 운영에 대해서는 일절 간섭하지 않았지만, 법률상의 대표였으므로 나는 배 사장님이 불안해하지 않도록 재정 상태 외에도 세금과 폐수 관리에 대해서도 세세하게 보고했다. 세금과 폐수는 관리가 잘못되면 대표자가 형사 처벌을 받을 수도 있었다. 나는 '대표 대리'라는 직명을 사용하고 있었다.

"박 대리, 세금은 어떻게 내고 있나? 애로는 없는가?"

"사실 큰 문제입니다. 1977년 7월부터 부가가치세 제도가 시행됨에 따라서 정상대로라면 원료 구입의 환급을 받는다고 해도 매출액의 3%에서 5% 정도는 세금으로 내야 할 판입니다. 그렇지만 현재 어묵 시장이 과당경쟁 상태라 세금을 한 푼도 내지 않아도 수익률이 매출액의 5% 정도에 불과합니다."

"그럼 무슨 대책이 있는가?"

"매출액 자체를 대폭 축소 신고하는 수밖에 없습니다. 다른 어묵 업체에서도 주문량을 10분의 1 단위로 다루는 것을 보았습니다."

"그게 가능한가? 경리 직원도 두고 있는데."

"일단 매출 장부를 두 가지로 분류해서 큰 거래는 물품 거래량과 금액을 10분의 1로 하여 관리해 보고 있습니다."

"세무 당국이 그냥 넘어갈까?"

"마음먹고 세무조사를 하게 되면야 적발되겠지만, 나중에 청탁이라도 하려면 일단 물증은 없는 것이 좋지 않겠습니까?"

"폐수 관리는 어떻게 하는가? 요즘 환경청 신설 이후로 오염물질 단속이 장난이 아니야. 우리 사료 공장에서도 폐수 배출 시설을 설치하여 관리하고 있으나 골칫거리지. 환경청 친구들에게는 돈도 안 통해."

"어묵 제조 과정에서 생선 살을 채취하여 물로 세척하게 되는데, 이때 생기는 생선 기름 때문에 주로 폐수가 발생합니다. 환경청의 압박이 심하여 우리도 이번에 폐수 배출 시설을 설치했는데, 그것 때문에 자금 사정도 많이 나빠졌습니다."

"시설은 잘 돌아가고?"

"응고제라는 화학물질을 투입하여 생선 기름이나 부유물을 응집시켜서 정화하는 방식인데, 운전해 보니 우리 배출량의 1%도 처리하기 어려운 수준입니다."

"그럼 어떻게 하나?"

"폐수 탱크를 크게 만들어서 낮 시간대에는 시설만 가동하고 배출은 하지 않습니다. 야간에 잠깐 동안 배출합니다."

"낙동상 폐놀 시건과 비슷하군. 낙동강 상류의 유해물질 배출업소들은 몇 달 동안 폐수를 가두어 두었다 홍수가 나면 2시간 만에 배출해 버리지. 그래서 수질 오염 단속을 피하는 가장 좋은 대책이 대형 폐수 탱크와 성능 좋은 펌프라는 농담도 있지. 그나저나, 환경청에서 그냥 넘어갈까?"

"일단 생선 기름은 별도로 떠서 재생 공장으로 보냅니다. 나머지 부유물은 최대한 걸러서 배출하고 있고요. 수질검사 대행 기관에 매월 정화된 배출수 샘플을 보내는데, '적합' 판정을 해 주어서 그런지 환경청이나 구청의 단속은 없는 편입니다."

"요즘 대형 어묵 업체들은 사하구 '장림공단'으로 이전해서 그곳의 정부 배출 시설을 이용하는 방식으로 문제를 해결하고 있지.

이 자리에서 오래 할 수는 없을 테니 미리 준비해야 할 것이네. 그리고 폐수 관리를 잘못하면 내가 다칠 수도 있으니 이것만큼은 신경을 좀 써주게."

"잘 알겠습니다."

내가 어묵 공장에 직접적으로 관여한 기간은 총 1년 반 정도였다. 1년간은 대학원을 휴학하여 전념했고, 작은형님께 공장을 넘기고 복학한 후에도 반년 정도의 잔무 처리를 위한 시간이 필요했다.

그 시기에 절친 차민수와 고 선배가 시기를 달리하여 공장에서 몇 개월씩 임시로 근무하면서 함께 시간을 보냈다. 수년 전 고시 공부하던 시절에는 경기도 일산에 있던 민수 집에서 세 사람이 몇 개월을 함께 보낸 적이 있었는데 이번에는 다른 연유로 세 사람이 관계를 맺게 된 것이다.

민수는 졸업 후 뒤늦게 사법고시에 도전했으나 그즈음 '갑상선 항진증'이 심하여 새로운 길을 찾고 있었다. 나는 민수 부부를 일단 부산으로 오도록 해서 진로를 찾아보라고 권하는 한편, 얼마 동안 신제품 어묵의 영업 업무를 맡겨 보았다.

고 선배도 고시에 실패한 뒤 목표를 잃고 있었는데, 선배 어머님께서는 어떻게든 결혼을 시키려고 백방으로 중매쟁이를 붙이고 있었다. 결혼하려는 사람이 직장이 없어서는 말이 되지 않는다고 생각해서 선배에게는 잠시 총무 업무를 맡아보도록 권했다.

모두 과장 직책을 주었지만, 공장에 꼭 필요한 사람들은 아니었으므로 직책만큼 보수를 주지는 못했다. 개인적으로는 절친하지만, 그 사람들은 공장의 현실을 잘 몰랐으니 질문들이 많았다. 나는 어쩔 수 없이 시간을 내어서 세세하게 설명해 주기도 하고 때로는 조언을 구했다.

고 선배는 어묵 자체가 생소한지 원초적인 질문부터 했다.

"박 대리, 어묵은 도대체 언제부터 만들어졌을까?"

"형님, 제가 문헌을 살펴보니 천 년 정도의 역사를 지닌 것으로 나타나 있습니다. 초기에는 일본의 어촌 지역에서 생선을 보존하기 위한 목적으로 활용했답니다."

"어묵은 상한 생선으로 만든다는 말도 있는데 어떻게 된 거지?"

"하하, 아쉽게도 아직 그런 기술을 개발하지 못하고 있습니다. 공장에서는 부산물로 나오는 생선 뼈나 머리, 내장들을 모아서 사료 공장으로 보내는데, 사람들이 그것을 보면서 소문이 난 것 같습니다."

민수는 영업을 맡은 탓인지 관심 영역이 좀 달랐다.

"우석이, 요즘 어묵 업계의 경기는 어떤 편인가?"

"1970년대에는 쥐치가 주목받지 못하던 어종이었고 갈치도 값이 싸서 어묵 산업이 그럭저럭 호황이었지. 요즘은 전체 매출액에서 생선이 차지하는 비중이 60%에 육박하고 있어. 부재료와 인건비도 있으니 주원료 비중이 50%를 넘어서면 경영이 곤란한 편이야. 그래서 지금은 어려운 형편이라고 볼 수 있지."

"주력 시장은 어디이며, 경쟁 상대들은 누구인가?"

"김해, 마산, 진주 등지에서 부산의 초일류 공장들과 경쟁하면서 간신히 버티는 수준이네. 자금이나 시설에 밀려 제품 경쟁력도 높다고 할 수 없어서 걱정이야."

"영업 전략은 어떻게 잡고 있나?"

"반찬이나 어묵꼬치 중심의 기존 제품은 이미 부가가치가 낮아서 미래가 없다고 생각해. 돈을 벌려면 고급 어묵을 개발하여 반찬이 아닌 간식으로 팔아야 한다는 것이 내 생각이야."

"소비 측면에서 신제품 시장이 형성될 수 있을지를 살펴야 할 것이라고 보는데, 신제품의 성패를 어떻게 보고 있나?"

"차 과장이 급소를 찌르고 있는데 실은 나도 그 점이 걱정돼. 나는 작은형님께 공장을 맡기고 곧 떠날 텐데 이대로 두면 미래가 없으니 새로운 돌파구를 열어 보자는 거지."

자금 사정이 좋지 않던 나로서는 모험적인 투자를 하여 당시 고속도로에서만 팔리던 '컵 어묵'도 생산하여 '사직야구장' 같은 곳에 납품도 하고 새로운 품목도 개발했으나, 고급 어묵에 대한 수요 자체가 많지 않아 사업의 판도를 바꿀 수는 없었다.

고 선배는 얼마 후 부산에서 중등학교 교사로 근무하던 지금의 형수님을 만났는데 장가를 잘 든 것 같았다. 유복녀인 외동딸을 키우신 장모님은 사위를 끔찍이도 사랑하여 재산도 넘겨주셨고, 형수님도 심성이 좋아서 직업이 없다고 남편을 타박하지 않았다.

민수도 서너 달 후 새로운 직장을 잡았고 그 후 개인 사업을 벌이며 오랫동안 부산에서 정착했다.

고 선배는 결혼 직후에 공장을 그만두겠다고 했다. 아마 새롭게 무엇인가 공부해 보고 싶었기 때문이리라.

"형님, 남자가 결혼했다고 바로 직장을 그만두는 것은 보기 좋지 않습니다."

"알겠다. 내 박 대리 말대로 하지."

가덕도에 뛰어든 사람

재기의 몸짓

1983년 여름이 지나면서 그해에는 꼭 결혼해야겠다는 생각이 들었다. 유행하던 김상희 노래의 가사에서 '서른한 살 노총각님'이라고 했는데 나도 우리 나이로 그 '서른 하나'가 되었기 때문이다.

그해, 나는 세 명의 여성을 만났다. 한 사람은 대학 후배의 소개로 만난 여성으로 영어 학원 강사였다. 나보다 여섯 살 떨어지는데 외모나 체격, 집안도 나무랄 것 없었고 성격은 여성스러우면서도 씩씩한 편이었다.

이 여성과는 후배들과 같이 여러 번 만났고 꼭 한 번 둘이서만 데이트를 했다. 나에게 호감을 가진 것 같았으나 워낙 내 처지가 험난하였기에 함께하자고 말하기는 어려웠다.

다른 한 사람은 아버지께서 중매쟁이를 통하여 소개한 여성이었다. 맞선 자리에는 그 여성의 모친이 함께 나왔고 나는 아버지와 동행했다.

여성은 초등학교 교사였다. 이목구비가 또렷했으나 화장이 짙은 외모나 말씨가 내 취향이 아니었다. 여성의 모친은 매우 적극적인 사람이었지만, 다소 속된 분위기를 풍겼다.

"이마 좀 보여 줄래요?"

처음 본 자리인데 내 이마를 보고 싶어 했다.

나는 항상 이마 앞머리를 내리고 있었는데 혹시 흉터라도 있나 생각했나 보다. 그 후 우리는 몇 차례 더 만났고 그녀의 집에 들러 부친과도 인사했다.

아버지는 그녀를 적극적으로 추천했다. 그 여성이 인물도 좋고 집안의 재력도 있기 때문이란다.

그때 나는 또 다른 여성을 만나고 있었다. 그녀는 고교 동창 아내의 친구로 역시 초등학교 교사였다.

박사과정에 입학한 후 직장을 잡아도 좋을 듯하여 살펴보니 부산문화방송에서 TV 기자를 뽑는다는 공고가 붙었다. 지원서를 내고 시험 날짜를 기다리는데 고교 동창 김종필이 결혼한다면서 사회를 봐달라고 했다. 입사 시험과 결혼식 날짜가 중복되므로 곤란하다고 하니 막무가내였다.

"입사는 무슨, 때려치워라!"

"대신 마누라 친구 소개해 줘야 해!"

결혼식이 끝난 후 그 친구가 나를 포함한 고교 동창들을 집으로 초청했다.

"부인 친구 소개해 줘야지!"

그러자 부인 최 선생이 전화를 해서 우리는 그 친구 집에서 첫

가덕도에 뛰어든 사람

대면을 하게 되었다.

그녀의 첫인상은 좋았다. 화장하지 않은 하얀 얼굴에서 풋풋한 건강미를 뿜고 있어, 소박하면서도 화사한 기운을 느낄 수 있었다.

그 후 우리는 몇 번 더 만났고 드디어 그녀에게 프러포즈도 했다.

"결혼할 나이인데 아는 사람은 혜숙 씨뿐입니다."

"……."

프러포즈가 황당했던 것인지, 아니면 그녀의 마음이 정해지지 않았던 것인지 대답은 없었다.

시간이 흘러가매 나는 선택을 해야 했다. 우선 나이가 어린 영어 강사 여성은 젖혀 두고 두 사람 중에서 누군가를 선택하기로 했다. 부모님께 다른 사람을 만나고 있으니 한번 보아 달라고 했다.

혜숙을 보시고 난 아버지의 말씀은 전혀 예상 밖이었다.

"임마, 너는 여자 보는 눈이 삔 거냐? 그게 인물이냐?"

"저는 괜찮다고 생각되는데요."

"좌우간 사주나 가지고 와 봐라!"

그녀는 크리스천이라 대놓고 사주를 달라고 하기가 어려웠다.

적당한 구실로 사주를 알고 그녀를 보낸 후 서면 '영광도서' 부근에 간판이 붙은 점집을 찾았다.

"이 사주로 궁합 좀 봐주십시오."

"여자가 조실부모하고 고생하는 사주라 부모님이 싫어할 것 같군요."

"좋은 방도가 없겠습니까?"

"당신은 사주를 믿습니까?"

"나는 아무래도 좋습니다."

"여자의 양력 생년월일을 음력으로 바꾸면 부모님이 좋아할 궁합이 됩니다."

나는 의기양양하게 아버지께 그녀의 사주를 알려드렸다.

"이 여자는 사주가 엉망이다."

아버지의 단골 점집에서 감정한 결과 가짜 사주 역시 나빴던 모양이었다.

이실직고하고 진짜 사주를 드렸는데, 결혼하면 부모를 해치게 되는 사주라고 했다.

결혼을 앞두고 미처 예상하지 못한 문제에 봉착하였다. 아버지와 내 생각이 크게 달랐던 것이다.

아버지는 우리 처지가 어려우니 처가라도 여유가 있어야 한다는 입장이었다. 나는 결혼의 당사자이므로 내가 원하는 쪽으로 하고 싶다고 버텼다.

우군을 구하기 위하여 형제들과 자리를 만들어 그녀 혜숙을 불러 보았다. 형제들은 이구동성으로 권하고 싶지 않다고 했다. 친구들도 오히려 중매를 통해 맞선 본 여성이 좋아 보인다고 했다.

주변에서 모두 그렇게 권유하니 내 마음이 크게 흔들렸다.

'혜숙과는 손 한 번 잡아본 사이도 아니니 모두가 원하는 쪽으로

　　　　　　　　　　가덕도에 뛰어든 사람

해야 하지 않을까?'

그러던 와중에 한혜숙에게서 전화가 왔다. 내가 마음을 정하지 못하고 있던 사이에 시간이 좀 흘렀기 때문일 것이다.

- 서면의 어느 칵테일 하우스.

그날 만나 보니 한혜숙의 표정은 밝아 보였다. 원래 하얬던 얼굴에 살짝 홍조를 띠니 더욱 화사하게 느껴졌다.

이야기 중 무슨 말을 하던 끝에 그녀가 의미 있는 듯한 말을 했다.

"이제 마음이 기울었습니다."

그러나 무슨 말인지 알 수가 없었다.

보통 때 같았으면 상대방의 의중을 확인하지 않고 그냥 지나칠 수도 있었겠지만, 그날따라 신중을 기했다.

"어느 쪽으로 기울었단 말입니까?"

그러자 손가락으로 나를 가리켰다. 일전에 내가 한 멋대가리 없는 프러포즈에 대한 답이었던 셈이다.

순간 마음속의 모든 회의가 사라지고 결심이 섰다.

나는 그녀 한혜숙의 손을 잡았다.

그날 밤에 집에 돌아와 식구들에게 결혼 상대를 선포했다.

아버지는 합리적인 분이셨다. 비록 몇 달간 논쟁을 벌였지만, 아들이 결심하니 흔쾌히 수용해 주셨다.

배우자 선택을 두고 아버지와 가진 논쟁은 자연스럽게 다양한 주제로 번져 갔다. 그러한 과정에서 나는 아버지의 인생관을 확인하고 이해하는 소중한 시간을 가질 수 있었다. 언제가 꼭 물어보고 싶었던 말도 그때 꺼내 보았다.

"남들은 독립운동을 한다고 난리였는데 아버지는 동경 유학하시면서 그런 생각은 해 보지 않으셨습니까?"

"나는 독립군이 있다는 소리를 들은 적이 없었다."

"해방 직전 김해읍 공무원 시절에 병사 업무를 보셨다는데 종군 위안부 일에도 관여하셨습니까?"

"나는 그 일에는 직접 관여하지 않았다. 당국에서 김해군으로 할당 인원을 보내면, 군에서 자금을 마련하여 집안 사정이 아주 딱한 사람들에게 돈을 주고 설득하여 딸을 내놓게 하기도 했다."

"해방 후에 고초를 겪지는 않았습니까?"

"나는 재물을 탐하거나 일제에 아부하지 않았으므로 아무 피해도 입지 않았단다. 오히려 김해읍 청년단 가입을 요청받아 질서 유지를 도왔다."

사람의 미적 감각은 가족 간에도 개인차가 큰 것 같았다.

아버지께는 한혜숙의 외모가 마음에 차지 않았던 것 같았지만, 막냇동생에게는 그렇지 않았던 모양이었다.

우리 형제는 6남 1녀인데 그중에서 막내 제수씨가 가장 인물이 좋다고 말들 한다.

나보다 10살 떨어지는 막냇동생이 제수씨를 소개하는 자리에서 우리 부부는 아가씨의 용모를 보고 적잖이 놀랐다.

후에 내가 막냇동생에게 물어보았다.

"어떻게 인물 좋은 제수씨를 만나게 되었나?"

"내세울 것 없던 형님이 예쁜 형수님을 모시고 오는 것을 보고 저도 용기를 얻게 되었습니다."

내가 한혜숙을 택한 주된 이유는 '마음이 잘 통할 것 같다.'라는 생각이 들었기 때문일 것이다. 그녀에게는 내 사정을 솔직하게 말해도 좋을 것 같았으며, 실제로 교제 중에도 내 형편을 충분히 설명했다.

그녀는 명문이었던 경남여고를 나와 나보다 4년 늦게 부산대학교에 입학했으며 졸업 후에는 초등학교 교사가 되었다. 그렇지만 그녀가 나를 선택한 것은 아무래도 불가사의하다.

첫째, 그녀는 모태신앙을 가진 사람으로 크리스천이 아니면 결혼하지 않겠다고 공언했었다고 한다.

둘째, 내가 빚이 많다고 했는데도 괘념치 않았다는 점이다.

셋째, 나는 그 당시 박사과정을 휴학하고 사업에 뛰어들었기에 장래 목표도 불확실했다.

반면에 내가 그녀를 좋아한 점은 조신하면서도 순수한 용기와 열정이 엿보였기 때문이다. 덧붙여서 그녀는 당시 소문난 피부미인이었다.

나는 결혼 초기 처가에 큰 무례를 저질렀으나 그때는 심각하게 여기지 않았다. 결혼 당시 공장일로 머릿속도 복잡하고 피곤하기도 했기에, 신혼여행을 가지 않고 조용한 해운대에서 머물고 싶었는데 한혜숙도 이에 동의했다.

우리는 결혼식 후 절친 한인회 회원들과 해운대 인근 횟집에서 놀다 동백섬에 위치한 '조선비치호텔'에서 이틀 밤을 보냈다.

그다음 날은 처가로 돌아가야 할 일정이었으나 나는 그냥 하루를 더 보내다 가고 싶었다. 아내가 된 혜숙이 처가에 전화하니 음식도 준비되어 있고 처삼촌 내외도 오기로 했단다.

"우리가 이미 경주에 와 있어서 돌아가기 어렵다고 전화해 줘요."

아내는 마지못해 내 말을 들었으나 그 일로 나는 두고두고 바가지를 긁혀야 했다.

후에 처가 사정을 들어보니 장인과 처삼촌은 단둘이서 6·25 때 월남한 후 장인은 진로 회사에 정착하고 처삼촌은 의사가 되었는데, 피붙이가 둘 뿐이어서 그런지 유난히 우애가 깊었고, 집안의 첫 혼사였기에 처삼촌 내외도 각별한 관심을 가졌다는 것이다. 그런 터에 결혼 후 처음 마련한 식사 약속을 내가 일방적으로 깨 버렸으니 처가 부모님의 입장이 얼마나 난처했을까 싶다.

당시 나를 비롯한 대부분의 '한인회' 회원은 세속의 질서를 백안시했다. 절친 진석이 장가들기 위해 함을 보내기 전날에 우리는 그의 집에 모였다.

"이 함, 안 보내면 안 될까?"

"나에게 시간을 주면 마음에 들도록 해 보일게."

진석은 수십 번 선을 보다 지쳐서 예전의 대학 동아리에서 안면이 있던 여성을 골랐다. 당시는 진석이 사법시험에 합격하기 전으로 법원 사무관직에 합격하여 부산지법에서 행정업무를 보던 시절이었다.

진석의 신부 기준은 아들을 낳을 수 있고 종갓집 맏며느리로서의 역할을 잘해 주는 것이 우선이었으니 철없이 까다롭기만 했던 우리의 눈에 찰리가 없었다. 나는 그때까지도 진석에게 그 결혼을 재고하라고 했고, 진석은 받아들여달라고 양해를 구했다.

"그래, 노력하고 싶은 사람을 만나기도 쉽지 않겠지."

나는 마침내 진석의 결정을 존중했다. 내 말을 듣고 진석은 비로소 마음이 놓여 기뻐하는 것 같았다.

우리 한인들은 다음 날 새벽에 함을 지고 진석의 처가에 갔다가 권하는 대로 술과 음식을 먹고 흥이 나서 노래까지 부른 후에 저녁 무렵에야 진석의 집으로 돌아왔다.

진석 아버님께서는 경우가 아니라고 나무라셨지만, 이미 지나간 일이 되어버렸다.

진석 부인은 과연 그의 기대대로 아들을 둘 낳고 종부(宗婦)로서의 역할을 잘하였을 뿐만 아니라 마음 씀씀이가 후하여 한인들의 단합에도 큰 도움이 되었다.

결혼 전에 우리는 주로 종건의 집에서 모였지만, 결혼 후에는 진석의 집에 자주 들렀다. 술을 마시고 아무리 밤늦게 찾아가도 진석 부인이 낮을 찌푸리는 걸 보지 못했다.

　살림살이는 내 방식과 형편대로 했다. 신혼집은 따로 구하지 않았고 공장 사택의 작은 방을 사용했다.

　사택은 20평 정도로 거실과 방 2개, 화장실 2개, 부엌 하나였다. 큰 방은 부모님과 여동생이 사용하였으니 그녀는 그야말로 시집살이를 시작한 것이었다. 후에 들은 이야기이지만, 그녀의 부모님이 신혼살림을 보고는 눈물을 흘리셨단다.

　그때 남동생 둘은 군대를 마치고 타지에서 직장생활을 하고 있었으며, 막냇동생은 부산에서 군 복무 중이었다.

　결혼하면 혜숙의 어깨가 무거워질 것 같아서 미리 가족회의를 열어 두었다.

　"우선, 어머니는 제가 사람을 한 명 붙여드릴 테니 직원들과 우리 식구들의 식사 문제를 책임져 주시기 바랍니다."

　"안 그래도 벌써 공장의 부엌일을 돕고 있다. 나야 할 일이 있으면야 좋지."

　"아버지도 이제 신용이 회복되셨으니 예전과 같이 수산 센터에 가서서 생선 구매를 맡아 주셨으면 합니다. 그 외의 시간은 자유롭게 소일하셔도 무방하겠습니다."

　"생선을 구입하는 일이라면 내가 전문이지. 그날그날 경매 가격은 물론이고 장기적인 날씨도 살펴야 하니. 아직 몸은 건강하니 그 문제는 걱정하지 말아라."

　　　　　　　　　　　　　　가덕도에 뛰어든 사람

"그렇지만 조건이 있습니다. 생선값이 싸다고 마구 구입하면 자금의 뒷감당이 어렵습니다. 그 문제만큼은 반드시 저와 의논하셔야 하겠습니다."

"물론이지. 고기를 잘 골라서 사야 공장의 수익이 나겠지만, 대량 구입하여 냉동 보관하려면 자금이나 이자도 생각해야 하니."

"지수는 힘들겠지만 당분간 아버지, 어머니와 같이 큰 방을 쓰도록 해야겠다. 따로 직장생활을 하니 집안일을 돌볼 필요는 없고."

"알겠어요, 오빠."

"저도 곧 결혼할 것인데 아내가 될 사람도 직장이 있으니 두 분 밥상 차리는 일 외에는 지수와 마찬가지로 여겨주시기 바랍니다."

"오냐, 당연히 그래야지."

내가 공장을 인수하게 됨으로써 아버지는 예전의 활기찬 생활로 되돌아가실 수 있었다. 그로부터 꼭 10년 후인 72세에 후두암으로 갑자기 돌아가시기까지 아버지의 그 일은 계속되었다. 내 뒤를 맡은 작은형님도 아버지께 같은 일을 맡겼으며, 아버지는 매일 새벽 생선 구입 후에 친구들과 점심 내기 고스톱을 하시면서 유쾌한 만년을 보내셨다.

1983년 7월에 공장을 맡은 후 약 1년간은 쉬는 날 없이 일했다. 생산 현장에서 직원들과 밤을 새운 적도 부지기수였다.

1년이 채 못 되어 사업은 안정이 되었고 여동생도 결혼시킬 수 있게 되어 가족 구성원으로서의 의무도 어느 정도 이행한 셈이 되었다.

그렇지만 시간이 흐를수록 지금의 모든 것이 내 길이 아니라는 느낌이 짙어졌다. 어묵 사업으로는 큰돈을 벌기도 어렵겠거니와 사업으로 시간을 보내기는 더욱 아까웠다.

마침 조명시설 도매사업에 실패하고 일을 찾던 작은형님을 설득하여 공장을 맡기고 대학원에 복학했다. 복학한 이듬해 봄, 교수님들께 양해를 구하고 구포에 있는 고시원으로 들어갔다.

행정고시에 다시 도전하기 위해서였다. 그곳에서 안상수가 그때까지 사법시험 공부를 하고 있었기에 3년 전에 은행을 그만두었을 때와 마찬가지로 그와 함께했다.

이때는 큰딸이 태어나 있었기에 아내가 애를 데리고 고시원을 찾아와 주기도 했다. 산사에서 공부할 때 가끔 애인이 찾아오는 사람들을 부러워하기도 했지만, 애들을 데리고 오는 것을 보지는 못했다. 나같이 늦은 나이에 공부하는 것이 분명 비정상이라는 사실을 상기하게 해 주었다.

아내는 공장 걱정을 했지만, 큰 소리로 안심을 시켰다.

"공장을 이대로 두어도 좋을지 염려됩니다."

"내가 없는 동안 아주 망하지만 않으면 어떻게든 회생시킬 수 있을 것이오."

무리하여 고시를 다시 보았으나 1차 시험에 불합격했다. 고시를 중단한 지난 4년 동안 시험의 수준이 높아진 것인지, 아니면 감각이 떨어진 것인지는 몰라도 지문을 읽기에도 시간이 벅찼다.

마치 제갈공명이 출사표를 내고 촉나라의 운명을 건 전쟁에서 이기지 못한 것과 마찬가지의 형국으로, 나는 공장의 운명을 걸고 무리하게 고시에 재도전했으나 실패를 맛본 것이었다.

"다시 허다한 물자를 들여 '후 출사표'를 낼 것인가?"

내 나이 만 32세. 행시는 만 35세까지 연령 제한이니 아직 세 번의 기회가 있었다.

장고를 거듭한 끝에 드디어 행시를 중단하기로 했다.

20세에 나는 두 가지 염원을 세웠다.

행정고시에 합격하여 그녀, 조미향을 얻는 것이었다.

하나의 희망은 벌써 사라졌고, 나머지 하나마저 이제는 진짜 포기해야 하는 것이었다.

고시 병은 생각보다 깊었다. 대학 4학년 때 조미향을 잊으려 하니 가슴이 찌르듯 아파 왔는데, 10년을 염원했던 고시 역시 마찬가지였다.

포기하는 아픔이 컸지만, 또다시 실패를 거듭하면 인생을 돌이킬 수 없는 파국으로 몰아갈 것 같았다. 아픔을 견디면서 새로운 기회를 찾기로 했다.

박사과정 2학년 2학기부터는 학업에 전념했다. 공장은 완전히 작은형님께 넘기고 공장 사택을 떠나 살림도 났다.

공부하려니 돈이 필요했지만, 아내에게 손을 벌릴 수는 없는 일이었다. 교편을 잡는 아내는 집안 살림을 맡도록 하고 나는 공장에서 용돈을 지원받기로 했다.

박사과정은 3년이었다. 요즘은 국내 박사학위 과정이 2년으로 줄어들었고 보통 3년 정도면 학위취득이 가능하지만, 당시 부산대 정책학과에서는 학위 과정 수료 후 5년 이내에 학위를 취득하면 빠른 편이었다.

박사과정에 입학한 우리는 보통 두 가지 길을 택했다. 하나는 시간강사 일을 하다가 교수가 된 후 박사학위를 취득하는 것이고, 다른 하나는 학위를 취득하고 교수직을 구하는 길이었다.

나는 전략적으로 후자를 택했다. 비록 시간이 걸릴지라도 잘못하다 학위도 받지 못하고 시간만 보내는 위험을 피하기 위해서였다.

이는 내 처지를 감안한 것이기도 했다. 명문대를 나와 인맥이 좋으면 학위가 없어도 교수가 되었으나, 부산대 출신에다 고교도 실업계를 나온 나에게는 그런 길이 희박하다고 보았기 때문이다.

박사과정 수료 후 나는 2명의 동료와 부산대 앞 건물에 연구실을 열어 학위논문을 준비했다. 우리는 매일 출근하여 각자 연구를 했으나 때로는 논문작성이나 진로에 대해 의논도 했다.

학부가 4년 빠른 김 선배는 박사과정에 나보다 2년 늦게 들어와서 연구실에 합류했는데, 경제적으로 여유가 있던 편이라 연구실 예치금이나 복사기 같은 집기들의 구입을 맡아 주었다.

그 연구실에서 생활한 지 3년쯤 지났을까. 어느 날 오후에 김 선배가 침울한 내 기분을 풀어주려고 말을 붙여 왔다.

"박 선생, 이번 박사학위 논문 예비심사에서 부결되어 상심이 크겠어요."

"논문작성에 꼬박 3년이 걸렸는데 부결되니 허탈합니다."

"나는 아직 논문 주제도 잡지 못했는데 제목은 어떻게 잡았지요?"

"저도 지도 교수님이 논문 주제 선정에 도움을 주지 않아서 제목을 정하는 데 1년 이상 소요되었지요. 어묵 공장을 운영하면서 세금 문제로 어려움을 겪었던 경험을 토대로 조세정책을 논문 주제로 삼았습니다."

"예비심사에서는 어떻게 부결되었지요?"

"우리 학과에서는 대학원에 학위심사청구 논문을 제출하기 전에 학과 교수 전원이 심사하여 통과되어야 정식으로 논문을 제출할 수 있지요. 이번 예비심사에서 8명 중 소장 교수 2명이 반대하는 통에 부결되었습니다."

"논문에 어떤 문제가 지적되었지요?"

"이론적 모형에 대한 지적이 있었지만, 저는 교수들이 지적한 내용을 정말 납득할 수가 없습니다."

"앞으로 어쩔 계획입니까?"

"별수 없이 6개월을 기다렸다 다시 제출해야겠지요."

"박 선생 계획에 큰 지장은 없겠어요?"

"금년 말에 지역의 몇몇 대학에서 교수를 충원할 것이라는 정보가 있는데 모처럼의 기회에도 지원서조차 넣기 어렵게 되었습니다."

"박 선생, 지난번에도 선배 한 분이 예비심사에서 부결되어 아예 부산대학 학위를 포기했는데 무슨 대책이 필요하지 않을까요?"

"선배님, 정말 옳은 말씀입니다. 예비심사는 대학 학칙에도 없는 학과 내규인데, 사실상 교수 전원이 찬성해야 통과되니 본 심사보다도 더 어렵다고 보아야 합니다. 예비심사를 위한 공개세미나 장에서는 항상 교수들의 의견이 서로 대립하고 싸우기까지 하니 학생들이 누구 말을 들어야 할지 갈피를 잡기도 어렵지요."

"이번 기회에 폐지하든지, 아니면 예심 결정을 위한 다수결 규정이라도 만들어야 하지 않을까요?"

"제가 취지문을 만들고 박사과정 학생들의 서명을 받아서 제출해 보겠습니다."

당시에는 내가 학문적으로 미숙했던 탓인지 교수들의 지적에 도저히 수긍할 수 없는 측면도 있었다. 얼마나 분노가 컸던지 그중의 한 교수를 칼로 죽이는 끔찍한 꿈마저 꾸었다.

내가 앞장서서 '학과 예심제도 개선안'을 작성하여 박사과정 재학생과 수료자 10여 명의 서명을 받아서 학과장에게 제출했더니, 이를 불쾌하게 생각하는 교수도 있었다. 학과 교수들은 우리의 제안을 수용하지 않았지만, 그래도 문제점만은 잘 전달되었음이 분명했다.

그런데 6개월 후 다시 논문을 제출하려 하니 학과 내에 문제가 생겼다. 그 유명한 부산대 정책학과 사건이 발생한 것이다.

학과에서 교수 한 명을 채용하기로 했는데 이 과정에서 학과 교수의 의견이 양분되었다. 이 사건은 그 후 학과 교수 두 집단의 극단적인 대립을 거쳐 재학생들의 학내 소요를 유발하고, 학과 교수

가덕도에 뛰어든 사람

두 명이 해임되는 일대 사건으로 번져 갔다.

학위논문을 제출하려면 예비심사를 거쳐야 하는데 교수들이 서로 얼굴을 보지 않으려 하니 심사 자체가 불가능하게 된 것이다.

나는 교수들이 싸우더라도 의무는 이행해야 한다고 생각했다. 지도교수님을 찾아갔다.

"학위논문을 제출하고자 합니다."

"이런 판에 심사가 되겠는가?"

"심사는 해 주셔야 한다고 봅니다."

"예비심사 기간도 지났는데 어떡한다?"

"학칙에 따라 일단 대학원에 논문을 제출하고, 그 후 학과 예비심사에서 부결되면 논문을 철회하겠습니다."

논문 심사 절차는 학과장의 소관 사항인데 당시 학과장이었던 성 교수는 내가 제안한 심사 절차를 흔쾌히 승인해 주었다.

예비심사과정은 험난했다. 지도교수님의 반대편 교수들은 집요하게 문제점을 지적했다.

나를 지지해 줄 교수가 다수일 것으로 보였지만, 학술 문제인 만큼 답변을 잘못하면 어쩔 수 없는 일이었다. 지난 6개월간 이전 논문에서 지적된 문제에 대해서는 충분히 보완했으므로 막힘없이 답변했다. 마침내 지도교수님의 중재로 '전원 찬성' 방식으로 예비심사를 마쳤다.

본 심사는 다섯 명이 하게 되며 반드시 외부 교수가 한 명 이상 참여해야 했다. 다섯 명 중 네 명 이상이 찬성해야 통과되지만, 어느 한 사람이라도 적극적으로 반대하면 사실상 통과는 어렵다.

그러나 이미 학과 내 예비심사를 거쳤고 내부 교수 네 명은 동의한 바였으므로 본 심사는 순탄하게 끝났다. 1990년 8월, 내 나이 37세. 휴학 기간 1년을 합쳐 장장 7년 반 만에 학위를 취득한 것이었다.

학위취득 직후인 그해 가을에 부산 지역의 모 국립대학에서 교수충원 공고를 냈다. 서류를 제출하고 전형이 진행되는 동안 고교 은사로 그 대학에 재직하던 교수님을 찾아뵈니 반갑게 맞이하고 진행 과정을 소상하게 확인해 주었다.

"지금 자네가 서류전형에서 2위이니 면접 준비를 잘하도록 하게."

"선생님, 감사합니다. 잘 준비하도록 하겠습니다."

면접장에 가니 미국에서 지원했다는 1순위자가 출석하지 않았으므로 혼자 면접을 보게 되었다.

기대가 컸으나 무슨 일인지 최종적으로 인사위원회에서 부결되었다. 인사위원회는 총장의 자문기관으로 통상 명백한 결격사유가 없는 한 부결되는 경우가 드물었다.

나중에 소문을 들으니 총장이 생각해 둔 사람이 있었단다. 남의 굿판에 뛰어들었던 모양새였는데, 원하던 사람을 뽑지 못하자 아예 사람을 뽑지 않기로 결론을 내린 것이리라.

다른 대학에서는 유사한 사례로 총장이 인사위원회를 다시 열고 재심하여 충원한 경우도 있었지만, 나에게는 그만한 힘이 없었다. 결혼

가덕도에 뛰어든 사람

후 근 7년간 묵묵히 내조해 준 아내에게 한없이 미안했다.

이듬해 가을 나는 부산 소재 중견 사립대학인 해동대학교의 '지역발전연구소' 연구원으로 채용되었다. 해동대학에서는 지방자치시대를 맞이하여 새로운 연구소를 설립하고 연구원을 수소문하던 중 나를 발탁했던 것이다.

연구소장은 대학 내 정책대학원장을 겸직하고 있어서 사실상 부총장의 위상을 지니고 있었다. 초대 연구소장은 장차 총장이 될 가능성도 있었으므로 연구소의 성과를 높이는 데 지대한 관심을 두었다.

해동대 연구원으로 발탁된 것은 순전히 나를 도와준 친구들과 내 인맥 덕분이었다. 나와 학부 시절에 같이 고시 공부를 했던 절친 박진석은 30대 초반에 사법시험에 합격하여 변호사가 되었다.

진석은 내게 가장 깊은 인맥인 '한인회'에도 속했지만, 출세한 후에는 '천지회'를 결성하는 데 중심적인 역할을 했고 또 나를 가입시켜 주었다.

'천지회'는 1970년대 초반에 부산대 법대를 나와 성공한 사람들의 등산 겸 사교모임이다. 회원은 20명 정도로 법관, 변호사, 교수, 고위공무원, 방송기자, 신문기자, 은행 간부, 사업가들이 모여 있으니 부산시의 모든 정보가 흘렀고 개개인의 영향력 또한 컸다. 그 속에서 변변한 직장이 없는 사람은 나 혼자였지만, 진석이 나를 참여시킨 것이다.

연구소장은 부산대 법대 교수로 근무한 적이 있는 모교의 은사였지만, 나와는 학과가 달랐기에 진석과 '천지회' 오 회장의 추천으로 나를 채용하게 된 것이다.

연구소에 채용된 후 소장과 첫 대면을 하면서 분장업무를 확인하였다.

"소장님, 절 채용해 주셔서 감사합니다."

"주변에서 좋은 친구들이 박 선생을 천거했으니 나도 안심이 되네."

"연구소를 앞으로 어떻게 발전시킬 계획이십니까?"

"지역발전을 위해서는 지방분권이 선행되어야 하니 우선 지방자치 신장에 초점을 두었으면 하네. 현재 한양대 지방자치연구소가 이 분야에서 가장 앞서가고 있는데, 우리 연구소도 그렇게 발전시키고 싶네."

"저는 앞으로 어떤 일을 맡으면 되겠습니까?"

"첫 사업으로는 지방의회를 지원하도록 연찬 세미나를 개최하고 자료집과 논문집을 발간했으면 하네. 모든 것이 처음 시작이니 백지상태에서 박 선생이 마음대로 그림을 그려 보게."

"연구소 지원인력과 예산은 어느 정도입니까?"

"석사급 연구원 1명을 전담인력으로 지원하고, 법경대학 교수 중 10여 명을 연구위원으로 참여시켜 분야별로 연구지원을 하도록 하겠네. 예산은 계획서를 제출하면 최대한 확보되도록 할 걸세."

나는 '상임연구원'이라는 직책을 얻었고 소장은 나에게 모든 것을 맡겼다. 직책은 비록 낮았지만, 연구소 내의 모든 기획과 연구성과의 결집에 대한 실질적인 권한은 나에게 주어졌다. 나는 연구소를 통하여 자신을 평가받기로 결심하고 마치 왕년에 사업을 하듯이 구상하며 실천해 갔다.

처음 몇 년간 중점 사업은 지방의회를 지원하고 지방의원을 위한 연찬 세미나를 개설하는 것이었다. 동시에 논문집과 자료집을 발간하고 전국의 지방의회와 연구소 회원들에게 배포했다.

또한, 주기적으로 지방자치 현안에 대해 조사하여 언론에 발표하고 인터뷰를 했다. 그 결과 몇 년 내로 해동대 지역발전연구소는 전국적인 명성을 얻게 되었다.

부산에서 매년 개최하였던 학술세미나에는 전국에서 지방의원들이 200~300명씩 참석하였고, 각지의 지방의회에서는 조례제정에 대한 의문이 있으면 우리 연구소로 문의해 왔다.

당시는 지방자치가 정착되지 않아서 지방의회에서 제정한 조례가 법률에 저촉되어 무효가 되는 경우가 많았기에 사전에 정확한 법률적 해석이 필요했기 때문이다.

연구소 일은 보람 있고 재미도 있었지만, 안정된 직장은 아니어서 좀 더 의미 있는 직장을 찾아야 했다. 이름은 연구원이었으나 사실상 조교 신분이었다.

대학에서 조교는 매년 새롭게 계약하므로 말하자면 나는 비정규직이었고 미생(未生)이었다. 박사학위를 소지하였으니 다른 조교들보다 급료는 2배쯤 많았지만, 여전히 초급 교수인 전임강사의 1/2 수준에 불과했다.

연구소에 있는 동안 몇몇 대학에 지원했으나 교수가 되는 문턱은 높았다. 현 상황을 타개할 수 있는 좀 더 적극적인 방법이 필요했다.

1992년에 김영삼 대통령이 이끈 문민정부가 들어서자 나에게도 인맥이 생겼다. 나는 정치적 인맥을 활용하기로 했다.

1995년 1월의 어느 추운 겨울날, 공보처장관 비서실장을 찾아갔다.

"선 선배님, 부탁이 있습니다."

"박 선생 일이라면 무슨 일이든지 도와야지."

"청와대에서 우리 대학 이사장님께 전화를 한 통 해 주었으면 합니다."

"그럼 허 수석께 부탁을 드려야겠군. 내 바로 전화를 해 보지."

공보처장관 비서실장을 맡고 있던 선 선배는 즉석에서 청와대 비서실로 전화했다.

"형님, 선달현입니다. 경남공고 후배 박우석이 해동대 연구소에서 근무하는데, 형님의 도움이 좀 필요합니다. 같이 한번 들리도록 하겠습니다."

문민정부 출범 후 나와 친분이 깊었던 고교 선배 선달현 씨는 공보처장관 비서실장으로 임명되었고, 그 선배는 청와대의 대단한 실세였던 허 수석비서관과 호형호제하는 막역한 관계를 맺고 있었다.

나는 선 선배를 찾아가 '청와대에서 우리 대학에 영향력을 미치도록 지원해 줄 것'을 부탁했다. 대부분의 사립대학에서 교수 채용

가덕도에 뛰어든 사람

권한은 이사장이 행사하고 있으므로 허 수석비서관을 통하여 이 사장께 '잘 봐주라.'라는 부탁을 하고 싶었던 것이다.

선 선배는 공무원이지만 소위 운동권 출신이었으며, 고교 1년 선배이지만 대학은 늦어서 학번이 나보다 3년 늦은 75학번이었다. 경남공고를 나와서 취업했다가 뒤늦게 부산법대에 들어오게 되었다.

그 선배가 재수하던 시절에 10월 유신이 단행되었는데 울분에 차서 자기 친구에게 편지 한 장을 보냈다.

"박통이 자기가 왕인지, 대통령인지 구분을 못 하고 있다. 이번 개헌 투표에서는 반드시 X표를 하자."

이 편지가 서신 검열에 걸려 국가원수 모독죄와 포고령 위반이란 죄명으로 구속되어 비상계엄하에서 군사재판을 받았다. 다행히 검사의 공소 취하로 풀려났으나, 유신정권 기간 내내 요시찰 인물로 분류되어 감시를 받았다.

고교 동문이자 대학의 학과도 같았지만 최초의 만남은 졸업 후 부산은행 연수원에서였다. 내가 은행에 사표 내던 날에 전화했더니 그 선배는 이미 하루 전에 사표를 내고 나갔다고 했다.

그 후 선 선배는 서울대 행정대학원을 거쳐 내가 박사과정에 복학할 무렵에는 부산대 정책학과의 조교로 와 있었다. 우리는 대학의 다른 후배 2명과 '영남학파'라는 간판을 걸고 조교실에서 함께 공부했다.

그 선배는 내가 학위 과정에 있는 동안 행정고시에 합격했고 그 무렵 장관 비서실장이 되었다. 직책은 서기관이었지만, 워낙 청와대의 실세와 가까우니 장관도 소홀히 대하지 못했다.

선 선배는 흔쾌히 내 부탁을 들어주었고 우리는 함께 청와대로 갔다. 청와대 수석실에는 부속실이 따로 있었으며 권력의 심장부라 그런지 많은 사람이 면담을 위해 대기하고 있었다.

부속실의 비서관은 선 선배를 잘 알고 있었기에 우리를 오래 기다리게 하지 않았다. 넓은 수석비서관실에 대형 TV가 있는 것이 인상적이었다.

허 수석은 고교 10년 선배였지만, 나와는 초면이었다. 훤칠한 키에 용모도 남자다웠다. 우리를 친근하게 맞아주어 편한 마음으로 부탁했다.

"선배님, 청와대 허 수석입니다. 제 후배 박우석이 해동대 연구소에서 근무하는데, 쓸 만하니 잘 살펴주시기 바랍니다."

즉석에서 통화해 주었고 이사장님을 선배라고 호칭했다. 당시 이사장님의 연세는 육십을 훨씬 넘겼는데 50대 초반의 허 수석이 선배라고 부른 것은 아마 이사장께서도 정계 경력이 있기 때문인 것 같았다.

나는 허 수석이 베풀어 준 기회를 놓치지 않기로 했다. 마침 설날 직후였으므로 해동대 이사장실을 찾아갔다.

부속실에서 접견 신청을 하고 심호흡을 했다. 이사장실은 넓었고 내가 일찍이 본 적 없는 으리으리한 분위기를 풍기고 있었다.

넓은 접견실로 걸어 들어가 인사드리고 이사장님이 자리한 탁자

가덕도에 뛰어든 사람

옆자리로 조심조심 다가가 앉았다. 가까이에서 처음 보는 이사장님은 풍채가 좋고 근엄하셨다. 목소리가 떨리지 않도록 단전에 힘을 모았다.

"허 수석께서 안부 전하라 하셨습니다."

"몰라. 허 비서인가 하는 사람에게서 전화는 받았어."

"우리 대학에도 연구소에 연구교수를 두어야 하지 않겠습니까?"

"생각은 좋지만, 돈이 없으니…."

이사장께는 청와대 허 수석이 전혀 통하지 않는 것 같았다. 더구나 일개 조교 신분인 연구원 앞에서 돈이 없다는 말까지 하실 정도로 경영자로서 빈틈을 보이지 않았다.

나는 마치 거대한 철벽을 마주한 것 같았으며, 내 소박한 소망은 그 자리에서 흔적도 없이 사라짐을 느꼈다.

모처럼 꾀를 내어 본 시도가 실패하니 깊은 절망감이 밀려왔다. '내 나이 이미 40을 넘겼는데 대학의 문턱이 이렇게도 높다면 앞으로 내 인생은 어떻게 펼쳐질 것인가?'

법대생인 우리는 고시에 실패하여 피폐해진 인생을 수없이 보았다. 마찬가지로 박사학위를 받고도 교수가 되지 못하고 평생을 시간강사로 전전하는 사람들이 적지 않았다. 가까이로는 부산대 정책학과 출신 선배 한 분이 그때까지도 자리를 잡지 못한 상태였다.

'나도 정말 그렇게 사회생활에 실패한 한 사람으로 살아가야 하는 것인가?'

정신이 번쩍 들기도 하고 눈앞이 캄캄하기도 했다. 그때 내가 만약 술을 마시는 사람이었다면 분명 주야로 대취했을 것이다.

그렇게 며칠을 실의에 젖어서 보내는 동안, 예기치 못한 반전의 기류가 흘렀다.

해동대학에서는 의과대학 유치를 숙원사업으로 삼고 있었는데, 이는 보통 어려운 일이 아니었다.

대학의 학과 개설이나 정원 조정은 교육부 소관이었으나 의과대학의 인가는 보건복지부의 승인을 얻어야 하는데, 복지부는 의사의 입장을 대변하는 부서였다.

예나 지금이나 의사들은 숫자가 많으니 대학에서 정원을 늘리면 안 된다고 주장한다.

따라서 두 부치를 한꺼번에 설득하려면 대통령의 힘이 필요하다는 결론에 도달한다.

해동대학의 수뇌부에서는 마침내 새롭게 등장한 문민정부의 대통령과 접촉할 수 있는 길을 찾기에 이르렀다.

이사장님과 측근들 사이에 오고 갔다는 대화는 이랬다.

"부산에서 대통령에게 가장 영향을 미칠 수 있는 인물이 누군가?"

"청와대 허 수석입니다."

이사장 부속실에서 이사장님이 찾으신다는 전화가 왔다.

"자네가 허 수석을 어찌 아는가?"

가덕도에 뛰어든 사람

"평소에 잘 알고 지내는 고등학교 선배님입니다."

"허 수석에게 자네를 보내 심부름을 시키면 좋아할까?"

"이미 안부 전화를 해 주셨지 않습니까?"

며칠 후 이사장 부속실에서 "청와대에 다녀왔으면 한다."라는 전갈이 왔다. 나는 이를 계기로 이사장께 평소 마음에 품었던 제안을 했다.

"저는 조교 신분인데 청와대에 출입하려면 어울리는 명함이라도 있어야 하지 않겠습니까?"

"무슨 직함이 필요한가?"

"연구교수면 어떻겠습니까?"

뒷날 들으니 이사장께서는 내가 이사장실에서 나간 즉시 내 직속 상관이었던 연구소장을 불렀다고 한다.

"전 소장, 박 선생이 연구교수가 되고 싶다는데 어떻게 생각합니까?"

"정책학과 교수로 임용해도 손색이 없을 것입니다."

소장의 지지까지 있었던 덕분인지, 이사장님과 나와의 대화 창구는 부속실 비서에서 대학의 사무처장으로 격상되었다. 사무처장을 통한 '연구교수 제안'은 즉시 받아들여져 일사천리로 총장의 결재가 났다.

나는 뒷감당이 좀 어려운 제안을 한 셈이었는데 일단은 성공했다. 연구교수 발령이 내려졌고 그때가 연구소 경력 3년 6개월째인 1995년 2월 말이었다.

내 활동무대는 청와대와 교육부로 옮겨졌다. 즉시 허 수석을 만나서 사정을 이야기하고 도움을 청했다.

허 수석은 청와대 내의 교육 담당 수석을 소개해 주었을 뿐만 아니라 교육부의 최고 실무자인 기획실장에게까지 전화를 해 주었다.

교육부에 들리니 기획실장 역시 고교 선배였고 실무과장으로는 부산대 법대 동기가 있었다. 그 동기와는 부산대 고시반에서 같이 공부했던 적이 있는데 행정고시에 합격하여 교육부에 근무하고 있었던 것이다.

인맥이 닿으니 이제 청와대와 교육부에서는 거칠 것이 없었다. 내 배후에는 뜨거운 권력을 행사하던 허 수석도 있었으니.

처음 출장은 비교적 성공적이었으며, 풍성한 정보를 수집하여 대학 당국에 보고했다.

나는 한 걸음 더 나아가 사무처장에게 새로운 교섭 창구를 만들 것을 제안했다.

"사무처장님, 제가 허 수석님을 계속 만난다는 것은 격에도 맞지 않고, 허 수석님이 제 말만 듣고 대통령께 부탁하기는 부담스럽지 않겠습니까?"

"박 선생, 그럼 누굴 보내면 좋겠습니까?"

"부산상공회의소 회장을 지낸 백 회장님이 좋겠습니다. 그분 역시 고교 선배로 허 수석과는 막역한 동지적 관계를 맺고 있습니다."

"그분이라면 우리 이사장님과도 친한 사이이니 잘됐군요."

나는 우선 백 회장을 만나 협조를 부탁드렸다. 백 회장께서는 평소 후배들을 잘 챙기시기로 소문났지만, 나와는 초면이었다.

백 회장께서는 자신을 힘든 일에 개입시킨다면서 좋아하는 기색이 아니었다. 그럼에도 이사장님의 요청이 있었던지 몇 차례 대학의 심부름을 맡게 되었다. 이를 계기로 백 회장과 나는 새로운 인연을 맺게 되었다.

가을이 되자 의과대학 유치 문제를 좀 더 확실히 해야 했다.

이사장께서는 허 수석과의 면담을 주선해 달라고 하셨다.

이때 예기치 못한 큰 문제가 발생했다. 중간에서 연락해 주던 선선배가 교통사고로 의식불명 상태가 되어버린 것이었다.

허 수석과는 직접 접촉해 보지 않은 사이였으니 대단히 난감했다. 선 선배를 만날 겸 문병하러 신촌 세브란스병원을 찾아가니 선배는 의식불명이요, 부인은 넋이 반쯤 빠지고 사색이 되어 있었다.

며칠 뒤 의식이 회복되었다 해서 다시 가보니 발음이 온전치 않았고 기억도 확실치 않았다. 아픈 사람에게 미안했지만, 다급한 사정을 말했더니 예상 밖이었다.

"내가 누워 있어도 전화는 할 수 있지!"

"형님, 접니다. 박 교수가 갈 테니 잘 챙겨주십시오."

선 선배는 특유의 웃음기를 보이며 바로 허 수석과 통화했다.

이사장님과 동행하여 김해비행장으로 가니 많은 사람이 이사장께 인사하면서 존경하는 표시를 보였다. 명사라는 사실을 실감했다. 비즈니스석에 나란히 앉게 되자 이사장께서 나에게 물으셨다.

"고향이 김해라니 김해중학을 나왔는가?"

"서면중학을 나왔습니다."

"교장 선생님 이름을 아는가?"

"오래전이라 기억을 못 하고 있습니다."

"그 학교는 내가 설립했네."

내가 졸업장을 받기 위하여 2개월간 다닌 적이 있는 북부산중학교는 후에 서면중학교로 개명했다.

이사장께서는 젊은 시절부터 학교를 많이 설립했다는 말을 들었는데 해동대 재단에 속하지 않는 서면중학교도 당신이 설립했다는 것이었다.

북부산중학교는 부산에서 자타가 인정하는 최하류 학교였지만, 당신께서 세운 학교라니 그 졸업생을 폄하하지는 않을 것 같았다.

청와대 허 수석 부속실에서는 이사장님의 위상에 맞는 의전을 보였고 기다리지 않게 배려해 주었다. 나는 두 분이 만나시도록 하고 배석하지는 않았다.

그즈음 나는 새로운 구상을 실천하고자 하였다. 1995년 6월에 최초로 자치단체장을 선출하게 되었으므로 선거 1년 전부터 차기 부산 시장 선거에 대비하기 위한 정책 자료집을 만들어 왔던 것이다.

특정 인물이나 예상 후보자를 염두에 둔 것은 아니었지만, 준비가 되면 누구를 위해서든 활용될 수 있을 것으로 보았다. 나는 그야말로 야인이었으므로 선거를 통해서라도 진로 모색을 위한 기회

가덕도에 뛰어든 사람

를 얻고 싶었다.

그때 내 심경과 맞아떨어진 연속극은 〈한명회〉였다. 세조를 도와 반정에 성공하여 입신양명한 한명회는 내가 걸어야 할 길일 것도 같았다.

연구교수가 되기 전인 1994년은 오늘날과 달라 컴퓨터 검색창에 키워드만 치면 학술정보가 검색되는 시절이 아니었다. 그 때문에 나는 국내에서 발간되는 모든 사회과학 학술지와 연구보고서의 제목을 검색하여 분야별, 주제별로 검색 목록을 만들었다.

그리고는 검색 목록을 토대로 연구 자료를 읽고 부산시정의 분야별 문제점과 개선방안을 체계적으로 작성했다. 연구교수가 될 무렵인 1995년 3월, 선거용 정책 자료는 A4 용지 300매 수준으로 정리되어 있었다.

선거일이 다가오자 집권당이었던 신한국당의 부산시장 후보로는 당 사무총장을 지낸 3선 의원인 문정수 씨가 확정되었고, 제1야당인 민주당 후보로는 고(故) 노무현 대통령이 나섰다.

보수적인 성향을 지녔던 나는 문정수 후보를 위하여 일하고 싶었다.

그러나 문정수 후보와는 일면식도 없었으므로 절친 진석을 통하여 선거참모진에 접촉을 시도했다. 마침 문 후보의 핵심 참모인 선거본부장은 진석의 경남고교 동기였고 서로 친분도 깊은 관계였다.

내가 진석의 추천으로 문 후보 진영에 합류한 지 2개월쯤 지났을 때였다. 선거가 임박한 시점에 진석이 궁금한지 저녁 식사를 함께하자고 했다. 둘이서 서면의 어느 초밥집에서 자리를 같이했다.

"우석이, 어때? 할 만한가?"

"선거본부장이 잘 챙겨주고 관계 정리를 잘해 주어 편하게 일하고 있네. 정책팀의 중심인물은 문 후보의 보좌관과 동아대 교수한 명, 국책연구소 출신 연구원 한 명인데 나와는 호흡이 잘 맞는 편이야."

"그것 다행이네. 사실 선거 캠프에서 참모들 간에 불화가 생겨서 일을 그르치는 경우가 많은데."

"본부장이 나에게 전반적인 정책을 의뢰했고 필요한 곳에 쓰라고 경비도 지원해 주었지."

"처음 하는 일일 텐데 어려움은 없나?"

"이미 두 달 진에 선거용 정책개발을 마친 상태였으므로 정책팀은 내 자료집을 토대로 보완하는 방식으로 공약을 다듬어 온 셈이지. 집권당이라 좋은 것은 부산시와 산하기관의 고위직 인사를 통하여 직접 필요한 자료를 얻거나 브리핑을 받을 수도 있었지."

"완전 체질에 잘 맞는구먼."

"처음에는 후보자 얼굴도 보지 못했지만, 요즘은 후보자 연설문과 방송토론원고를 작성하게 되었고, 모의토론의 패널로도 참석하면서 후보자를 만나는 일이 잦아졌어. 공약이 워낙 방대하다 보니 우선순위를 정하고 그것을 요약하기 위해서는 내용을 잘 아는 사람이 필요했기 때문인 것 같아."

"다른 어려움은 없나?"

가덕도에 뛰어든 사람

"선거 업무가 워낙 시간에 쫓기는 일이라 체력에는 무리가 있군. 두 번 다시 할 수는 없을 것 같아. 낮에는 연구소 일을 하고 주말이나 저녁 시간에 캠프에 들리는데, 후보자나 참모들이나 모두 매일 밤 열두 시를 넘기기가 예사지."

그 선거에서 상대방은 청문회 스타로 이름난 노무현이었기에 방송토론에 더욱 집중해야 했다.

우리는 케이블 방송국을 빌려 모의토론을 하면서 후보에게 예상되는 모든 질문을 해 보고 평가했다.

부산은 신한국당이 우세했던 지역이라 선거가 시작되기 전부터 문 후보가 이길 것으로 예상되었지만, TV 토론 역시 성공적이었다.

토론방식은 중립적 패널들이 각 후보에게 묻고 후보자들이 답하는 방식으로 진행되었는데, 준비한 자료를 참고할 수 있게 하였다.

우리는 예상 문제 100개를 골라 색인이 붙은 자료집을 만들어 후보자가 찾기 용이하도록 준비했다.

반면 노 후보는 노트북을 지참하여 필요한 자료를 검색하는 방식을 취했다.

방송토론이 진행되자 후보자들의 답변에서 정책 내용의 수준 차이가 나타났고, 노 후보는 컴퓨터 검색이 늦어져 즉각적으로 답변을 하지 못하는 경우까지 생겼다.

우리 팀은 '방송에서 크게 열세가 아니면 된다.'라고 판단하고 있었는데, 실제 토론에선 예상외로 노 후보를 압도했다.

이러한 결과는 정책팀의 승리이기도 했지만, 문 후보 역시 기억력과 순발력이 좋았기 때문이기도 했다.

이전에 매스컴을 통하여 간간이 문 후보를 보면서 명석하다는 느낌을 받지는 못했는데, 촉박한 시간에 연설문과 방대한 정책을 소화하는 것을 보면서 달리 보게 되었다.

개표 결과는 문 후보 51.4%, 노 후보 37.6%, 기타 후보 11.1%였다. 그러나 부산이 워낙 민주당 열세 지역이었으므로 노 후보는 비록 패했지만, 부산시장 선거를 통하여 새로운 정치적 기반을 마련할 수 있었다.

문 후보는 그 선거로 부산시의 초대 민선시장이 되었으며, 공약에서 제시했던 '하나로 카드'와 '부산국제영화제'를 임기 중에 실현하여, 부산시는 국내 최초로 교통카드를 사용하는 도시가 되었고 국제영화제는 이제 세계적인 영화제로 자리 잡게 되었다.

선거가 끝난 다음 시장 당선자의 식사 초청이 있었지만, 가지 않았다. 그 후로도 개인적인 문제로 문 시장을 찾지는 않았다.

선거가 시작되기 전에 이미 연구교수가 되었으며, 이듬해 해동대 교수로 발령이 나서 문 시장에게 부탁할 일이 없어졌기 때문이다.

그렇지만 교수가 되는 과정에서 문 시장과의 인연이 전혀 작용하지 않았다고 말할 수는 없을 것 같다.

시장선거 이후 국책연구소 출신 정책 참모였던 방 실장은 용역수탁을 위한 연구소를 설립하여 '부산시 장기발전계획 용역'을 수주했다. 나도 용역의 한 부분을 맡았기에 선거 이후에도 몇 달 동안 밤낮을 가리지 않고 연구소에서 시간을 보내야 했다.

때는 1996년 2월 초 어느 일요일. 나는 방학 중 휴일임에도 불구하고 연구소에 홀로 남아 용역과제에 몰두했다.

화장실에 가다가 이번에 새로 부임하게 된 총장이 비서와 함께 지나가기에 다가가 반갑게 인사했다.

내가 있던 연구소는 본부 건물과 멀리 떨어져 있어 평소 총장이 순시하는 일은 없었고, 나 또한 평소에는 높은 사람을 아는 척하기 싫어하는 편이었다.

더구나 이번 총장은 이사장님의 큰 자제로, 말하자면 낙하산 인사였으므로 내심 못마땅하게 생각하던 편이었다.

그러나 그날따라 무슨 기분 좋은 일이 있었던지 지나가는 총장께 달려가 인사를 한 셈이었다.

"박 교수, 수고하세요."

총장이 순시를 마치고는 일부러 연구소 문을 두드리고 답례를 하고 갔다. 다음 날인 월요일. 이사장님이 부른다기에 찾아뵈니 총장을 만나 보라 하셨다.

"박 교수가 연구하는 모습을 보고 마음이 바뀌었습니다."

이사장과 총장 부자는 나를 정책학부 교수로 임명하는 문제를 두고 의견이 엇갈렸던 것 같았다. 연구교수는 임기가 1년이니 기간이 지나면 해임하든지 연임시키는 절차를 밟아야 했다.

그 시기 해동대에서는 대학 정원을 확대하기 위하여 교수들을 대거 채용하기로 결정을 본 것 같았다. 이사장께서는 내게 호감을 가지셨던지 그런 기회에 나를 학과 교수로 기용하고자 하셨는데, 총장은 내가 나이도 많고 학벌도 좋지 않다는 이유로 반대했다는 것이다.

그러던 총장이 일요일에 날 만나고 마음을 바꾸었다는 것이다. 문 시장과의 인연으로 일을 하다 총장의 마음을 움직인 셈이었다.

당시 나는 해동대에서 교수가 될 생각은 없었고, 다만 1년만 더 연구교수로 있으면 되겠다고 생각했다. 정년을 앞둔 모교 지도교수님이 자신의 자리를 천거하고 있었기 때문이다.

예상치도 못하게 해동대 교수로 기용되니 기쁜 가운데 허탈한 느낌도 들었다. 하지만 한편으로는 안도감도 들었다.

모교 교수가 되는 길은 험난할뿐더러 군대에 가지 않았기에 국립대 교수가 되기보다는 사립대 교수가 되는 편이 양심에도 덜 거리낄 것 같기도 했다.

하여튼 그렇게 교수로서의 인생이 시작되었다. 내 나이 43세. 부산은행에서 퇴사한 지 14년이 지났으며, 연구소 근무 4년 반이 지난 시점이었다.

교수가 되니 가장 좋았던 점은 적당한 직업이 생겨 미생(未生)의 상태를 벗어남과 동시에 남들에게 소개해도 어색하지 않게 되었다는 것이다.

가덕도에 뛰어든 사람

신임 교수로서 정책학부 교수들을 비롯한 법경대 교수들과 인사하였으나, 이미 연구소 시절부터 교류해 온 터에 부산대 출신 선배들도 많아 전혀 어색하지 않았다.

특히 동료가 된 문 교수는 부산대 정책학과 동문일 뿐만 아니라 정책학과 동문회도 함께 창립하고 활동해 왔는데, 나보다 몇 해 전에 해동대 정책학부에 먼저 자리를 잡았다.

나에게는 부산대 학부 2년 후배인데 생김새와 기질은 아주 딴판이었다. 나와 비슷한 중키지만 삼성그룹의 기획실 직원을 연상케 하는 깔끔하고 단정한 외모를 지녔고, 성격도 차분하며 매사에 빈틈없이 계획적이었다.

나는 본능적으로 그런 외모와 기질을 선호하지 않았지만, 서로 부딪히지 않으면서 그럭저럭 친밀한 관계를 맺고 있었다.

초대 연구소장이 나를 기용하기 전에 문 교수에게 의견을 물었단다.

"박우석 박사가 연구소에 적합할까요?"

"차고 넘치지요."

문 교수는 그 후 내가 연구소에 있는 동안 든든한 후원자가 되어 주었으며 학내의 중요한 정보도 소상히 알려주었다. 그러나 정책학부의 교수 중 두 사람을 마주하는 감회는 남달랐다.

평소 인간관계 유지에 관심이 높았고 가능한 양보하는 편이라 사람과의 갈등을 겪는 경우가 적었으나, 해동대 연구소 시절에는 꼭 극복해야 할 두 사람의 인물을 만났다.

한 사람은 당시 정책학부의 교수로서 새로 부임한 정책대학원 부원장 겸 연구소의 부소장인 윤 교수였다.

처음 연구소에 나를 채용한 정책대학원장 겸 소장은 6개월쯤 지나 인근 대학의 총장으로 초빙되었다. 후임으로는 해동대에서 법경대학장을 지낸 새 소장이 부임했고, 내 직속 상관인 부소장도 바뀌었다.

신임 소장은 초면이었지만 부산대 법대 출신으로서 '천지회'의 오 회장이나 절친 진석과도 친분이 깊었기에 나도 곧 친숙해지게 되었다.

타 대학 총장으로 가게 된 초대 소장은 모교 은사였으며, 경륜이 높고 일 처리에 빈틈이 없는 분이었지만, 나와 정서가 맞지는 않았다. 따라서 나는 늘 예의를 갖추려 했고 맡은 일에 실수를 하지 않으려 애썼다.

반면, 후임 소장은 소탈하신 분이었고 바둑을 즐기셨기에 우리는 곧 바둑친구가 되었다.

"박 선생, 오늘 시간이 되나?"

"좋습니다. 소장님."

소장은 오래 생각하지 않는 속기파였고 전투형 바둑을 구사했다. 나도 전투를 좋아했지만, 장고하는 스타일이었다. 우리는 3급 전후로 실력이 엇비슷한 호적수였다.

후임 소장은 전임소장과 마찬가지로 연구소 일을 모두 나에게 일임했다. 나는 정책대학원 석사과정 학생들이 학위논문 작성에 필

가덕도에 뛰어든 사람

요한 자료를 수집하는 데 도움을 주고자 연구소 이용안내문을 붙일 생각을 했다.

"소장님, 안내문을 누구 명의로 작성하면 좋겠습니까?"

"학생들이 편하게 연구소를 이용하도록 박 선생 이름으로 고지하게."

그런데 연구소 상임연구원 명의로 고지된 '연구소 자료 이용 안내문'이 뜻밖의 파장을 가져왔다.

부소장이 화난 얼굴로 따지고 들었다.

"박 박사, 이 연구소가 당신 것이오?"

"부소장님, 오해가 생겼군요. 당장 안내문을 바꾸겠습니다."

나는 그와 충돌하고 싶지 않았다. 부소장은 법경대 정책학부 교수로 나와는 동년배였으며, 중키의 말끔한 인상에 미소 짓고 재치 있는 농담도 곧잘 했지만, 한편으로는 권위적인 인상도 풍겼다.

감성이 풍부했지만 기복이 눈에 띄게 보였고, 성격도 불같은 측면이 있어 한마디로 예측하기 어려운 사람이었다.

안내문을 교체한 지 며칠 후 부소장은 연구소 규정 개정안을 만들어 나를 찾아왔다.

기존의 규정에는 연구사업의 기획과 운영에 대한 모든 책임을 상임연구원인 나에게 부여하였으나 부소장으로 바꾸는 안이었다. 나는 "좋을 대로 하시라."라고 선선히 대답했다. 그러나 그 순간 결심했다.

'이 규정이 바뀌면 사표를 내겠다.'

연구소 규정은 법경대 교수들이 참여하는 운영위원회의 의결사항인데 위원장인 소장의 의중이 무엇보다도 중요했다. 나는 개정안을 가지고 소장실로 들어갔다.

"연구소 규정 개정안이 제출되었습니다."

"어떻게 생각하나?"

"저나 부소장 중 한 사람을 택하시면 되겠습니다."

"부소장이 뭘 하겠나? 그대로 두지."

소장실로 불려가서 사정을 들은 부소장은 화가 머리끝까지 뻗친 것 같았다. 정책대학원 사무실에서 직원들과 이야기를 나누는 중이었는데, 문을 왈칵 열고 나를 치기라도 하려는 듯이 노려보며 소리쳤다.

"사람이 이렇게 뒤통수를 칠 수 있어요?"

"무슨 말씀이십니까?"

"당신, 내 모든 것을 걸고 파멸시키겠어!"

"마음대로 하세요."

나 역시 모멸감으로 분노가 치오르고 주먹이라도 내지르고 싶었으나 애써 냉정을 유지하고 참기로 했다.

'저런 인간을 갚기 위해 인생 계획에 차질을 주어서는 아니 되리!'

이 모든 수모를 젊은 날에 시간을 잘못 보낸 내 과실로 받아들이기로 했다.

그 일은 소장께도 알려진 것 같았다. 훗날 해동대 교수가 되고 소장과 훨씬 더 가까워졌을 때의 일이다.

"그날 박 교수가 정말 잘 참았어. 같이 싸웠다면 나도 어쩔 수 없었을 것이야."

그 후 연구소에서 부소장과 다시 부딪치는 일은 없었으며, 오히려 내 지위를 유지하기 위하여 그를 이용하기도 했다.

연구소 시절에 내가 극복해야 했던 또 한 사람의 인물은 부소장과는 아주 다른 능력과 개성의 소유자였다.

김유신 교수는 내가 연구소에 들어온 지 6개월 뒤에 법경대 정책학부 교수로 발령을 받았다. 김 교수는 서울대 정치학과를 졸업하고 미국 프린스턴 대학에서 박사학위를 받은 자타가 인정하는 엘리트로 재단에서 특별히 공을 들여서 초빙했다.

중키에 나보다 두 살 떨어지는데 에너지가 많고 다양한 재능을 지녔을 뿐만 아니라 연구에 대한 열의도 대단했다. 김 교수는 해동대 부임 이후로 연구소의 책임연구위원을 맡아 특히 지방자치 분야에서 큰 활약을 하고 있었다.

그는 학부에 소속된 교수로 연구소 전담은 아니었으므로 이름은 책임연구위원이지만 사실상 다른 교수들과 마찬가지로 연구소의 연구위원회에 소속하면서 연구를 지원하는 위치에 있었다.

부소장과 갈등을 겪은 지 한 달이 채 못 된 어느 날, 김 교수는 나를 자기 연구실로 불렀다.

"박 선생님, 앞으로는 내 지시를 따라주고 내가 요구하는 업무를 최우선으로 처리해 주시기 바랍니다."

늦게 굴러온 돌이 맹랑한 소리를 하여 괘씸하기도 했지만, 무엇보다도 연구열이 많은 사람이 나를 부리게 되면 내 자율성이 없어질 것이니 안될 말이었다.

기분이 나빴지만 내색하지 않았다.

"소장님이 동의하시면 그렇게 하겠습니다."

연구소로 돌아와 나에게 상전이라 주장하는 두 사람을 싸움 붙이기로 했다. 평소 김 교수를 탐탁지 않게 여기던 윤 교수를 부추겨 보았다.

"부소장님, 김 교수가 자신의 지휘를 받으라고 하는군요."

"말도 안 되는 소리!"

그 후 정책학부 교수로 발령을 받은 뒤 이 두 사람과는 동료 교수로서 마주하게 되었다.

"박 교수님, 축하합니다."

"아무것도 모르니 잘 부탁드립니다."

부소장이었던 윤 교수와는 그 후 연구소 일로 한 차례 더 부딪치게 되었지만, 윤 교수가 곧 사과하였고 이후로는 마찰이 일어나지 않았다. 그로부터 윤 교수가 퇴직하기까지 공식적인 문제에서는 협조 관계를 유지했음에도 격의 없는 관계를 맺지는 못했다.

그에 비하여 김유신 교수와는 좀 더 긴밀한 관계를 맺어 왔다.

가덕도에 뛰어든 사람

김 교수는 무엇보다도 합리적인 성격의 소유자였으며, 연구심이 강한 사람이라 나는 그를 존중했다.

그렇지만 김 교수는 학내에서 인기가 있는 편은 아니었다. 개인적인 성과와 업적은 높았으나 교직원들과의 협력관계가 원만하지 못한 듯했다. 어쩌면 그의 특출한 재능으로 시기를 받은 측면도 있었으리라 본다.

내가 학과로 부임한 후 몇 년 지나지 않아 대학에서는 재단의 후계자를 둘러싼 소위 '왕자의 난'이 일어났다.

김 교수는 설립자의 작은 아들을 지지하다 큰아들이 재단을 승계함에 따라 소위 반역자가 되었고, 학과에서도 고립무원이 되어 근무하기조차 불편해졌다.

나는 김 교수가 학과에 필요한 인물임을 주장하면서 그를 감쌌다.

그런 일을 계기로 김 교수와는 교류가 깊어졌고 후일 학회 활동을 하는 동안에도 서로 적극적으로 협력하였다.

생각하면 나와 부딪쳤던 이 두 사람은 모두 대단한 능력의 소유자였던 것 같다.

윤 교수는 훗날 이명박 정부의 공기업 사장과 장관으로 발탁되어 먼저 대학을 떠났다.

김 교수 역시 비슷한 시기에 지방자치 분야에서 혁혁한 연구 성과를 남기고 모교인 서울대의 교수로 스카우트되었다가 문재인 정부에 들어와서는 역시 장관으로 기용되었다.

해동대에 발령을 받아 새로운 연구실을 배정받은 지 며칠 지나지 않아 부산시의회의 운영위원장을 맡고 있던 시의원이 내 연구실을 찾아왔다.

"권 위원장님, 밖에서 만나도 되는데 일부러 이렇게 오셨습니까?"

"의장님이 특별히 박 교수님을 모시라고 해서 오게 되었습니다."

"제가 무슨 일을 도와드리면 되겠습니까?"

"이번에 부산시의회에서 의정자문위원회를 신설하게 되었는데 교수님께서 위원으로 참여해 주셨으면 합니다."

"저는 학부 교수로 발령받은 지 얼마 되지 않은데 자격이 되겠습니까?"

"자문교수는 모두 부교수 이상이지만, 교수님만은 예외입니다."

당시 교수사회는 전임강사, 조교수, 부교수, 정교수로 계급이 있었으나 통상 전임강사부터 모두 교수라고 부르고 있었다.

나는 초임 교수로 전임강사에 속했지만, 활발한 연구소 활동으로 시의회에도 알려져 있으니 예외로 한다는 것이었다.

이를 계기로 학과에서는 나를 '부교수급 전임강사'라는 별명을 붙여 주었다. 실제 나와 동년배 교수들은 대부분 부교수가 되어 있었다.

부산광역시 의회는 전국 최초로 교수들의 자문을 받기 위하여 의정자문위원회를 설치하였으며, 우리는 1996년 3월 18일에 도종이 의장으로부터 은도금이 된 근사한 위촉패를 받았다.

시의회 의정자문위원은 30명 규모로 2년마다 의장이 지명하게

가덕도에 뛰어든 사람

된다. 의정자문위원으로 위촉된 것을 계기로 나는 지방의회와 지방자치에 더욱 관심을 가지게 되었다.

그 위원회에는 모교인 부산대 정책학과 교수로 계셨던 원로 교수님도 참여하셨기에 기분이 묘했다. 그분은 내가 학부 과정에서 데모하던 모습에서부터 박사학위를 취득하기까지의 일들을 속속들이 지켜보셨기 때문이다.

학부 4학년 2학기 어느 날 학급 대표였던 나에게 특별히 점심을 사주면서 하시던 말씀이 생각났다.

"내가 나쁜 뜻으로 말하는 것은 아니니 그냥 참고만 하게. 박 군은 예의 바르고 성실하여 나무랄 것이 없지만, 자신감이 강한 탓인지 때론 오만하다는 느낌을 줄 때도 있네."

부임 초기의 대학업무는 강의와 학생지도가 대부분이었다. 고시 공부의 시도나 오랜 방황이 이러한 부분에는 오히려 도움이 되는 것 같았다.

대학의 방침이 곧 변경되어 마음도 편해졌다. 나는 해동대의 의과대학 유치 활동에 관여하면서 교수로 발탁된 셈인데, 아무래도 그 일은 어려운 듯 보여 마음이 불편한 상태였다. 그런 상황에서 대학본부에서는 의대 유치 대신 보건계열과 스포츠 분야 확대로 방침을 변경한 것이었다.

정책학 분야의 전국적 규모의 학회에도 몇 군데 가입하여 본격적으로 외부대학 교수와의 사교나 학문적 교류도 시작했다.

부산·경남·울산 지역을 근거로 하는 전국 규모 학회인 '한국지방분권학회'에서는 이미 활동을 좀 하였기에 회원들 사이에 내 이름이 알려져 있었다.

'한국지방분권학회'를 창설하고 초대회장을 맡았던 부산대 정책학과의 김학원 교수님은 학부 시절부터 대학원까지 나의 은사였다.

내가 해동대 연구소에 근무하던 시기에 학회의 초대 총무이사로 나를 지명하고는 얼마 지나지 않아 나를 불렀다.

"박 선생, 내가 동경대 객원교수로 초빙되어 1년간 자리를 비우게 되었네. 필요한 일이 있으면 나에게 연락해 주게."

"필요하면 제가 학회행사를 주관해도 좋겠습니까?"

"나로서는 고마운 일이지."

학회의 학술행사를 개최하기 위해서는 돈이 필요했고 사람들을 동원할 수 있어야 했다.

나는 연구원 시절 김 교수님의 이름을 팔아 부산시와 경남도의 지방의회 의장단들에게 찬조금을 모금하면서 1년간 회장 없는 학회를 이끌었다.

분권학회는 교수들이 중심회원이고 부회장이나 다른 임원들도 있었지만, 어쩐 일인지 내가 주도하는 형편이 되어버렸고, 나는 그 일로 학회의 표창을 받기도 했다.

직장이 안정되니 교우관계도 다시금 둘러보게 되었다. '천지회'는 내가 박사학위를 받기 이전인 1988년에 창설되었고, 20명의 회원이 매월 만났기에 결속력이 대단했다.

그렇지만 내가 가장 중시한 친구들의 집단은 한인회(閑人會)였다.

한가한 사람들의 모임이라는 의미를 가졌는데 종건이 회의 결성을 제안했고 작명은 내가 했다. 우리들은 스스로를 '한인'이라 부르고 있다.

금정산 자락에 자리한 '범어사' 주위를 산책하다 한인물입(閑人勿入)이라 적힌 울타리 푯말을 보았는데 '일 없는 사람은 들어오지 말라.'라는 뜻이었다.

역설적으로 나는 그날부터 한가한 인생이 되었으면 하는 바람을 가졌다. 모임의 시작은 대학에서 고시 공부를 함께하던 세 명의 우정이 특히 깊었기 때문인데, 이들이 중심이 되고 가까이 있던 사람들이 합류해 총인원은 10명이었다.

나와 종건, 진석은 한인회의 탄생 주체였으며, 그 위에 8년 연상의 동기생 고명진 선배가 형님이자 보스로서 떠받들어졌다. 그다음 차민수와 황창식이 합류했고 나머지는 형편이나 거주지에 따라 들락거렸다.

부산대 법대 출신이 주류였으나 종건은 불문학과였으며, 창식은 상대 경영학과였다.

한인회는 우리가 대학을 졸업하던 1976년부터 구성되었으나, 개개인의 부침에 따라 영향을 미치는 주역이 달라졌으며 구성원들의 참여에 대한 열기 또한 변해 갔다.

초기 10년 동안은 모두 충성심을 보였다.

연부역강(年富力强)이라 했던가. 모두 꿈이 많았고 자신감이 있었기에 미래를 담보로 백지수표를 발행하듯 그렇게 서로에게 무엇인가를 주고자 했다.

결혼하고는 부부 동반으로 야유회도 하면서 행복한 날들을 보냈다. 그러다 시간이 흐르면서 서로에 대한 투자보다는 기대가 높아지는 듯했고, 개개인의 처지가 달라지니 모임의 분위기도 달라져 갔다.

모임 결성 10년쯤 지나 진석이 변호사로서 기반을 잡으면서부터 한인회의 주도권은 약 10년간 그에게로 넘어갔다. 남자들의 모임에서는 술을 살 수 있는 사람이 주도할 수밖에 없는데 진석만이 그런 역할을 할 수 있었던 것이다.

진석 덕분에 우리는 소위 룸살롱이라는 고급 술집에서 예쁜 아가씨들을 앉혀놓고 좋은 술도 여러 번 먹어 보았고, 그 후에도 오랫동안 돈이 드는 행사에는 진석이 부담을 마다하지 않았다.

절대권력은 부패한다고 했던가. 처음 우리가 만날 때의 진석은 순진했고 주장하기보다는 묻는 사람이었는데, 그즈음부터는 목소리를 높이기 시작했다.

차민수가 먼저 진석과 불화하여 불참하기 시작했고, 고 선배나 종건마저 진석을 비난하는 일이 잦아졌다. 민수는 진석의 고교 동기이지만 2학년 때까지는 그의 선배이기도 했으므로 진석의 변한 모습에 가장 민감하게 반응했다.

회의 유지에 빨간불이 켜진 것이었다. 진석도 분위기를 감지하고 열의를 보이지 않으니 그냥 두면 해체될 것이 불을 보듯 뻔했다.

그 시기 나는 교수가 되었다. 어느 날 특별히 시간을 내어 '장유'에 거주하는 고 선배를 찾았다. 고 선배와는 대학 졸업 후 고시 공부를 함께했을 뿐만 아니라, 고시 공부 실패 이후에도 어려운 시기를 함께했으므로 여러 가지로 할 말이 많았다. 저녁 식사를 하면서 고 선배는 반주를 곁들였다.

"박 교수, 축하하네."

"모두 형님 덕분입니다."

"내가 뭘 한 게 있어야지."

"제가 어려운 고비마다 귀한 조언을 해 주시지 않았습니까?"

"오늘은 무슨 바람이 불어서 시간을 내었나?"

"모처럼 이런저런 이야기나 하고 싶군요."

"작은형님 공장은 좀 어떤가?"

"형님도 공장에 좀 계셨다고 아직도 관심을 두시네요. 사실 좀 걱정이 되는 편입니다."

"작은형님이 맡은 지도 오래되었으니 이제 안정이 되었지 않겠는가?"

"작은형님이 공장을 인수한 것이 84년 말이니 벌써 10년이 넘었군요. 그동안 공장도 이전하고 최근에는 크게 확장도 했는데 그것이 영 불안합니다."

"괜한 염려 아닌가? 형님이 알아서 잘하시겠지."

"저도 그랬으면 좋겠습니다만, 1차 공정인 연육 처리 시설을 처분했다 하니 경쟁력이 떨어질까 걱정입니다."

"중요한 시설인데 왜 그랬을까?"

"연육 처리 시설의 폐수관리를 잘못하면 형사처벌을 받을 수 있으므로 그런 위험을 피하고, 시설 처분으로 현금을 조달하고자 한 것 같습니다."

"그럼 어떤 문제가 생길 것 같은가?"

"1차 공정을 없애고 반제품을 외부에서 구입하여 어묵 제품을 만들면 품질 유지가 어렵고, 원료 가격이 상승하면 가격경쟁력도 잃을 가능성이 높지요."

"걱정이군."

"그렇지만 할 수 없지요. 공장은 제 손을 떠난 지 오래이니…. 오늘은 다른 이야기를 좀 해 보십시다."

"무슨 할 말이 있는가?"

"한인들 말인데요. 요즘 무언가 비정상적인 것 같아서 변화가 필요하다고 봅니다."

"나도 그동안 참고 있었는데 오늘 마침 말을 잘 꺼냈다고 보네. 어디 박 교수 생각이 어떤지 들어보고 싶어."

나는 술을 마시지 않았으므로 고 선배 혼자서 잔을 비우다 보니 속도가 빨라졌다. 소주 한 병을 벌써 비웠고 두 병째도 바닥을 보였다. 고 선배의 주량이 한계에 달한 듯했고 목소리도 높아지기 시작했다.

"저도 딱히 어떤 해결책이 있다기보다 우선 형님 말씀을 듣고 싶습니다."

"우석이, 그럼 들어봐! 민수가 모임에 나오지 않은 지 벌써 몇 달이 되었고, 종건이마저 진석이에게 불만을 표시하기 시작했어. 종건이가 누군가? 진석이와 한 몸이라고 할 정도로 가까운 사이가 아니던가? 언제 종건이 진석이를 한 번이라도 나쁘게 말한 적이 있었던가?"

"형님은 그 이유가 무엇이라고 보십니까?"

"말할 것도 없이 진석이 그넘아가 잘못하고 있는 것이지! 사실 나도 진석이가 어려운 사법시험에 합격해서 대견하게 생각하고 있고 존중하지만, 친구들이나 선배인 내 앞에서까지 목에 힘을 주는 것은 경우가 아니지."

"형님, 진석이가 설마 무슨 의도가 있다거나 의식적으로 그런다고 생각하지는 않겠지요?"

"물론 그렇겠지. 나도 질이 좋은 편은 아니니까, 만약 내가 고시에 합격해서 출세라도 했다면 기고만장해서 진석이보다 더했을지도 모르지. 그러나 나야 그렇다 쳐도 좌우간 진석이가 변한 것은 사실이야."

"지금 우리 나이에 누군가의 잘못을 지적하고 고칠 수는 없지 않겠습니까?"

"그렇겠지. 거기에 우리의 비극이 있는 것이야. 내가 나이 들었다고 형 소리를 듣지만, 역할을 제대로 못 하고 있으니 가슴이 아프지. 그러나 어쩌겠나? 내가 할 수 있는 일이 없으니. 나도 민수처럼 떠날 수밖에."

"형님, 왜 그런 극단적인 말씀을 하십니까? 우리 모두 결점을 많이 가지고 있지만, 진석이는 사회생활도 원만히 하고 우리보다 오히려 장점이 더 많은 사람입니다. 그런 점을 생각해서 기다려줄 수는 없을까요?"

"장점으로 말하자면 진석이가 나보다는 훨씬 많은 것이 확실하지. 그렇지만 이 나이에 다시 애써 노력한다는 것이 쉽지 않을 것 같군."

"형님, 우리가 살날이 아직도 많고 인격도 완성되지 않았으니, 서로를 아끼는 마음만 가진다면 오해도 풀리고 사람도 바뀌지 않을까요?"

어느덧 고 선배가 취하여 대화를 더 끌어갈 수 없게 되었다.

나는 차를 몰고 돌아오면서 한인회를 구성하던 초심을 생각했다.

'고사에 있는 금란지교나 관포지교를 우리라고 못 할 것도 없다.'

진석의 변화된 모습도, 민수의 지나친 반발도, 모두 인격 성장의 과정에서 나타나는 현상으로 받아들이고자 했다. 구심점이 없어진 한인회의 회장 겸 총무를 맡아 보기로 했다.

가덕도에 뛰어든 사람

신공항 가덕도

나는 고등학교 동기회 활동에도 열심히 참여했고, 동기회장을 맡아 가장 큰 행사인 '30주년 홈커밍데이'를 주관하기도 했다. 그때 임원을 맡아 열성적으로 도와준 한 사장과는 특별한 친분을 유지하고 있었는데 후에 그가 회장이 되었을 때는 내가 품앗이를 하는 셈으로 총무를 맡기도 했다.

육십이 좀 지났을 무렵 같은데, 어느 날 한 사장이 엉뚱한 제안을 했다.

"박 교수, '부산 KNN TV'에 출연 한번 해보겠소?"

"갑자기 무슨 말이오?"

"집안에 보도국장이 있는데 내게 사람을 한 명 추천해 달라네요."

"그럽시다. 해 보지요."

"지금 맡은 일이 뭐 있어요?"

"부산시 재정계획심의위원장으로 소개합시다."

때는 따뜻한 5월이었고 '부산 KNN' 스튜디오는 해운대 센텀시티에 위치하고 있어 집에서 가까웠다. 〈인물포커스〉라는 프로그램이었는데 말하자면 명사 초청 대담이었다. 사회자와 1대 1로 15분 가량 개인적인 관심사에 대한 것을 주제로 다루었으므로 토론과 달리 긴장감은 없었다.

"재정계획심의위원회는 어떤 일을 합니까?"

"부산시 본청과 구·군의 40억 원 이상, 200억 원 미만 규모 사업의 적격성 여부를 심사하는데, 예산 사업의 첫 번째 관문이라 할 수 있지요. 위원회의 심의에서 부결되면 사업의 추진 자체가 불가능해집니다."

"위원회에는 어떤 분들이 참여하고 계십니까?"

"시청의 기획실장과 국장 등 2~3인과 교수, 연구원, 기업인, 시민 단체 활동가 등이 15명 이내로 구성됩니다."

"위원장은 어떻게 선출합니까?"

"과거에는 부산시 제1부시장이 위원장을 맡았으나 지금은 민간 위원 중에서 선출하고 있지요."

"위원회 활동을 하시면서 특히 인상 깊었던 사례가 있습니까?"

"대부분이 부산시의 중요한 사업이라 흥미가 있었지만, 사하구에서 추진하는 '에덴공원' 조성사업을 지원한 것에 특히 큰 보람을 느낍니다. 현장실사 당시에 구청장이 나와서 직접 설명했던 점도 기억에 남습니다."

"'에덴공원'이라면 과거 젊은이들이 즐겨 찾던 부산의 명소가 아닙니까? 사업 과정에서 무슨 논란이라도 있었습니까?"

"변경된 도시계획법에 따라 공원 부지를 구입하지 않으면 소유주

가덕도에 뛰어든 사람

가 다른 용도로 사용하겠다는 것입니다. 사하구에서는 예산이 없었고, 부산시도 난색을 표하고 있었는데 일단 부지 구입비를 지원해서 공원이 될 수 있는 길을 열어두었지요. 현재 부산시와 사하구에서 계속 공원화 작업을 진행하는 것으로 알고 있습니다."

"박 교수님께서는 지방분권과 행정개혁 분야에서 명성이 나 있는데요. 언제부터 관심을 가지게 되었습니까?"

"지방자치가 재개되었던 1991년부터 해동대 지역발전연구소에서 근무하면서 지방의회를 지원하다 보니 지방자치의 가치를 새롭게 인식하게 되었지요."

"지방자치에 대해서는 아직도 시민들이 명확한 필요성을 느끼지 못하는 것으로 알고 있는데요."

"그렇습니다. 지방분권도 말하자면 일종의 '공공재'와 같은 것이라서 노력 없이 무임승차하려는 심리가 작용하고 있지요. '지방분권이 진행되면 좋기는 하겠지만, 내 문제는 아니다.'라는 생각들을 가지고 있는 것 같습니다."

"외국은 사정이 어떤 편입니까? 여전히 분권을 강화하는 추세일까요?"

"20세기 후반에 들어서면서 미국과 영국은 물론이고, 중앙집권의 전통이 강한 일본, 프랑스에서도 지방분권을 강화했습니다. 지역주민들의 삶의 질과 국가경쟁력을 높이는 데도 도움이 된다고 보았기 때문이지요. 21세기도 그러한 경향은 계속되리라 봅니다."

"이왕 나오신 김에 시청자들께 분권의 필요성을 간략하게 말씀해 주시기 바랍니다."

"특히 재정 분권이 중요하다고 봅니다. 재정 분권이 이루어지지 않으면 지역의 사정을 모르는 중앙정부의 공무원과 장관들이 다양하고 복잡한 지역의 사업들을 할 것인지, 말 것인지를 판단하고 간섭하게 되며 업무추진 속도도 늦어질 수 있습니다."

"부산시의 국고보조사업은 어느 정도일까요?"

"부산시의 일반행정비를 제외한 사업비의 1/3 정도가 국고보조금이므로 몇억 원 이상 규모의 웬만한 사업들은 거의 국고보조사업이라 볼 수 있습니다. 달리 말하면 어느 정도 규모가 있는 사업의 결정권은 대부분 해당 중앙부처에서 쥐고 있다는 것이지요. 부산시의 대표행사인 '부산국제영화제'나 광안리의 '부산불꽃축제' 역시 국고보조사업에 속하지요."

"최근에는 신공항에 대해서도 연구 결과를 많이 발표하고 계신 걸로 알고 있습니다."

"해동대 지역발전연구소 소장을 두 번째로 맡아서 신공항과 관련된 설문조사 결과를 주로 발표하고 있습니다. 동남권 주민들과 지방의원들의 태도를 측정하여 신공항의 방향에 대한 대안을 제시하는 데 초점을 두고 있지요."

1996년 3월에 해동대 법경대학의 정책학부 교수로 발령을 받은 이후 퇴직하기까지 세 번에 걸쳐 지역발전연구소장을 역임했다. 자연스레 대학교수로서의 생활은 교육보다 연구에 비중이 두어졌다.

가덕도에 뛰어든 사람

청년기에는 행정을 변화시키는 공무원이 되고자 했는데 교수가 된 이후에는 연구를 통한 현실 참여에 좀 더 관심을 두었던 편이다.

대학교수가 된 이후 주된 관심사는 지방자치와 지방정부의 행정개혁으로 옮겨졌으며, 육십이 되기까지 거의 15년간을 이러한 분야의 연구와 현실참여에 열중하면서 보냈다.

그러나 2011년 3월 30일, 이명박 정부가 '동남권 신공항'을 "경제성이 없다."라는 이유를 들어 무산시키는 과정을 지켜보면서 나의 학문적 관심이 크게 바뀌게 되었다. 그 후 동남권 신공항은 공공문제에서 나의 문제로 바뀌게 되었으며, 무슨 운명처럼 가덕도 신공항에 집착하고 사랑까지 하게 되어버렸다.

이명박 정부에서 신공항 입지선정을 무산시키기까지는 지방분권이나 균형발전 관점에서 좋은 공항이 들어서면 좋겠다고 여기는 정도였으며, 가덕도나 밀양 후보지에 대해서도 별로 아는 것이 없었다. 그런 가운데 입지선정 자체를 백지화시킬 때 크게 의분을 느꼈고 관심을 가지기 시작했다.

그해 3월 초까지만 해도 주무장관이 언론에 두 개 후보지 중 하나를 선택할 것이라는 메시지를 던졌음을 고려하면 경제성 부족이란 구실에 불과했고, 기실은 부산과 대구·경북을 비롯한 5개 시·도 간 갈등을 해결할 수 없기에 내린 정략적 결정임이 명백했기 때문이다.

이명박 정부에서 2012년 대선을 의식한 정치적 이유로 신공항을 무산시킨 것을 지켜보면서 생각을 바꾸게 되었다.

공항 건설과 운영에 대한 기술적 측면에서는 문외한이지만, 신공항이 무산된 것은 정책 결정 과정의 실패이므로 정책학 연구자로서 반드시 참여해야겠다고 결심하게 된 것이다.

차기 정권에서는 분명 신공항 건이 새롭게 정책 의제로 떠오를 것이므로 대안을 찾아야 했다. 우선 그동안 공항정책과정에 참여했던 부산시 간부들과 부산 지역의 연구자들에게 그간의 사정을 청취했다.

대구·경북 지역의 학계 인사들과 그쪽의 시민단체 대표들과도 허심탄회하게 대화해 보기로 하고 그들을 부산으로 초청했다.

내가 단골로 드나들던 횟집인 서면의 '소소수산'에서 자리를 같이했다. '소소수산'은 성씨가 소 씨인 남매가 같이 사업을 하기에 붙여진 이름이다. 맵시가 좋은 여사장이 항상 나를 환대하였으므로 그즈음은 주로 아지트로 삼았다.

대구·경북에서는 4명이 한 차로 와서 참석했고 부산에서는 혼자였다. 내가 먼저 말을 꺼냈다.

"김해공항이 포화상태라 신공항이 필요한데 왜 부산의 가덕도를 두고 밀양으로 가야 할까요?"

"우리가 대구에 신공항을 짓자는 것도 아니고, 중간 거리인 밀양에 짓자는 겁니다."

"해상 신공항이 세계적인 추세인데 왜 산지가 많은 곳을 주장하지요?"

가덕도에 뛰어든 사람

"인천공항이 바다에 있으니 동남권에는 산에 두는 것도 좋겠지요."

"밀양은 24시간 운영할 수 있는 공항의 건설이 불가하지 않나요?"

"인천공항이 있으니 동남권에는 24시간 공항까지 필요 없다고 봅니다."

"밀양은 산이 많아 위험하지 않나요?"

"산은 깎으면 되니 위험할 것은 없지요."

"인근 지역주민들이 소음을 기피하지 않을까요?"

"밀양에서 유치를 원하니 반대는 문제가 되지 않지요."

"공항의 입지는 지역주민들의 의사를 존중해야 하지 않을까요?"

"정부 사업이니 국가의 결정에 맡겨야겠지요."

그 이후에도 대구·경북 출신의 장관급 인사나 주요 여론지도자들과 대화를 나눌 기회가 있었는데 그들의 논리는 한결같았다.

정부에 결정을 맡기자는 것은 차기 대선에서도 자신들 지역의 후보자가 유리할 것이라는 계산이 깔린 것 같았다.

이미 대화나 논리로는 도저히 풀 수 없는 한계가 있음을 절감했다.

이명박 정부에서 동남권 신공항을 백지화시킨 2011년 봄에는 차기 대선주자로 '한나라당'의 박근혜 비대위원장이 부상하고 있었다.

박 위원장의 정치적 기반이 TK임을 감안하면 제18대 대선 과정에서 동남권 신공항이 재추진되더라도 이명박 정부의 상황과 별반 바뀔 것이 없을 것이었다.

TK가 강력한 힘으로 경남과 울산을 자기편으로 끌어들일 것이며 부산은 홀로 고립될 것이 자명했다.

대구·경북 인사들과 만난 날부터 나는 하나의 화두를 들게 되었다.

'어떻게 해야 4개 시·도의 포위망을 뚫고 부산시민이 원하는 가덕신공항을 건설할 수 있을 것인가?'

이명박 정부에서 신공항을 무산시킨 이후 나는 2012년 대선 과정에서 신공항에 대한 해결의 실마리를 찾아야겠다고 생각하며 하나의 가설을 세웠다.

'유력 후보인 새누리당 박근혜 후보가 선거에서 백중세가 되고, 부산의 표가 절실해질 경우 가덕도에 유리한 공약을 할 것이다.'

그리고 고심 끝에 이러한 가설을 구체화할 수 있는 하나의 대안을 찾을 수 있었다.

'신공항의 입지는 가덕도를 우선적으로 선정하여 정밀 검토하되, 기술적·경제적으로 불가능할 경우 밀양을 검토한다.'

이러한 대안에 대해서는 영남권 정치지도자들의 의견을 물어보는 것이 필요하다고 판단하여 18대 대선을 몇 달 앞둔 시점에 부산, 경남, 울산, 대구, 경북 5개 자치단체의 광역의원과 기초의원을 대상으로 한 대규모 설문조사를 실시했다.

결과는 매우 고무적이었다.

부산을 제외한 모든 지역 지방의원들의 과반수가 그 대안에 대하여 찬성을 표명한 것이다. 의외인 점은 그 대안에 정작 쌍수를

가덕도에 뛰어든 사람

들고 환영해야 할 부산 지역 지방의원들은 "가덕도가 아니면 현재의 김해공항을 확장해야 한다."라는 응답을 했고 밀양은 절대로 안 된다는 입장을 취했다는 것이다.

이 조사에서 한 가지 흥미로웠던 것은 대구·경북 지역 지방의원들이 내가 제시한 대안에 찬성한 것인데, 이는 그들이 자기 지역 전문가들의 논리에 따라 '가덕도는 깊은 바다이므로 기술적으로 불가능한 후보지'라고 인식했기 때문인 것으로 보였다.

나는 이 조사 결과를 토대로 '가덕도를 우선 선정하되, 불가 시 밀양 검토'가 현실적인 대안이라는 요지의 조사보고서를 작성하여 부산 지역의 유력일간지인 『부산일보』로 보냈다.

『부산일보』는 내 보고서 내용을 1면 톱기사로 다루어 주었다.

대안의 실현 여부는 미지수이지만 연구자인 나로서는 영광이요, 보람된 순간이었다.

기자로 치자면 특종기사를 실은 셈이었다.

18대 대선이 있었던 2012년에 나는 해동대 지역발전연구소장 겸 한국지방분권학회의 회장을 맡고 있었다.

나는 이 연구의 조사비를 마련하기 위하여 그해 취임한 부산상공회의소 회장에게 학회 회장 자격으로 면담을 신청했지만, 거절당했다. 당시는 상의회장과 일면식도 없었고, 상공회의소 자문교수도 아니었으므로 문전박대를 받은 것이었다.

내가 신임 상공회의소 회장을 찾았던 이유는 취임사에서 신공항 추진을 제1의 목표로 삼겠다고 표명했기 때문이었다.

할 수 없이 나는 연구소의 자체 경비를 투입하여 여름방학 내내 학생조사원들과 씨름하면서 조사를 진행해야 했다.

내 기사가 나간 다음 날, 『부산일보』는 동일한 주제로 1면을 할애했다.

이번에는 해동대 지역발전연구소에서 제시한 대안을 지역 국회의원들이나 부산시 당국자들이 어떻게 받아들이느냐에 대한 인터뷰 결과가 실렸다.

인터뷰 결과는 하나같이 비판적이었다.

"부산으로서는 받아들일 수 없는 대안이다."

"가덕도가 아니면 김해공항 확장이 있을 뿐이다."

"일고의 가치도 없다."

나는 하루 만에 극과 극의 상황을 맛보아야 했다.

영광과 보람의 위치에서 지역의 여론지도자들로부터 지탄을 받게 되는 신세로!

하지만 며칠 후에 다시 반전이 이루어졌다.

『부산일보』사설에서 내 대안을 비판한 사람들에 대한 신랄한 비난을 쏟아 놓았다.

"부산시는 아무런 대안과 실천능력도 없으면서 모처럼 나온 타협안을 거부했다."

물론 『부산일보』와 나는 사전에 아무런 교감도 없었다.

처음 기사를 보낼 때도 잘 실어달라고 부탁한 적이 없었고, 기고

가덕도에 뛰어든 사람

한 논설위원과는 얼굴도 모르는 사이였다.

신문의 힘이 세기는 센 것 같았다.

그 사설이 실린 지 며칠 후 부산시의 공식 입장이 바뀌었다.

"가덕도 우선 선정 및 불가 시 밀양 검토!"

바로 내가 제안한 대안이었다.

그럼에도 박근혜 후보의 공약은 내 예상을 벗어났다.

대선 판도는 기대한 대로 백중세로 돌아섰지만, 박 후보는 "신공항을 재추진한다."라고만 했지, 부산에 유리한 어떠한 언질도 주지 않았다.

대선 기간 중 지인을 통하여 박근혜 후보의 특보라는 사람이 나를 찾았다.

지역에서 문화인이나 지식인을 규합해 달라는 것이었다.

나는 선거의 중립을 표명하되 부산에는 '신공항당 당원'이 많이 있으니 유의하라고 했다.

그 사람들이 처음 듣는 말이라 깜짝 놀라며 그 뜻을 물었다.

"신공항당이란 부산 가덕도에 신공항을 건설한다는 후보자에게 표를 던지는 사람들입니다."

내가 신공항에 집중했던 이유는 동남권에 제대로 된 신공항을 짓는 것이야말로 세종시 건설과 같은 균형발전의 유력한 수단이 된다고 보았기 때문이다.

부산의 가덕도를 우선 후보지로 선정하자고 제안한 것은 김해공항의 수요초과에서 비롯된 것이므로 인근 지역에서 대안을 먼저 찾는 것이 순리라는 상식에 입각한 것이었다. 만약 그러한 순리를 벗어나 밀양을 후보지로 선정해야 한다면 합당한 이유가 있어야 할 것이라고 보았다.

부산 지역 사람들을 설득할 정도로 공항 건설의 조건이 좋다거나, 부산시민에게 이익이 되는 점이 있어야 할 것이었다.

그러나 밀양 후보지는 기본적으로 대구·경북이 좋아질 뿐, 부산시민들에게는 오히려 손해가 될 수 있었다.

밀양공항이란 김해공항의 폐쇄를 전제로 하는 대안이었기 때문이다.

'세상에 어느 사람이 멀쩡하게 눈 뜬 채로 자기 것을 빼앗기려 하겠는가?'

내가 만난 대구·경북 사람들은 이러한 문제 때문에 접근방식을 달리하고 있었다.

"공항 건설은 국가사업이니 중앙정부가 결정해야 한다."

"동남권에는 규모가 큰 허브공항이 필요 없다."

대구 사람들이 신공항 후보지 선정을 국가에 맡기자고 했던 것은 중앙정부와도 이해가 일치했기 때문일 것이다.

정부로서는 밀양공항을 통하여 김해공항과 대구공항을 통합한다면 김해공항의 수요폭주를 해결하는 동시에 당시까지 만성적 적자 상태였던 대구공항을 폐쇄할 수 있고, 한 푼이라도 건설비를 줄일 수 있다고 여겼으니 그야말로 일석삼조인 셈일 터였다.

제18대 대선 기간에 신공항 문제해결의 실마리를 얻고자 했던 내 시도는 일단 실패로 돌아갔다.

이후로 나는 신공항에 대한 새로운 접근 방법을 생각했다.

그리고 '신공항은 부산과 대구의 이익이 상충하며 정책목표가 다르다.'라는 판단을 하게 되었다. 이명박 정부에서는 '어떤 공항을 건설할 것인지에 대한 명확한 목표를 설정하지 않은 채 입지선정을 시도했으므로 결과적으로 실패할 수밖에 없었다.'라고 보았다.

당시 부산시의 전문가들은 밀양이 허브공항으로서의 기능을 할 수 있는 규모나 여건이 되지 못한다고 보았다. 따라서 동남권에 24시간 운행이 가능한 허브공항을 짓는 것을 목표로 한다면 밀양은 매우 불리하게 될 것이었다.

나는 신공항이 부산을 중심으로 하는 '국제경쟁력의 향상'과 대구·경북이 주장하는 '영남권의 균형 발전'이라는 정책목표에서 서로 대립하고 있다고 보았다.

그런데 이러한 정책목표를 '누가 결정해야 하는가?'라는 문제에 봉착했다.

'돈을 국가에서 부담하니 대통령이 결정해야 할 것인가?'

'전문가의 판단이 중요하니 전문가에게 맡겨야 할 것인가?'

'지역의 문제이니 지역주민에게 맡겨야 할 것인가?'

대통령은 독단으로 흐를 수 있고, 어떤 전문가라도 지역의 이해관계를 벗어날 수 없을 것으로 보였다.

그 때문에 나는 새로운 가설을 세웠다.

'가장 큰 이해관계자인 지역주민의 여론을 반영하는 것이 지방 분권 시대의 정책 결정 방식이다.'

그렇다면 지역의 범위는 어디까지가 적합할 것인가.

신공항은 애초에 부산이 주도했으나 국민의 지지를 얻기 위하여 부·울·경을 중심으로 한 동남권으로 추진하다가 다시 영남권 5개 시·도로 확대하여 추진하게 되었다.

신공항의 후보지는 어디까지나 부산 아니면 경남 지역 어디이므로 부산시민과 경남도민의 의사가 중요하고, 인접한 울산도 중요하다고 보았다.

그중에서도 비교적 중립적인 입장에 있는 경남과 울산 주민들의 의견이 더욱 중요하다고 보았다.

나는 2013년 6월에 부·울·경 주민 중에서 김해국제공항을 이용하는 사람을 대상으로 지역별로 600명씩 표본을 추출하여 1,800명 규모의 설문조사를 실시하였다.

조사 결과 부·울·경 주민들은 신공항 건설목표에서 '영남권의 균형 발전'보다 '국제경쟁력의 향상'을 중시하는 것으로 나타났으며, '가덕도가 국제경쟁력도 높을 것'이라는 응답 결과를 보였다.

한편, 2012년 4월의 총선 기간에 비슷한 설문 문항으로 부·울·경 지역의 선거구별로 표본 지역을 선정하여 1,800명 규모의 설문조사를 실시한 적이 있었는데, 이 설문조사의 결과도 2013년 공항 이용자들의 응답과 유사하게 나타났다.

따라서 두 번의 조사 결과에 의하면 부·울·경 주민의 태도는 일

관되게 '영남권 균형 발전'보다는 '국제경쟁력'을 중시함을 알 수 있었다.

이러한 조사 결과 역시 『부산일보』에서 매우 비중 있게 다루어 주었다.

2014년 어느 여름, 장대 같은 비가 내리고 있었고 나는 연구년 수행 중이라 학교에는 잘 나가지 않았다.

'TV조선'에서 신공항 관련 인터뷰 요청을 하였다.

"왜 저를 지목하게 되었습니까?"

"교수님이 이 분야에 대해서 가장 많은 글을 썼기에 연락을 드리게 되었습니다."

"무슨 말씀을 드릴까요?"

"부산에서 가덕신공항이 필요한 이유를 한마디로 요약해 주십시오."

"동남권이 수도권에서 벗어나서 자립적인 경제권을 형성하기 위해서는 국제경쟁력을 지닌 공항이 필요합니다."

그날 인터뷰는 해운대에 위치한 내 집 서재에서 이루어졌으며, 'TV조선'에서는 나와 부산시장, 대구시장의 인터뷰 내용을 함께 방영하였다.

그 방송을 본 박사과정 지도 학생 하나가 전화를 주었다.

"교수님, 교수님께 아주 좋은 일이 일어날 것 같은 예감이 듭니다."

＊＊＊

　내가 학문적 차원에서 지방자치에 관심을 가지게 된 것은 시대적 상황과 우연성이 겹쳤기 때문일 것이다.

　부산대 학부 시절에도 정책학과 내에 지방자치 교과목이 개설되었지만, 당시는 유신정권이라 지방자치가 중단되었기에 관심을 가지는 학생들이 없었고, 나도 고시 과목에만 관심이 있었지, 지방자치에 대해서는 전혀 관심을 두지 않았다.

　6·29 선언으로 집권에 성공하여 제6공화국을 출범시킨 노태우 정부에서는 국민의 민주화 요구에 부응하기 위하여 지방자치를 실시하기로 하고 우선 지방의회를 구성했다.

　나는 1990년 8월에 박사학위를 받고 취업 기회를 찾고 있었지만 몇 년 전부터 부산대 정책학과 동문회의 총무도 맡고 있었다.

　1991년 초에 정책학과 동문회장이 부산시의회 의원으로 출마하겠다는 의사를 밝혔다.

　"박 동문, 나 좀 도와주시오!"

　"회장님, 선거는 처음인데 제가 뭘 도와드릴 수 있겠습니까?"

　"박 동문에게 꼭 맞는 일이 있어요. 정책개발을 좀 해 주시오. 부산시와 동래 지역에 시의원의 힘으로 할 수 있는 것으로."

　"그 정도면 되겠습니까?"

　"사실 좀 더 골치 아픈 것이 있는데 도와주면 큰 힘이 되겠지요."

　"일단 말씀해 보시지요."

　　　　　　　　　　　　　　　　가덕도에 뛰어든 사람

"우리 지역에서 시의원 공천권자인 박관용 의원이 기득권을 내려놓고 경선을 하겠다고 선언했어요. 그러니 신한국당 공천을 받으려면 후보자끼리 미리 경선을 치러야 하지요. 또 하나 더 있어요. 3월에 선거가 있는 기초의원은 정당 공천을 하지 않지만, 사실상 신한국당 당직자나 대의원들이 출마하기 때문에 미리 유리한 후보자를 지원할 필요가 있지요."

"제가 그런 일까지 관여하기에는 시간이 없을 듯하니 다른 후배한 사람을 추천해 드리지요."

"누굽니까?"

"저보다 4년 후배인 곽 동문인데 회장님도 잘 아실 겁니다. 동문회에도 열심인데 아주 적극적인 성격이니 그런 일을 잘할 겁니다."

"그럼 그 일은 그렇게 하고, 앞으로 사무실이 개설되면 곽 동문과 같이 홍보물 초안이나 연설문도 부탁합시다."

"그건 정책개발과도 관련된 것이니 함께 해 보겠습니다."

동문회장을 모시는 총무로서 몇 년째 동문회를 위하여 헌신해 온 회장의 부탁을 외면할 수 없었다.

당내 경선이 되었으므로 광역의원 선거는 6월이었지만, 기초선거가 있었던 3월 이전부터 신한국당 대의원들의 표심을 얻기 위한 득표 운동에 돌입하지 않을 수 없게 되었다.

나와 곽 동문은 유력 기초의원 후보자의 선거를 지원하는 한편, 서석수 동문회장의 선거 참모로서 밤을 새워가며 정책공약을 개발하고 선거연설문을 작성했다.

대중들 앞에서 선거 유세를 하던 시절이라 유세장마다 참관하여서 회장과 다른 후보의 연설을 비교하면서 즉각적으로 다음 유세에 대비하는 것이 중요했다.

서 회장은 그 선거에서 당선된 이후 부산시의회 5선 의원이 되었으며 3기에 걸쳐 부산시의회 의장으로 선출되었다.

지방의회는 임기 4년을 전반기와 후반기로 구분하고 분기별로 의장단을 선출하게 되므로 서 회장은 6년간 의장직을 수행했던 것이다.

나는 서 회장이 의장으로 당선되기 이전부터 부산시의회의 의정 자문위원이 되어 조언을 해 왔는데, 서 의장 시절에는 더욱 마음 편히 시의회를 출입했다.

2000년도부터는 지방정부의 행정개혁에 관심을 두었고 활동무대를 부산광역시 본청으로 잡았다.

젊은 시절에는 국가 개혁에 관심을 두었으나 후에는 내가 발 딛고 사는 지역의 변화가 중요하다는 사실을 깨닫게 된 것이었다.

행정개혁을 위해서는 특히 성과관리의 개선이 중요하다고 보았다.

성과관리란 조직의 성과를 높이기 위하여 관리자나 직원들에게 목표를 설정하게 하고 달성자에게 보상을 지급하는 관리방식으로써 기업에서부터 출발했다.

보험 모집 실적에 따라 수당을 달리 지급하는 것도 이러한 방식의 하나에 속한다.

가덕도에 뛰어든 사람

1997년의 외환위기 이후로 공공 부문도 변해야 한다는 분위기가 고조되면서 김대중 정부와 참여정부에서는 적극적인 도입 의지를 보였다.

그러나 외국 제도의 급속한 이식은 우리의 형편에 맞지 않았고, 국가방침을 거부하지 못해 따르는 시늉만 내는 자치단체도 적지 않았다.

"공공 부문의 성과는 측정될 수 없습니다."

새로운 관리방식에 불만을 품은 공무원들이 주로 하는 말이었다.

나는 부산시의 실정에 적합한 대안을 찾기 위해서 외국의 사례를 소상하게 살펴야 할 필요를 느꼈다.

일본과 미국에서 선도적으로 성과관리방식을 운영하는 도시에 주목했고, 다년간 현지 도시를 방문하여 공무원과 인터뷰하는 일련의 조사 연구를 실시했다.

일본의 경우에는 간사이(関西) 지역에 위치한 '미에현(三重縣)'과 동경도 내의 자치구들에 대한 조사를 실시했고, 미국은 애리조나주 '피닉스시'와 캘리포니아주의 '서니베일시'를 방문했다.

이어서 세계적으로 '균형성과표(BSC)'라는 성과관리방식을 공공 부문에 가장 먼저 도입한 노스캐롤라이나주 '샬롯시'에 대해 인터넷 검색과 담당자와의 전화 인터뷰를 실시해 자료를 모았다.

이렇게 외국에 대해 연구하다 보니 외국어 능력이 필요했다.

중·고교 시절에 체계적으로 외국어를 배우지 못한 것이 나에게는 아킬레스건이 되었다.

내 외국어 실력이 형편없다는 것을 대학 3학년 2학기 때 행시 1차 시험을 치르고서야 깨달았기에 4학년이 되면서 새로 시작한다는 각오로 영어 공부에 상당한 투자를 했다.

영어 실력이 낮았던 것은 고교 시절에 영어에 대한 편견이 있었기 때문일 것이다. 강대국의 말을 배워야 한다는 자존심의 손상과 함께 '언어 번역기만 발명하면 이런 미친 짓은 하지 않아도 될 것이다.'라는 생각이 들었고, 영어는 오직 대학 입시에만 필요한 줄 알았다.

대학 졸업 후 제대로 공부하지 못하다가 해동대 교수로 부임하면서 교수 회화 클럽을 조직하여 매주 화요일 2시간씩 하는 강좌를 교수직을 마치는 무렵까지 운영했다.

그럼에도 영어는 여전히 자신하기 어려웠다.

소통이 어려울 때는 교내 영문학과 교수들의 도움을 받기도 하고 내 오랜 영어 회화 선생인 클라크의 도움을 받기도 했다.

일본어는 박사논문을 준비하던 시절에 3개월간 공부한 것이 전부였다.

해동대 연구원으로 일하면서 일본 논문을 스스로 번역하기도 하였으나, 본교 일어과를 졸업한 최수경 선생이 연구소의 보조연구원으로 오면서부터는 그녀에게 많이 의지했다.

최 선생은 연구원 시절에 내가 발탁했지만, 워낙 우수하여 후에 해동대 직원으로 채용되었고, 내가 퇴직하기까지 일본 사람과의 통역이나 편지 왕래를 통한 소통에 도움을 주었다.

부산대 법과대학의 강 교수 역시 큰 도움을 주었다.

강 교수는 내가 박사과정 시기에 조교실에서 '영남학파'라는 간판을 걸고 있을 무렵 참여한 후배인데, 후에 동경대 법학부에서 박사학위를 받고 부산대 교수가 되었다.

강 교수가 유학하던 시절에는 그의 주선으로 동경대 객원교수회관에서 2주간 머물면서 박사학위 논문에 필요한 자료를 복사하기도 했으며, 그 후에는 일본의 사례를 주제로 그와 몇 차례나 공동연구도 수행했다.

일본 현지에서는 동경도 인근 치바현에 소재한 '중앙학원대학'의 사토 교수가 도와주었다.

그의 스승인 이시모토 교수는 나를 기용한 초대 연구소장이자 후에 해동대 인근 대학의 총장이 된 정 총장님과도 교류가 있었기에, 우리는 연구소 시절부터 인연을 맺게 되었다. 사토는 동년배로 나보다 생일이 꼭 10일 앞서며 2대째 교류를 이어가는 사이였다.

사토 교수는 환경정책을 전공하면서 동아시아 지역의 강이나 하천, 호수 등 담수 수질오염에 대한 연구에 관심을 기울이고 있었다. 그 때문에 한국에도 연구 목적으로 가끔 방문했다. 우리는 30년 가까이 교류했기에 서로의 집도 방문했고 가족들에 대해서도 잘 알고 있다.

사토 교수와의 교류에는 특히 '중앙학원대학'에서 수학한 경운대학교의 김 교수가 헌신적으로 소통을 도와주었다.

사토 교수는 어느 해 겨울 우리 가족 4명이 동경 투어를 했을 때

동경만이 바라보이는 근사한 레스토랑에서 저녁을 대접하기도 했는데, 나는 제자의 유학 문제로 큰 실례를 하게 되었다.

"사토 선생, 박사과정을 수료한 여학생 하나가 일본 사례로 학위 논문을 쓰려고 하는데 중앙학원대학에서 1년쯤 머물게 해 줄 수 있겠습니까?"

"가능하다고 봅니다만, 박 선생께서 학생과 같이 우리 대학 총장을 한번 만나주실 수 있겠습니까? 그 정도의 성의를 보여 준다면 저도 주선하기가 편할 것입니다."

나는 여제자의 앞길을 열어주기 위해서는 해외 경험을 쌓게 해야겠다고 여겼고, 본인에게 자비 유학 의사를 타진하니 좋아라 했다.

마침 경운대학교 김 교수도 사토 교수를 만나고 싶어 했으므로 나와 여제자를 포함한 세 명은 중앙학원대학 총장을 만났고, 사토 교수도 배석했다.

"총장님 처음 뵙겠습니다. 해동대 박우석입니다. 잘 부탁드립니다."

"반갑습니다. 제가 총장이 된 지 얼마 되지 않아 취임 후 처음 접견하는 외국 분들입니다. 사토 선생으로부터 말씀은 충분히 들었습니다. 연구자가 1년간 머무를 생각이 있다면 연구실 하나와 기숙사를 배정할 수 있지만, 기숙사비는 본인이 부담해 주셨으면 합니다."

"총장님, 그 정도면 충분합니다. 감사합니다."

"그럼 오신 김에 연구실과 기숙사도 한번 둘러보시기 바랍니다.

가덕도에 뛰어든 사람

담당 직원을 불러 안내하도록 하겠습니다."

우리는 약간의 선물을 가져가는 정도였지만, 총장은 주요 보직자들과 함께 우리에게 근사한 일식 만찬을 베풀어 주었다. "대접이 지나치다."라고 했더니 "연구자가 1년간 머무르면 한 식구가 아니냐?"라며 환대했다. 식후에는 사토 교수가 노래를 부르는 술집에서 술도 샀으며, 자신이 "박사 논문의 지도도 해 보겠다."라며 의욕을 보였다.

그런데 국내에 돌아온 지 얼마 후 여제자의 마음이 바뀌었다. 그때가 2011년 3월에 발생한 쓰나미로 후쿠시마 원전에서 방사능 유출 사고가 일어난 지 2년 6개월쯤 지난 시기였다. 여제자는 중앙학원대학이 위치한 치바현이나 동경 일대가 위험하다고 생각했던 것이다.

그 시점에는 이미 중앙학원대학 총장 명의로 작성된 1년 기한의 연구원위촉장도 도착해 있었다.

사토 교수에게는 차마 사실대로 말할 수 없었다.

"사토 선생, 학생이 진로를 바꾸게 되어 유학이 어렵게 되었습니다. 대단히 죄송합니다."

"박 선생, 우리 대학의 입장도 있으니 다른 이유를 붙여 주셨으면 합니다."

"어떻게 하면 되겠습니까?"

"총장 앞으로 건강상 이유로 연구하기 어렵다는 사유서를 보내 주시면 좋겠습니다."

그 후 사토 교수가 연구차 한국으로 건너와서 경운대 김 교수와 함께 부산에 들렀을 때 크게 한 잔 사고 재차 사과했으나, 퇴직한 지금도 그 일이 마음에 걸린다.

1997년의 외환위기는 국내기업의 체질 변화와 공공 부문의 성과 관리방식에도 영향을 미쳤지만, 내 개인적인 삶에도 크디큰 여파를 미쳤다.

해동대 교수가 된 1996년 가을, 추석을 목전에 두고 작은형님이 나를 보자고 했다. 작은형님이 먼저 찾는 경우는 드물었으므로 직감적으로 중대한 문제가 생겼음을 느꼈다.

"공장의 자금 사정이 좋지 않아 추석을 넘기기 어려우니 형편대로 보증을 좀 서 주게."

"우선 재무 상태부터 점검해 보십시다."

나는 1984년 가을에 작은형님께 공장을 넘기고 대학원에 복학한 이후에도 매월 결산에 참여했기에 항상 재무 상태를 파악하고 있었지만, 연구교수가 된 1995년부터는 완전히 손을 떼고 있었다.

"왜 갑자기 이렇게 재무 구조가 악화되었습니까?"

"어음을 빌려 시설을 확장하고 거래처를 넓혔는데 원가가 상승하여 적자 폭이 커진 것 같네."

"연육 처리 시설을 처분한 것이 경쟁력 상실의 원인이 되었겠군요."

"그런 이유도 있겠고 거래처가 떨어지고 외상이 늘어난 탓도 있네. 공장의 기술자들이 애를 먹이기도 하고…"

　　　　　　　　　　　　　　가덕도에 뛰어든 사람

"이미 회생하기가 어려운 수준인데요."

"빌린 어음의 만기가 돌아오니 당장 자금이 없으면 추석을 넘기기가 어려울 것 같네."

"당장 부도낼 수는 없으니 일단 막는 데까지 막아보고 다음에 의논하도록 해 보시지요."

나와 아내가 모든 신용을 합치니 보증보험회사에서 1억 원가량의 신용보증서를 끊을 수 있었다. 공장에서는 이를 담보로 은행 대출을 받아 자금을 투입했다.

정상적인 상환이 되기 어려울 것으로 보았으므로 사정을 모르고 기꺼이 나서 준 아내에게 몹시 미안했다.

우려대로 공장은 1년을 겨우 버티다 1998년 1월에 10억 원 규모의 부도를 내고 파산했다. 1억 원의 보증 빚은 내가 떠맡게 되었지만, 어머니를 모시던 작은형님의 생계 대책은 더욱 큰 문제가 되었다.

불운이 겹쳐 2000년 12월에는 아버지처럼 믿고 의지해 왔던 큰형님이 교통사고로 급사했다.

석재를 가득 실은 한 대형화물차를 뒤따라가던 다른 화물차가 추돌하여 고속도로 밖으로 튕겨 나갔고, 갓길까지 밀렸던 석재 화물차가 다시 주행로로 진입하는 순간에 큰형님의 차가 이 화물 차량과 추돌한 것이었다.

때는 12월 초로 어둠이 채 가시지 않은 새벽이었는데, 고속도로라 속도를 많이 내었을 것이므로 큰형님은 속수무책으로 추돌하여 즉사했다.

큰형님 역시 외환위기 시점부터 사업이 어려워졌다. 그런 와중에 대전 집에서 전주 어묵 공장까지 무리하게 출퇴근하다 새벽 출근 길에 화를 당한 것이었다.

사고의 직접적인 원인은 차량 추돌이었으나, 그즈음 큰형님이 자주 하시던 말씀을 생각해 보면 근본적으로는 경제적 어려움이 유발한 사고로 보여 더욱 가슴이 아팠다.

"나는 이제 황포돛배 신세가 되었다."

"대전에서 전주까지 출퇴근은 힘이 든다. 집과 직장을 한곳에 모아야 하는데 이대로라면 무슨 일이 생길지 모르겠다."

큰형님은 자신의 시대가 다한 것을 느꼈고, 장거리 출퇴근의 위험성도 예감했던 것이다.

큰형님의 죽음은 온 집안에 슬픔을 넘어서 절망감을 가져다주었다.

우리 형제 중 큰형님과 작은형님은 특히 몸집이 크고 용모도 뛰어났다. 집안에서는 둘째가 가장 잘생겼다고 말했지만, 큰형님은 특별한 카리스마를 지니고 있었다.

우선 용모부터 남자다운 장수 체질에다가 균형 잡힌 몸매가 아름답기까지 했다.

나는 평소 '큰형님은 저 『삼국지』의 관우나 오나라를 건설한 손책과 같은 영웅의 화신이 아닐까?'라는 경외감을 가지고 있었다.

소년티를 채 벗기도 전에 어묵 공장에 취업하여 새벽부터 이어지

가덕도에 뛰어든 사람

는 중노동과 저임금에도 굴하지 않고 3년 만에 최고의 기술을 익히고 자본금도 모았다.

아무리 험하고 힘든 일이라도 마다하지 않았기에 사람이 아니라는 소리도 많이 들었단다.

큰형님이 자립한 이후로도 보아 왔지만, 추상같은 장인정신과 단호한 리더십이 있어서 공장에는 언제나 기율이 잡혀 있었다.

학업은 중학교가 전부였지만 책 읽기를 좋아했고 이미자와 같은 대중가수의 음악도 사랑했다.

어려운 사람을 그냥 보지 못하고 베풀기를 마다하지 않았으며, 언제나 유머가 가득했다.

그 때문에 큰형님은 스무 살이 되기 전부터 온 집안의 기둥 역할을 해 왔다.

큰형님의 죽음은 슬픔 외에도 또 다른 경제적 문제를 가져다주었다. 큰형님은 몇 년 전부터 경기가 좋지 않아 생명보험도 모두 해약한 상태였고, 그러한 사망사고에 대해서는 산재보험도 적용이 되지 않았다.

교통사고에서도 오히려 가해자에 속한다며 보상금이라고는 책임보험의 사망위로금 정도가 전부였다.

큰집에는 주부인 형수님과 대학을 졸업하고 출가하지 않은 조카 딸 둘, 대학을 졸업하지 않은 조카가 남겨져 있었다.

큰형님이 사망하던 날, 나는 경남공고 동기회 회장으로서 30주년 홈커밍 행사를 준비하고 있었다. 그래서 부음을 듣고도 행사 준비 때문에 바로 가지 못하고 저녁 무렵에야 대전에 도착했다.

그리고 내 위상이 변했음을 실감하지 않을 수 없었다.

작은형님이 계셨지만, 장례 절차나 사고 수습에 대한 모든 결정 사항이 내 앞에 고스란히 남겨져 있었다. 온 집안의 가장이 된 느낌이었다.

집안 사정의 급격한 변화는 나에게도 즉각적인 영향을 미쳤다.

나와 아내는 서로 빈손으로 시작했다. 1985년 무렵 공장에서 나와 처음 이사한 집은 처가와 인접한 수정동 산복도로 입구의 보증금 500만 원에 달세를 내는 곳이었다.

오래된 2층 양옥의 2층에 조그만 쪽마루가 딸린 2칸 방이었으나, 남향이라 부산항과 영도가 한 눈에 들어와 경치는 아주 좋았다.

이사 초기에는 집주인이 사는 아래층의 재래식 화장실을 함께 사용했고 욕실은 따로 없었다.

그곳에서 10년쯤 보내는 동안 빚을 내어 해운대 재송동 장산 자락에 있는 아파트를 구입하여 전세를 놓았는데, 투자를 잘못하여 집값은 오르지 않고 이자만 물게 되는 처지에 놓였다.

그런 형편에 우리 아파트값보다 많은 1억 원의 보증 빚을 갚게 되었으므로 경제적 사정은 교수가 되기 전과 거의 진배없게 되어버렸다.

그것으로 끝이 아니었다.

가덕도에 뛰어든 사람

큰형님이 돌아가신 후에는 집안 문제로 소소하게 돈이 드는 경우가 많았고, 외환위기의 여파로 주변에는 어려운 사람들이 늘어났다.

이 시기에 한인 중에서도 종건을 비롯하여 세 사람이나 직장을 잃고 새로운 일자리를 찾아야 했다.

절친 김종건은 대학 시절 잠깐 행정고시를 준비하다 졸업 후 곧 부산에서 취업했으나, 이때 다니던 회사가 문을 닫았다. 이를 계기로 새로운 분야의 사업을 시작했으나, 여의치 않아 부모님께 물려받은 재산을 죄다 날리는 불운을 겪게 되었다. 그 후 한동안 큰 어려움을 겪다 인쇄업을 시작하여 비로소 안정을 찾게 되었다.

주변의 어려움이 또 다른 경제적 위협이 되었으므로 내 나름대로 입장 정립이 필요했다. 그렇지만 고민해 봐도 뾰족한 수가 없어서 결국 주어진 환경을 수용하고 개인적인 경제적 안정 여부는 운명으로 받아들이기로 했다.

'나도 어려움에 처하여 도움을 받은 일이 많았으므로 가능한 주변을 외면하지 않고 부딪쳐 보리라!'

내가 어려움에 처하여 남에게 손 벌리지 않게 됨을 감사하고, 일을 할 수 있다는 데 만족하며 일 자체에서 보람을 찾기로 했다. 그런 마음가짐으로 어려운 시기를 거치면서 아내 몰래 비자금을 5~6년간 운용하다 보니 개인적인 빚이 점점 늘어 갔다.

아예 받을 생각 없이 빌려준 돈은 그렇다 쳐도, 꼭 갚겠다고 다짐했던 사람들도 약속을 잘 지키지 못했다.

형편이 딱해 보이지도 않던 당질녀가 남편 몰래 필요하다며, 울면서 천만 원을 빌려 달라기에 은행 돈을 빌려주었는데, 소식을 끊었다.

동기회 활동을 같이한 고교 친구의 5백만 원 은행 대출에 보증을 섰는데 퇴직하고는 역시 소식을 끊었다.

가장 가슴 아픈 것은 50만 원을 빌려 달라는 것이었다.

비슷한 시기에 세 명의 지인이 50만 원씩 빌려달라고 했는데, 그들 모두 마지막으로 손을 벌렸던 것 같았다.

현금 서비스가 늘어나고 매월 카드 돌려막기에 바빠졌다. 혼자로서는 도저히 해결할 수 없을 정도로 부채 규모가 늘어났다.

그즈음 나는 해동대에서 야간대학의 학장을 맡고 있었다.

야간대학에는 나이 많은 만학도들이 많았기에 자연히 그들과 이야기할 기회도 많았다. 그중에는 창원에서 용하다는 역술인도 있었다.

하루는 학장실에서 재미 삼아 만학도들과 같이 사주를 보게 되었다.

"아니, 학장님. 왜 이렇게 돈 들어가는 곳이 많습니까?"

내 사주에 그때의 처지가 운명처럼 나와 있었던 것일까.

"좋은 방법이 없겠습니까?"

"부적을 하나 써 드리겠습니다."

나는 그 부적을 한동안 지니다가 생각을 고쳐먹었다.

비정상적인 경제생활을 계속해서는 안 되겠다고 결심했다.

아내에게 모든 것을 털어놓고 현금 서비스 카드를 꺾었다.

개인 파산선언을 한 것이다.

내 개인적 부채 규모를 아내에게 말했고 그 원인에 대해서도 소명했다.

그러나 꼭 지켜주어야 할 프라이버시는 어쩔 수 없이 남겼다.

"오른손이 하는 일을 왼손이 모르게 하라"라는 성경 구절도 있으니.

아내는 내가 예상했던 것보다 이해심이 컸다. 집안의 빚보증으로 형편이 어려워진 마당에 또 내가 빚이 있다고 한다면 어떤 반응을 보일까 염려스러웠는데, 내색하지 않아 고마웠다.

다음 날 절친 하나가 멀리서 찾아왔다.

"2백만 원만 빌려주게."

"나 어제부로 파산했네."

개인적 파산 이후에도 끊임없이 돈이 필요했으므로 나는 본격적으로 연구용역을 수행하게 되었는데 여기에는 몇 가지 이점도 따랐다.

우선 적지 않은 수당을 얻을 수 있었으므로 사회활동에 필요한 용돈 걱정을 하지 않아도 되었다. 내 돈이 아닌 연구비로 하고 싶은 연구를 마음껏 해 볼 수도 있었고, 때로는 해외여행도 공짜로 할 수 있는 기회도 생겼다.

또한, 대개의 연구 주제가 당면한 현실적 문제의 대안을 제시하는 것이었으므로 시대를 앞선 감각을 지닐 수 있었으며, 언론이 좋아하는 정보를 생산하는 역할을 하다 보니 이름도 알려지게 되었다.

그러나 용역 수행에는 언제나 난관이 있게 마련이어서 늘 새로운 아이디어가 요구되었다. 쉬운 일에 돈을 주고 연구를 맡길 기관은 없기 때문이다.

가장 도전적이었던 해외연구는 2004년에 수행한 '피닉스시'의 성과관리 담당 공무원에 대한 인터뷰였다. 대개의 연구는 연구설계나 연구가설의 설정에 어려움이 큰 편이었지만, 그 연구는 해외사례였던 만큼 인터뷰 자체가 큰 과제였다.

일본 사례 연구에서는 언제나 통역을 대동하든지 사토 교수의 도움을 받았으나 미국 연구에서는 통역을 두지 않기로 했다. 인터뷰 요시를 미리 만들어 두었으나 통역을 대동하지 않고 외국 사람과 인터뷰를 시도한 것은 나에게 큰 모험이었다.

'피닉스시'를 연구대상으로 삼은 것은 그 도시가 성과관리에서 세계적인 명성을 떨쳤기 때문이다.

부산시에서는 2003년에 피닉스시의 회계감사관인 윙겐로스를 초청한 적이 있는데, 그의 강연에 참석하여 인사를 나누고 명함을 교환한 적이 있었다.

이를 계기로 자연스럽게 '피닉스시'를 연구하고 싶은 생각이 들었던 것이다.

연구진 2명이 애리조나주 '피닉스시'에 도착하니 부슬비가 내리고 있었다. 연간 강수량이 180㎜ 정도인 사막 지대에 비 오는 날

가덕도에 뛰어든 사람

도착했으니 우리는 환영받을 수 있겠다 싶었다.

윙겐로스의 비서 조앤이 우리를 반갑게 맞이해 주었다.

흑인계 혼혈 백인으로 기분을 좋게 하는 미녀였다. 우리는 먼저 회계감사관실 직원과 간단한 인터뷰를 했다.

"피닉스시 직원이 된 것에 만족합니까?"

"시 정부가 보수를 많이 주어 사기업보다 좋습니다."

"개인의 성과를 측정하고 평가하는 것을 불편하게 여기는 직원들은 없을까요?"

"처음에는 불평하는 사람들도 있었지만, 지금은 당연한 것으로 받아들이고 있습니다."

"회계감사관실의 평가 결과에 이의를 제기하는 경우는 없습니까?"

"평가의 신뢰성을 높이기 위하여 정교한 평가기술을 개발하여 적용하고 있습니다. 그것이 피닉스시가 성공을 거둔 이유라 할 것입니다."

피닉스시는 시민들에게 높은 행정서비스를 제공하고, 직원에게는 사기를 높여 주는 선순환 구조를 형성하고 있었다.

회계감사관 윙겐로스의 도움으로 실무부서 직원들과의 인터뷰도 무사히 마쳤으며, 홈페이지를 통해서 얻을 수 없는 관리자들의 성과지표나 인사기록 같은 성과관리와 관련된 세세한 자료도 챙겼다.

그러나 로스앤젤레스로 돌아가는 비행기 편이 폭우로 갑자기 결항되었다.

그 연구는 해동대 지역발전연구소와 부산경제연구원과의 공동과제 형태로 진행되었으며 모두 네 명의 연구진이 참여하였다. 나는 연구소 소장으로서 연구책임을 맡았고 피닉스에는 부산경제연구원의 연구원 한 명과 동행하고 있었다.

우리는 애리조나주 그랜드캐니언이나 네바다주 라스베이거스 등을 여행하는 미국 서부의 그룹 투어를 하면서 연구를 병행했기 때문에 다른 일행과는 시간을 정하여 캘리포니아주 로스앤젤레스에서 만나기로 한 상태였다.

그런 상황에서 갑자기 비행 스케줄이 바뀌니 우리도 비행 일정을 문의하기 위해 북새통을 이룬 공항의 안내 창구에 줄을 서야만 했다.

"다음 비행기 편이 어떻게 됩니까?"

"못 알아듣겠으니 영어 잘하는 사람을 데려오세요!"

긴박한 상황에서 내 영어는 공항 여직원에게 통하지 않았다. 주위를 둘러보니 사람 좋아 보이는 중년 백인 한 사람이 빙긋이 미소 짓고 있었다. 그 사람에게 다가가 우리 사정을 말하니 다행히도 알아들어 주었다.

한국에 돌아오니 피닉스시의 인터뷰에 미진한 부분이 있었고 보완 자료도 필요했다.

대학 내 영문과 양 교수에게 협조를 받아서 내 연구실에 브릿지를 설치하여 나와 양 교수는 동시에 피닉스시의 회계감사관 윙겐로스에게 통화했다.

윙겐로스도 자기 비서와 같이 브릿지를 설치하여 통화했다.

말하자면 우리는 4자 통화를 한 셈이었다.

내가 묻고 싶은 내용을 양 교수를 통하여 말하게 하고 윙겐로스의 답변에서 의문이 있는 점은 양 교수를 통해서 재차 확인했다.

윙겐로스도 답변 과정에서 자료나 정보가 필요하면 비서에게 묻고 자료를 요청했다.

우리는 그 인터뷰를 토대로 부산경제연구원 명의로 연구보고서를 만들었고, 그 보고서는 피닉스시의 성과관리를 소개하는 유용한 자료가 되었기에 학계에서도 많이 인용되었다.

나는 외국 사례에 관한 다년간의 연구를 토대로 부산시의회를 통하여 집행부로 하여금 선진 예산제도를 도입하도록 촉구했다.

성과관리란 주어진 인력과 예산으로 얼마나 좋은 성과를 내느냐에 관심을 두고 있지만, 좋은 예산제도와 연계를 이룰 때 더욱 효과가 높아진다.

그때까지는 서울시를 제외한 모든 지방자치단체에서 '품목별 예산제도'를 운영하고 있었다. 이 제도는 공무원이 돈을 떼어먹지 못하도록 지출되는 물품과 소요 예산을 소상하게 나열하지만, 그러한 예산으로 어떠한 사업성과를 거두게 되는지에 대해서는 관심을 두지 않았다.

해동대 교수가 되던 해인 1996년에 최초로 구성된 부산광역시의회의 의정자문위원으로 위촉된 후 퇴직 무렵까지 거의 20년간 활동을 계속했기에 시의회에서는 영향력도 있었다. 더욱이 당시는 내 지도로 박사학위를 받은 박 의원이 부의장으로 재직하던 터라 더욱 힘을 미치게 되었다.

"박 부의장님, 부산시를 위한 좋은 일이 있는데 앞장서 주시기 바랍니다."

"교수님이 하시는 일이라면 당연히 도와야지요."

"서울시를 능가하는 새로운 예산제도를 도입하는 것입니다."

"한번 해 보십시다. 어떻게 도와드리면 됩니까?"

"이게 절차가 좀 복잡합니다. 먼저 시의회 상임위원장들과 의장단들과의 합의가 있어야 합니다. 부의장님께서 자리를 만들어 주시면 제가 자료를 준비하여 소상하게 설명해드리겠습니다."

"그건 어렵지 않을 것 같은데 그다음은 어떻게 하면 됩니까?"

"본 회의장에서 시장님께 질의방식으로 새로운 예산제도 도입을 제안하거나, 사전에 시의회 의장단에서 시장님과 논의하는 방법 중에서 선택하면 되겠습니다."

우리나라의 지방자치단체 예산제도는 중앙정부에서 주도하고 전국적으로 획일적인 형태를 유지하고 있었으므로 서울시와 같이 독자적인 예산제도를 도입하려면 굉장한 노력이 필요했다.

무엇보다도 단체장이 적극적인 도입 의지를 가져야 하며 지방의회의 지지도 있어야 했다.

새로운 제도의 도입에는 기술적인 어려움도 따르므로 새롭게 공부해야 하는 공무원들의 저항을 극복하는 것도 과제였다.

가덕도에 뛰어든 사람

나는 부산시를 최고의 성과관리 도시로 만들고 싶은 열정이 있었으므로 새로운 예산제도의 도입이 꼭 필요하다고 보았다.

나와 박 부의장의 노력으로 마침내 의회와 집행부를 움직이게 되었다. 허남식 시장은 시의회의 제안을 환영했고, 부산시는 2006년 무렵 서울시 다음으로 새로운 '성과관리 예산제도'를 도입하는 도시가 되었다.

김대중 정부에서는 성과관리를 위하여 1999년부터 모든 공공 부문에 목표관리제(MBO)를 도입하였으나, 참여정부에 들어오면서 균형성과표(BSC) 방식으로 대체하기 시작했다.

부산시 직원들은 정권이 바뀌면서 성과관리방식이 변하게 되니 혼란스러워하였고, 강연을 부탁받은 나로서도 설명이 쉽지 않았다.

"목표관리란 관리자가 조직의 핵심적인 성과목표를 설정하고 달성 여부의 평가를 통해서 보수를 받는 방식입니다. 이러한 과정에서 성과목표는 측정 가능한 성과지표로 표시되어야 합니다."

"공공 부문의 성과가 모두 측정 가능한 것은 아니지 않습니까?"

"외국의 사례에 의하면 측정이 어려울 뿐이지, 불가능한 것은 아닙니다."

"목표관리제와 BSC의 핵심적인 차이는 무엇입니까?"

"성과목표를 설정하고 이를 측정 가능한 성과지표로 나타낸다는 점에서는 동일합니다. 다만 성과목표를 네 가지 관점에서 도출한다는 점에서 차이가 있습니다."

"네 가지 관점이 무슨 말씀입니까?"

"기업이 단기적 이윤 추구에 집착하면 장기적인 경쟁력을 잃게 되므로 직원의 능력 발전과 일하는 방식의 개선, 고객의 만족을 동시에 중시해야 한다는 발상이 등장하게 되었습니다."

"왜 균형성과표라고 하지요?"

"재무적 관점과 직원의 능력 발전, 업무 프로세스, 고객 만족이라는 네 가지 관점을 골고루 강조해야 한다는 의미입니다."

"BSC를 도입하면 성과지표도 저절로 개선됩니까?"

"어떤 제도를 도입하든지 성과지표는 개선 노력을 통하여 발전합니다. 다만 BSC는 고객 관점도 강조하고 있으므로 시민 중심의 성과지표가 개발될 가능성이 높습니다."

공공 부문에서 민간부문의 성과관리기법을 적용하는 데는 많은 문제가 있으므로 세심한 연구가 필요했다.

부산시에서는 내 의견을 존중하고 예산을 지원해 주었기에 나는 다년간 부산시의 예산제도와 성과관리제도의 개선을 위해 공무원 인터뷰를 실시하고 대안을 제시했다.

그 부단한 노력이 결실을 맺어 부산시에서는 2008년에 국내 자치단체로서는 최초로 '세계 BSC 명예의 전당'이라는 이름의 상(賞)을 받기도 하면서 행정관리의 선도적 도시로 자리 잡게 되었다.

나를 비롯한 연구팀은 그러한 성과에 기여한 공로를 인정받아 시 전체 직원이 모인 조회 석상에서 시장의 표창을 받았다.

가덕도에 뛰어든 사람

물론 이러한 결과는 허남식 시장을 비롯한 간부들의 의지와 열정이 있었기 때문이다.

부산시 공무원 출신인 허 시장은 행정개혁에 관심이 높았으며 당시 부산시의 부시장을 비롯한 간부 중에서도 새로운 성과관리방식의 도입에 적극적인 사람들이 있었다.

그들은 연구의 중요성을 알았기에 성과연구회 결성을 지원했고 나는 그 중심에서 거의 5년 동안 지속해서 연구과제의 책임을 맡아 수행하였다.

캠퍼스의 영욕

육십을 막 넘길 즈음, 부산상공회의소로부터 '부산롯데호텔'에서 열리는 부산 명사들의 신년인사회에 참석해 달라는 초청장을 받았다. 나 스스로는 명사의 자격에 미치지 못한다고 여기고 있었지만, 초청을 받았으니 일단 가 보기로 했다.

지지난해에 '한국지방분권학회' 회장을 맡으면서 부산시장이나 간부들에게 신세를 많이 졌으므로 이번 기회를 통하여 감사 인사라도 해야겠다는 생각도 들었다.

그해 6월에는 지방선거가 예정되어 있었다. 허남식 시장은 세 번이나 연임했으므로 선거에 나설 수 없었기에 행사장에는 차기 시장을 노리는 지역 국회의원들과 잠재적 후보자들이 보였고, 성공한 사업가들, 시민단체지도자, 대학 총장, 부산시 공직자와 법조인, 별을 단 장성 등 각계각층의 인사들이 모여 있었다.

전체 초청자 명부를 보니 854명이었으나 참석자는 대략 300명쯤이었다. 살펴보니 공직자와 시민단체 지도자 중에서는 아는 사람들이 많아 분위기가 그다지 어색하거나 낯설지 않았다.

가덕도에 뛰어든 사람

그 전해 연말에 있었던 선거를 통하여 취임한 우리 해동대 총장도 그 자리에 참석했으나, 누구와 어울리지 못하고 혼자 서 있었기에 말벗이 되어 주었다.

"박 교수님, 저는 처음인데 자주 오십니까?"

"총장님, 저도 처음입니다. 총장님께서 이렇게 얼굴을 내밀어 주시니 저도 활동하는 데 힘이 납니다."

"과찬의 말씀을. 아시는 분 소개 좀 부탁드립니다."

"그러겠습니다. 시장님부터 인사 나누도록 하시지요."

그즈음 나는 교수로서 가장 활발하게 사회활동을 하면서 절정의 시기를 맞이하고 있었다.

주된 학문적 관심은 공공 부문의 성과관리였지만, 지방재정이나 지방분권 측면에서도 학계나 언론으로부터 주목받고 있었다.

특히 부산 지역 언론에서는 지방재정을 포함한 지방자치에 대한 현안이 발생하면 나를 찾는 경우가 많았다. 그 이유는 해동대 지역발전연구소가 지방자치에 대한 연구에 특히 관심을 기울였기 때문이었다.

나는 연구소 시절부터 근 27년간 지속해서 지역 언론에 출연하였기에 해동대에서는 언론 노출 3위 이내에 드는 소위 스타 교수였다.

가끔 가는 처가 동네의 꽃집이나 약국에서도 나를 알아주었고 창원에서 출연하기라도 하면 김해의 고향 친구들에게서 잘 보았다는 격려 전화가 왔다.

우리 집 정수기 필터를 교환하는 기사도 이런 말을 했다.

"TV에 나오는 사람을 직접 보니 기분이 이상한데요."

이명박 정부 출범 초기에는 시사평론가 정관용이 진행하던 라디오 프로그램인 〈KBS 열린 토론〉에서 출연 제의가 왔다.

주제는 이명박 정부의 공공기관 이전에 관한 것이었다.

그 프로는 비록 라디오였지만 청취율이 매우 높았으므로 정부에 대한 영향력도 컸다. 나 역시 그 프로를 좋아했고 진행자인 정관용도 좋아했다.

서울이라 번거롭게 여겨졌으나 분권 운동에 참여하고 있던 나로서는 마다하기 어려웠다.

수업 시간을 조정하여 보강하기로 하고 출연을 수락했다.

서울역에 도착하자 중견기업의 사원에서 출발하여 대표이사가 된 바로 아래 동생이 좋은 차를 타고 나와 마중해 주고 KBS까지 태워주었다.

그 동생과는 일찍이 초등학교 시절 부모님과 떨어져 내가 소년 가장 역할을 할 동안 고생을 같이한 경험도 있었기에 그날 우리 형제의 감회는 새로웠다.

프로그램은 저녁 시간대에 100분간 진행되는 생방송이었다.

사전에 작성한 시나리오 없이 진행자가 제시하는 주제에 대한 찬반 토론이어서 출연자들로서는 긴장하지 않을 수 없는 소위 진검승부 방식이었다.

정관용이 진행하던 그 프로의 지명도가 워낙 높아 토론자의 논리 전개에 따라 정부의 정책 기조가 바뀔 수도 있었다. 대신 실패하는 토론자의 경우에는 개인의 명성에 치명적인 손상을 입을 수도 있었다.

부산 지역에서 라디오나 TV 토론을 많이 해 왔지만, 대부분이 녹화방송이었고, 패널들이 찬반 의견을 명백히 밝히고 서로의 의견에 반론하는 공격적인 토론을 한 경우는 손에 꼽을 정도였다. 따라서 그처럼 긴장되는 토론은 사실 처음이었다.

방송에는 네 명의 패널이 참여했는데 두 명은 이명박 정부의 공공기관 이전 재검토 방침을 지지하는 입장에 섰으며, 나와 다른 한 사람은 노무현 정부에서 추진했던 공공기관 이전 정책을 지지하는 입장이었다.

이명박 정부에서는 출범 초기부터 경제 활성화를 위하여 공기업의 민영화와 수도권 규제 완화가 불가피하다는 입장을 표명하여 비수도권 발전과 지방분권을 주장하는 시민단체와는 대립각을 세웠다.

그날 토론의 쟁점은 '공기업을 민영화해야 하므로 공공기관 이전 대상에서 제외되어야 한다.'라는 정부의 입장에 대한 것이었다.

토론이 시작되자 먼저 대기업이 출연한 연구소 소속 토론자 한 사람이 득의만만하게 논리를 폈다.

"최근 자본주의의 효율성을 높이기 위하여 공공 부문을 축소하고 공기업을 민영화하는 것이 세계적인 추세인데, 이를 어떻게 보십니까?"

"국내에서도 공기업이었던 '포항제철'과 '한국통신'을 '포스코'와 'KT'로 민영화하여 성공을 거두고 있으므로 공기업 민영화 자체를 반대할 이유는 없다고 봅니다."

나와 같은 편의 강원대 교수가 원론적인 무난한 답변을 했다. 이어서 상대편의 다른 토론자가 회심의 펀치를 구사했다.

"공기업을 민영화한다면 민간기업이 되니, 당연히 공공기관 이전 대상에서 제외되어야 하겠지요. 이 점에 대해서는 어떻게 생각하십니까?"

이 대목에서 나는 미리 준비한 논리를 폈다.

"참여정부의 「국가균형발전특별법」에서 규정한 '공공기관 지방 이전' 정신과 내용을 이명박 정부에서도 승계하겠다고 천명했습니다. 그렇다면 핵심적 사항에 속하는 공기업 본사의 이전도 그러한 맥락에서 추진되어야 할 것입니다. 지금 지방에서는 민간기업 유치를 위해서도 온갖 노력을 합니다. 지방으로 본사를 이전시키는 조건으로 민영화 자본을 유치한다면 두 가지 목적을 동시에 달성할 수 있을 것입니다."

그 토론은 100분 내내 '공기업 민영화의 필요성'과 '국가균형적 관점의 본사 이전'이라는 두 가지 쟁점을 중심으로 세부적 논쟁이 이어졌다.

　　　　　　　　　　　　　　가덕도에 뛰어든 사람

결과는 우리 팀의 압승이었다. 상대방의 논리로는 시대적 요구인 지방분권과 국가균형발전이라는 대의를 넘어설 수 없었기 때문이다.

그 토론을 계기로 곧 이명박 정부의 정책 기조가 바뀌었다.

'지방 이전이 예정된 공기업은 민영화되더라도 이전시키겠다.'라는 것이었다.

물론 그 토론 자체로 정책의 변화가 있었다고 보기는 어렵지만, 토론을 통하여 민심의 방향을 확인시키고 '민영화 기업도 지방으로 이전시킬 수 있다.'라는 간략한 메시지로 국면을 축약시킨 효과는 있었다고 본다.

정관용 진행자는 내가 마음에 들었던 모양이었다.

목소리도 좋고 사투리도 거의 없어 방송에 적격이라고 했다.

나 역시 정관용 진행자에게 호감을 느껴서 방송을 마치고 출연자 모두와 함께 사진을 찍자고 제의했고, 그 사진을 소중하게 간직하고 있다.

정관용의 프로그램이 오래 지속되었다면 아마 나는 자주 출연했을지도 모른다.

그러나 정부의 눈에 들지 않았던 것인지 인기 있던 그 프로는 곧 폐지되었다.

그 프로가 폐지되기 직전에 나는 이명박 정부에서 추진한 '수도권 규제 완화 정책'을 주제로 한 토론에 다시 한번 패널로 초청받았다.

그날 토론 중간에 듣게 된 어느 서울시민의 목소리는 지금도 잊을 수 없다.

"당장 먹기에는 곶감이 달다고 서울에만 기업과 사람을 모으면 장차 이 나라는 어떻게 되겠습니까?"

그날 나는 토론 주제에서 다소 벗어난 한 가지 발언을 했는데 진행자도 큰 관심을 보였다.

"국회와 청와대도 세종시로 이전해야 정치인들이 서울이 아닌 대한민국 전체를 보게 될 것입니다."

나는 참여정부 말기에 분권 운동에 동참한 이후로 지방재정 확충과 지역인재할당제에 주로 관심을 기울였으나, 2010년대를 전후해서는 '기초단체 정당공천제의 폐지'에도 큰 관심을 가지게 되었나. 그리한 주제에 열의를 가지게 된 것은 1991년부터 재개된 지방자치 현황을 지켜보면서 얻은 결과였다.

지역 국회의원들은 공천권을 미끼로 힘없는 기초의원과 기초단체장을 종 부리듯 하고, 지역주민을 만나기보다 이들로부터 보고받는 것을 익숙해하며 재미를 느끼고 있었다.

공천과정에서 금전이 오가는 문제는 논외로 하더라도, 정치와는 무관한 생활자치 현장인 기초의회에서도 정파 간의 대립이 난무하고 있었다.

내가 국내의 최대 분권 운동단체였던 '지방분권국민운동'의 정책위원장을 맡고 있을 시기인 2009년에 '전국시장·군수·구청장협의회'와 우리 단체는 공동으로 '기초단체 정당공천폐지 1,000만 서명운

가덕도에 뛰어든 사람

동'을 전개하였다.

그러나 2010년의 지방선거가 다가오면서 현실적으로 공천권을 쥐고 있던 지역 국회의원들의 압력을 느끼게 되자 '전국시장·군수·구청장협의회'는 서명운동을 중단하였다.

지방분권국민운동으로서는 진퇴양난의 문제에 봉착하게 되었다. 조직과 돈을 가지고 있는 기초자치단체장들이 빠지면 서명운동은 현실적으로 불가능할 수 있기 때문이었다.

서울역 부근에 회의장을 마련하여 전국의 임원들과 사회원로가 참여한 긴급회의를 개최하였으나 의견은 통일되지 못하였고, 지도부 내에서는 두 가지의 의견이 대립하게 되었다.

"이미 서명운동을 선포하였으니 분권 운동이 가장 활발한 부산권에서 100만 서명이라도 해야 한다."

"100만 명 서명운동에도 1억 원 상당의 금전이나 에너지가 들기 때문에 현실적인 한계를 인정해야 한다."

나는 100만 서명이라도 해야 한다고 주장했으나 당시 상임대표는 생각이 달랐다.

나는 지도부가 결정만 해 준다면 개인적인 인맥을 통해서라도 운동을 하겠다는 의지를 가지고 있었고 세부계획도 생각해 둔 터였다.

하지만 상임대표는 "현실적인 한계를 인정해야 한다."라며 중단을 결정했고, 국민에게 선포한 약속도 흐지부지 거둬들여 버렸다.

그 후 나는 분권 운동의 방향을 달리하기로 작정했다.

곧 '지방분권국민운동'의 정책위원장직을 후임에게 넘기고 학회활동을 통한 운동단체와의 연대와 제도개선에 관심을 두기로 했다.

분권 운동에서 한발 물러난 이후로 3~4년간은 해동대 연구소를 중심으로 연구 활동에 집중했고, 이 시기 동안 나는 대표적인 연구 성과물도 남기게 되었다.

그러나 인생의 절정기에 한편으로는 지역사회의 이목을 끈 낭패도 겪었다.

2010년을 전후하여 나는 부산시가 출자한 '부산경제연구원'과의 산학연계 과제를 활발하게 수행하는 한편 다른 연구기관이나 공공단체의 연구용역도 책임을 맡아 다수 과제를 동시에 수행하였다.

말하자면 특수를 맞이하였고 대목이었다.

연구과제가 몰리면 특혜 시비에 말릴 수 있다는 우려가 들어 연구비 관리를 투명하게 하는 한편, 연구 성과의 질적 수준 유지에도 주의를 기울였다.

호사다마라 했던가.

우려하던 사고가 기어이 터지고 말았다.

'부산경제연구원'과 공동으로 수행하던 과제 중 하나가 표절 시비에 휘말린 것이다.

연구주제는 '부산시의 재정진단과 대안'이었다.

여름방학이 끝나고 개학하여 바쁜 나날이 시작된 어느 날 오후 '부산경제연구원'의 옥 실장에서 전화가 왔다.

가덕도에 뛰어든 사람

"교수님, 보고서에 문제가 생겼습니다."

"어떤 문제지요?"

"시의원들이 우리가 수행한 보고서를 읽고 표절 의혹을 제기하고 있습니다. 다행히 소수 의원에게만 몇 권 배부한 상태라 회수하여 수정 후 다시 인쇄했으면 합니다."

"옥 실장님, 잘 알겠습니다. 제가 맡은 일이니 책임지고 기간 내에 보완하도록 하겠습니다."

시의회에서는 부산시의 재정 문제에 큰 관심을 가지고 있었는데 일부 의원들이 보고서가 나오는 즉시 읽어 보다 이상을 발견했던 것이다.

처음에 한 시의원이 제기한 문제는 오탈자였다. 그 후에는 특정 자료에서 지나치게 많은 도표가 인용되었기에 표절의 의심이 든다고 했다.

우리가 보고서를 보완하여 제출하기로 했음에도 지방의원들은 이러한 기회를 놓치려 하지 않았다. 시의회로 부산경제연구원장을 불러 호통치고 "개선방안을 강구하라."라고 다그쳤다.

"앞으로 연구윤리규정을 강화하여 연구자의 사전 서약을 받는 동시에 연구 성과물에 대해서는 모두 사전에 표절 검사를 실시하겠습니다."

연구원장은 임기응변식 답변을 해서 겨우 험악한 분위기에서 벗어났다.

그 보고서의 명목상 책임자는 '부산경제연구원'의 도시경제실장이었지만, 자료의 수집과 확인에 대한 의무는 나에게 있었으므로 원장께 죄송스러웠고 머리 숙여서 사과했다.

원장은 큰 문제가 아니라며 나를 위로하기까지 했으나 문제는 거기서 끝나지 않았다.

그해 가을에 부산시와 산하기관에 대한 시의회의 행정사무감사가 시작되면서 "부산경제연구원에 표절한 연구보고서가 있다."라는 기사가 지역 신문에 대문짝만 하게 났고, 방송에서도 연일 이 문제를 다루었다.

문제의 보고서를 차분하게 살펴보니 과연 표절 시비가 나올 법하기도 했다.

나는 보고서의 초안을 만들면서 참고 자료의 상당 부분을 얼마 전 시의회에서 발표되었던 자료에서 그대로 가져왔다. 전체 표 100여 개에서 약 1할에 해당하는 분량이었다.

내가 선행 자료를 그대로 가져온 것은 두 가지 이유가 있었다.

하나는 일단 초안을 구성한 후 최종적으로는 자료의 출전을 원전으로 바꾸겠다는 것이었고, 다른 하나는 선행 자료의 연구자가 평소에 잘 알고 지내는 후배일 뿐만 아니라, 우리 연구과제의 자문위원으로도 참여하고 있었기에 인용이 다소 많아도 양해를 구할 수 있으리라 본 것이다.

인용 자료들도 그야말로 참고자료로 연구의 본질적 요소와는 관련이 적어 그대로 삭제하더라도 연구 결과에는 아무런 영향을 미치지 않는 것들이었다.

인쇄용 최종 보고서를 점검하는 과정에서 인용 자료들을 모두 최초의 원자료를 찾아 출처를 바꾸거나, 원자료가 없을 경우 출처를 밝히고 선행 연구자의 자료를 인용하였다고 믿었다.

그러나 다시 확인해 보니 그중 2~3개의 표는 선행연구자가 원자료를 가공했던 것인데, 나는 출처를 다른 통계자료로 명시하는 오류를 범하고 있었다.

문제로 삼기로 한다면 영락없는 표절인 셈이었다.

지나치게 많은 과제를 수행하다 결국 소화불량에 걸렸던 것이었다.

자료의 저자인 후배에게 전화를 걸어서 진지하게 사과하고 해명했다.

그 후 시간을 충분히 들여 오해의 소지가 없도록 보고서를 교정했지만, 파장은 거기서 끝나지 않았다.

시의회의 집요한 공격에 그 과제의 책임자였던 '부산경제연구원'의 도시경제실 옥 실장은 책임을 지고 보직에서 물러나 평연구원이 되고 말았다. 게다가 그해 연말의 예산심의과정에서 '부산경제연구원'의 예산마저 대폭 삭감되는 불운을 겪게 되었다.

나는 그 연구의 명목상 책임자는 아니었기에 언론에 직접적으로 거명되지는 않았지만, 알 만한 사람들은 알 수 있었다.

'부산경제연구원'과의 오랜 파트너 관계도 그로써 끝이 났다.

한편으로는 그쯤에서 끝나게 된 것을 다행스럽게 여겼다.

일을 많이 하다 보면 연구비 횡령이나 청탁 비리와 같은 혐의에서도 결코 자유로울 수 없기 때문이었다.

'부산경제연구원' 사건이 일어난 이듬해쯤 부산시와 산하기관에서는 청렴이 큰 문제로 부각되었다. 국민권익위원회의 평가에서 부산시가 연속 꼴찌로 나타났고, 산하 공기업 역시 순위가 낮았다.

부산시 본청에서는 '반부패청렴위원회'를 구성하면서 나를 위원으로 위촉하고자 했다.

나는 예의 부산경제연구원 사건도 있고 해서 한사코 사양하였다.

"저는 청렴위원으로 적합한 사람이 못 됩니다."

"교수님이 안 된다면 누가 될 수 있단 말입니까?"

그러나 부산시 산하기관 중 한 곳에는 너무나 가까운 지인이 임원으로 있었기에 차마 거절하지 못하고 엉거주춤 참여하고 말았다. 청렴위원회의 위원으로 참여하면서 나는 다시 한번 인생을 뒤돌아보게 되었다.

이러한 일이 있기 몇 년 전 어느 교수로부터 '반부패학회'의 임원으로 참여해 달라는 부탁을 받았으나 사양하였고 그 학회에는 가입도 하지 않았다.

그때도 역시 나는 스스로가 청렴에는 어울리지 않는다고 여겼기 때문이다.

나는 중학교 과정을 인가받지 못한 학교에서 공부하다 검정고시에 실패하여 졸업 2개월을 남겨두고 급우들과 같이 북부산중학교로 편입한 바 있다.

가덕도에 뛰어든 사람

편입을 도와준 교사에게 약간의 금품도 모아주면서.

비록 실력은 되었지만, 당시에도 그것이 정상적인 절차인가에 대해서 의문이 일었고 일말의 죄책감을 느꼈다.

대학에서 유신 정부에 대한 반독재 데모에 참가했으면서도 대학원 시절에는 고시 공부를 하느라 각종 핑계를 대며 병역을 이행하지 않았다.

해동대 교수가 되는 과정에서도 공채를 거치지 않고 권력의 힘을 빌렸다.

대학에서는 사정이 딱하다고 출석 미달이 된 학생들에게 성적을 주기도 했다.

교수로서 강의와 연구에 충실하였고 사회활동이나 봉사에도 적극적이었다고 자부하지만, 과연 그러한 것으로 지나간 과오나 자의적인 편법 적용의 문제를 상쇄할 수 있을지는 의문이었다.

청렴이 중시되는 새로운 기준에 따르면 무사안일하게 법규나 절차를 지킨 사람보다 결코 나을 것이 없겠다는 생각이 들었다.

2013년 2월 한국지방분권학회장 임기를 마칠 무렵, 나는 심각한 고민에 빠졌다.

'다시 일을 맡을 것인가, 쉬면서 새로운 길을 갈 것인가?'

나에게 도전적인 일이란 그해 말에 있을 해동대 총장선거에 나서는 것이었다.

2013년 당시 나는 해동대에서 부총장의 위상을 지닌 정책대학원장 겸 지역발전연구소장을 맡고 있었으므로 유력한 총장 후보군에 속했다. 더욱이 4년 전 총장선거 때 2013년 현재 총장이 당선될 수 있도록 큰 힘을 보탰기에 총장 역시 출마를 권유하고 있었다.

그러나 새로운 길에 대한 욕구도 만만치 않았다.

그것은 10대 때부터 묻어 두었던 신의 존재를 찾는 일이었다.

더 미루면 새로운 길을 영영 갈 수 없을 것이라는 초조감마저 느끼고 있었다.

허나 총장선거에 나서지 않으면 대학에서 맡을 일은 없게 되며, 그것은 곧 뒷방으로 물러가는 것을 의미했다.

내가 물러나면 지난 20여 년간 관심을 기울인 연구소가 어떤 방향으로 갈지도 알 수 없었다. 그동안 소장이 바뀌면서 연구소 명칭을 바꾸겠다는 시도가 심심찮게 나타났으니 후임 소장을 명확히 하지 않으면 앞날을 장담할 수 없는 상태였다.

또한, 나를 믿고 따르던 제자들의 연구원 자리도 지켜줄 수 없고 앞길을 열어 주기도 어렵게 된다는 걸 의미했다.

그렇다고 총장선거에 나서게 되면 2013년 한해를 선거운동만으로 보내야 하고, 당선되면 정년이 될 때까지 개인적인 시간은 없을 것이었다.

세속적 영광과 내면의 충실이라는 선택의 기로에서 스스로를 다시 한번 둘러보기로 했다.

우선, 부쩍 심화되어 가는 해동대의 재정난을 타개할 마땅한 대안이 떠오르지 않았다.

가덕도에 뛰어든 사람

심심찮게 50㎏ 언저리를 오르내리는 건강도 문제였다.

마지막으로 내가 평소에 딸들과 지도 학생들에게 권해 왔던 말들을 상기해 보았다.

"능력은 7할만 발휘하고 3할은 생활의 여유로 두라."

나는 이미 오랜 기간 9할 이상의 에너지를 써 왔다. 그래서인지 체력회복이 의심스러운 단계에 와 있는 것 같았다.

나를 객관화하여 들여다보니 아쉬운 일이 많았지만, 지금까지의 성취에 만족하기로 했다.

'속세의 못다 한 모든 일은 후배들에게 맡기고 새로운 주역들을 고대하기로!'

그럼에도 불구하고 한 사람의 권유가 있었다면 마음을 바꾸었을지도 모른다.

같은 학부의 문 교수는 법경대 학장을 지냈고 학사 업무에 매우 밝은 사람이었다. 이 사람과는 십 수년간 거의 매일 같이 오후에 차를 함께 마셨던 사이였다.

오랜 기간 학부 일은 물론 대학동문회며 학회 운영도 기탄없이 의논하고 협력해 왔다. 나와는 달리 매사에 계획적이고 무리를 하지 않는 성격이라 때로 내 무분별을 성찰하게 했다.

그런 문 교수가 나에게 총장 출마를 권유하지 않았다. 딱히 이 문제에 대하여 의논하거나 협조해 달라고 제의한 것은 아니었다.

2013년 초는 사실상 총장선거가 시작되었으므로 뜻있는 사람들은 움직였고 식견 있는 사람들은 후보군의 동태를 감지하던 시기였다. 이미 당시 총장을 비롯하여 법경대 내에서도 여러 사람이 나에게 총장 출마를 권유하고 있었지만 문 교수는 침묵하고 있었다.

물론 내가 결심을 밝히고 부탁한다면 흔쾌히 도울 것이라는 믿음에는 변함이 없었다. 그렇지만 나는 먼저 말하고 싶지 않았고 기다려 보았다.

3월이 되어도 문 교수의 권유는 없었다.

서운하기도 했다.

나는 마음을 바꾸어 먹고 문 교수의 침묵이야말로 '천심'이라고 여겨 받아들이기로 했다.

우리는 흔히 농담조로 '선거에서 가장 중요한 것이 아내의 한 표'라고 말한다.

가장 가까이에서 지켜보고 사정을 아는 사람이 권유하지 않는다면 무리가 있다는 것이리라.

3월을 넘기면서 나는 마음을 굳혀 지인들에게 불출마를 선언했다. 후속 조치로 2014년의 연구년 수행 신청서를 제출했다. 재직 이후 처음으로 1년간 학교를 떠나게 되는 것이었다.

보통 교수들은 재직기간 두 번 이상 연구년을 가지게 되며, 이와는 별도로 공직을 맡아 파견근무를 하게 되는 경우도 있다.

나는 2003년도에 연구년 신청을 해서 가족들과 캐나다에서 한 해를 보낼 계획을 세우고 1년간 비워둘 집으로 이사까지 마쳤으나, 밴쿠버에 있는 브리티시 컬럼비아 대학에서 초청장이 도달하기 직

가덕도에 뛰어든 사람

전에 총장이 부탁했다.

"박 교수, 법경대학의 부학장을 맡아 대학평가 업무를 맡아 주면 좋겠소."

연구년이란 한 해 동안 강의를 하지 않고 보수를 받는 혜택이지만, 나를 발탁했던 총장의 부탁을 외면할 수가 없었다.

연구년에 내면을 성찰해 보고자 했으나, 내 의지와는 달리 다른 일들이 기다리고 있었다.

어머니가 돌아가셨고 '전국시장·군수·구청장협의회'의 용역과제를 수행하면서 거의 한 해를 보내야 했다.

2014년 3월, 어머니 장례식장에 대전대 교수로 '한국지방분권학회' 회장을 맡고 있던 이 회장이 조문을 왔다.

그와는 공식적 관계를 가졌을 뿐이고 개별적인 친분은 없던 편이어서 다소 의외였다.

"박 회장님, 꼭 맡아주셔야 할 연구과제가 있습니다."

'전국시장·군수·구청장협의회'에서 학술용역을 의뢰했는데 나에게 연구책임을 맡아달라는 것이었다. 과제는 중앙정부에서 추진하는 '지방자치단체 파산제'의 대응논리 개발과 정책대안을 제시하는 것이었다.

학회 회장이 상갓집까지 찾아와서 부탁하니 도리가 없었다.

더구나 나는 그 학회의 전임 회장이었기에 학회의 일이라면 도울 의무도 있었다.

2013년에 출범한 박근혜 정부는 지방자치단체와 험악한 관계를 형성했다. 주로 복지비의 분담을 둘러싼 갈등이었다.

2012년 대선 기간 중 박근혜 후보는 "65세 이상의 모든 노인에게 매달 기초연금 20만 원을 주겠다."라고 공약했다. 종래에는 하위소득 70%의 노인들에게 10만 원 수준으로 지급되던 것을 두 배로 올리고 대상도 소득수준과 관련 없이 모두에게 지급하는 방안이었다.

상식을 벗어난 그 공약에 대해서는 의견이 분분했다.

"삼성의 이건희 회장에게도 기초연금이 필요하단 말인가?"

결국, 집권 후에는 하위 70%에게만 주는 것으로 말을 바꾸었다.

문제는 이전에 비하여 두 배로 인상된 돈을 누가 부담하느냐는 것이었다.

정부에서는 당연히 '법령에 따라 지방자치단체도 부담해야 한다.'라는 입장을 취했다. 기초연금법 관련 규정에 의하면 국가 부담과 함께 자치단체도 그 재정력이나 노인 인구 비율에 따라 10~60%까지 부담하도록 의무화되어 있었다.

그렇지 않아도 기초단체는 광역단체에 비하여 재정력이 취약한 편이었는데, 노무현 정부 이후 중앙정부의 복지업무를 이관하는 과정에서 재원이 불충분하게 이양됨에 따라 시·군·구는 심각한 재정난을 겪던 중이었다.

그런 상황에서 대통령이 지방자치단체들과는 한 마디 상의 없이 선심성 공약을 내걸고는 돈을 대라고 하니, 기초자치단체장들의

가덕도에 뛰어든 사람

전국적인 연대조직인 '전국시장·군수·구청장협의회'에서는 공개적으로 거부 의사를 표명하기 시작했다.

　2014년에 들어와 집권 여당이었던 '새누리당'은 국회에서 이례적으로 행정안전부 장관을 몰아붙였다.
　"지금 지방자치단체들이 재정난으로 파산할 수도 있다는데, 대책이 있습니까?"
　"조속한 기간 내에 '파산제'를 도입하도록 하겠습니다."
　박근혜 정부의 주무장관은 국회의 답변 과정에서 지방자치단체의 파산에 대한 대책을 수립하겠다고 약속했다.
　이러한 정부의 처사는 가뜩이나 불만이 많았던 기초자치단체들에게는 불난 집에 기름을 끼얹은 격이 되었다. 재정난을 유발한 중앙정부가 돈을 줄 생각은 하지 않고 파산에 대한 대책이나 세우겠다니 제대로 뿔이 난 것이었다.
　기초단체들의 격렬한 지탄을 받게 되자 주무장관은 말을 바꾸었다.
　'파산제' 대신 이름만 바꿔 '긴급재정관리제도'를 도입하겠다고 하면서 「지방재정법 개정안」을 입법 예고했다.
　그 시점에서 '전국시장·군수·구청장협의회'는 논리적 대응을 위한 학술용역의 필요성을 느꼈고 그것이 내게 맡겨지게 된 것이다.
　나는 평소 "우리나라의 지방자치단체는 망하려 해도 망할 수 없다."라고 주장해 왔다.
　대통령령을 통해 모든 지방자치단체의 공무원 수와 보수를 정하고 있고, 지방재정법을 통해 지방채 발행을 2중, 3중으로 통제하고 있기 때문이다. 동시에 행정안전부에서는 '지방재정 조기경보 시스템'을 운영하여 지방채가 위험 수위에 도달하기 이전에 미리 경고 조치를 하고 있다.

그 결과로 우리나라 지방자치단체의 재정구조는 미국이나 일본에 비하여 아주 건전한 편이며, 파산제 도입은 그야말로 작동시킬 가능성이 전혀 없는 옥상옥(屋上屋)인 셈이었다.

나는 전국의 모든 지방자치단체를 대상으로 재정 상태를 살펴본 뒤 용역보고서를 통해 '파산제는 무의미하며 중앙정부와 지방정부의 올바른 사무 배분과 재원 배분이 급선무'라고 제안했다.

정부가 제안했던 '긴급재정관리제도'는 '전국시장·군수·구청장협의회'의 반발로 일 년쯤 미루어졌으나 결국 관련 법규의 개정을 거쳐 도입되었다.

'파산제'에서 이름만 바뀌었을 뿐, 내용은 동일했다.

활용될 가능성은 전혀 없는, 보여 주기식의 '제도를 위한 제도' 하나가 만들어진 것이다.

이듬해 대학에 복귀하니 학부의 분위기가 크게 달라져 있었다.

해동대 정책학부에는 내가 임용되면서 아홉 명의 교수가 있었으나, 그즈음은 퇴직과 이직으로 다섯 명만 남았고, 한 명은 그해가 연구년이라 학교를 떠나게 되어 2015년에는 사실상 나를 포함하여 네 명의 교수만 남게 되었다.

이러한 인적 구성은 예기치 못했던 갈등을 불러왔다.

학부에 부임한 이후 나와 부산대 후배인 문 교수는 의견이 잘 맞았으므로 매사를 논의하였고, 두 사람이 학부의 주요 업무를 사실상 주도해 왔다.

내가 제안한 '학부 교과과정 운영방안'을 문 교수가 찬성했기에 10여 년간 학부의 공식교과목으로 정착되었다. 나는 성과관리의 관점에서 학생들의 영어 능력을 높이고 공직과 사기업 두 방향의 진로에 적합한 교과목을 제안하였으며, 그 결과로 정책학부는 취업률이 높은 학과로 자리 잡게 되었다.

박사학위 배출에 대해서도 전문적인 연구자가 되지 않을 학생에 대해서는 다소 관대한 심사기준을 가지고 있었고, 본인이 희망하면 가능한 도움을 주어 학위를 받도록 했다.

이러한 방침의 적용이 지역에서의 명망이나 경쟁력이 낮은 중견 사립대학인 해동대가 취할 전략이라고 보았다.

그런 운영방침 때문인지 모르겠으나 해동대 정책학부에는 부산 지역의 타 대학에 비하여 박사지원자가 많은 편이었으며, 그중에서도 나에게 지도를 받고자 하는 학생들이 많았다.

2015년에 학부에 남게 된 네 명의 교수 중 하 교수는 나와 생각이 많이 달랐다.

고려대에서 학부를 마치고 미국에서 박사학위를 취득한 하 교수는 나와 동년배로 후리후리한 몸매에 세련된 신사적 풍모를 지니고 있었다.

하 교수는 내가 해동대 연구원 시절에 이미 학과 교수로 근무하고 있었는데, 조교 신분이던 나를 무시하지 않고 동료 학자로서 대우했으므로 나는 그에게 호감을 가지고 있었다.

그는 정부의 국책연구소에서 3년간 원장을 지내다 내가 연구년을 지내는 동안 대학에 복귀하면서 학과의 분위기를 바꾸어가고 있었다. 그렇지만 박사학위 과정의 운영에서는 나와 상반된 견해를 가지고 있었다.

하 교수는 수업을 받는 박사과정 학생들의 질적 수준이 낮다고 타박했으나, 나는 학생들에게 교수가 수준을 맞춰야 한다고 생각했다.

"고려대생들은 이렇지 않다."

"그럼 고려대에서 가르치지, 왜 해동대에 있느냐."

하 교수의 질책에 학생들은 그렇게들 속삭였다.

문제는 나와 하 교수의 중간에 선 문 교수의 태도였다.

그즈음 문 교수는 하 교수의 생각에 동조하는 입장을 취하는 듯했다.

내가 대학 복귀 후 가진 최초의 박사학위 논문 심사에서부터 파란이 일기 시작했다.

해동대 정책학부에서도 학생들이 대학원에 학위심사논문을 제출하기 이전에 학과 교수들이 미리 심사하는 '예비심사제도'를 운영하고 있었다. 내가 지도하던 대학원생의 예비심사 과정에서 하 교수와 논쟁이 벌어졌다.

"이 논문은 주제부터 학위논문으로서 적절하지 않습니다."

"무슨 말씀을… 인사정책의 새로운 주제로 창의성이 있는 논문입니다."

예비심사장에서 하 교수는 무례한 발언을 했으나 나는 언성을 높이지 않고 평정을 유지하려 애썼다.

동료 교수가 지도하는 논문의 문제점을 지적하는 것은 얼마든지 환영이지만, 연구주제가 부적절하다는 것은 지도교수를 무시하는 처사이기도 했기 때문이다.

중간에 끼게 된 문 교수가 중재안을 냈다.

"부산 시내에서 이 방면의 최고 권위자를 주심으로 세운다면 예비심사를 통과한 것으로 하겠습니다."

"좋습니다."

나는 흔쾌히 문 교수의 중재안을 받아들였다.

박사학위 논문의 심사위원회는 5명으로 구성되며 그중에는 반드시 1명 이상의 외부 교수가 참여해야 한다. 그리고 그들 중 4명 이상이 동의해야 논문이 통과된다.

우리는 주심을 부산 시내 국립대학의 모 교수로 위촉하였으며 기타 대학 1명, 교내 교수 3명으로 나머지 심사위원을 구성하였다. 교내 교수 중에는 지도교수인 나와 문 교수가 포함되었으나, 나는 하 교수를 심사위원에서 제외시켰다.

심사가 진행되자 주심은 논문의 주체가 참신하다고 했다.

하 교수는 연구주제가 형편없다고 했는데 이 방면의 권위자는 다른 판단을 내린 것이다.

정책학도 분야가 다양해서 같은 정책학 교수라도 세부 전공이 다르면 함부로 문제점을 언급하기 어렵다. 인사정책의 권위자인 주심 덕분에 하 교수가 무리한 주장을 했다는 사실이 밝혀진 셈이었다.

주심은 연구자에게 많은 부분의 수정을 요구했고, 나와 연구자는 주심의 요구를 충족시키기 위하여 공동보조를 맞추었다.

논문 심사는 5회까지 진행되며, 3회까지는 의무적으로 이행해야 한다. 우리는 3회째 심사에서 판정을 하기로 했다.

주심은 연구자가 연구가설을 설정하는 방식이 미숙하다며 부결을 선언했다.

내가 물었다.

"문 교수님은 어떻게 보십니까?"

"이 논문에는 영혼이 없는 것 같군요. 저도 부결입니다."

"그럼 표결을 해 보십시다."

표결 결과 그 심사는 가결 3표, 부결 2표로 부결되었다.

나는 문 교수의 태도에 분노를 느꼈다.

문 교수에게 분노를 느낀 것은 자신과 가까운 주심을 끌어들여서 결과적으로 자기의 의도대로 심사 결과를 이끌었다고 보았기 때문이다.

가덕도에 뛰어든 사람

평소 문 교수와 나는 박사 논문 심사에서 다른 생각을 하고 있었다.

문 교수는 '학위논문은 수업 과정 2년을 마치고 최소 1년을 준비하여 빨라도 3년을 채워야 한다.'라는 입장을 취하고 있었다.

반면에 나는 '능력이 되면 학칙에 위배되지 않는 2년 혹은 2년 반이라도 무방하다.'라는 생각을 가지고 있었다.

내가 지도한 학생은 우리 학부에서는 이례적으로 2년 반 만에 논문을 내놓은 우수한 학생이었으나, 평소 하 교수나 문 교수는 그 학생의 능력을 달리 평가하고 있었던 것으로 보였다.

문 교수에게 분노를 느낀 또 다른 이유는 논문을 부결시키려면 구체적으로 잘못된 내용을 지적하여 학생에게 보완의 방향을 제시해야 함에도 "영혼이 없다."라는 막연한 이야기를 하면서 주심의 의견에 동조했다는 점이다.

주심에게도 분노를 느꼈다.

통상 3심을 하게 되면 그 후 1개월 정도의 수정 기간이 주어지므로 웬만한 문제는 지도교수가 해결할 수 있고, 타 대학의 심사에 참여하면 해당 학생의 지도교수에게 최종적으로 의견을 묻는 것이 관례였다.

그런데 주심이 지도교수에게 한마디 의논 없이 자신의 권위를 내세우니 분통이 터지지 않을 수 없었던 것이다.

하여튼 논문 심사는 6개월이 지난 뒤에 다시 진행해야만 했다.

그 학생은 직장에서 휴가를 내어 논문에 혼신의 힘을 기울였음에도 부결되자 크게 낙담했고, 지도교수인 나도 체면이 서지 않아 민망했다.

나는 그 심사가 교육적이지 못할뿐더러 지도교수인 나 자신도 무시당했다는 생각을 떨칠 수가 없었다.

주심은 "연구가설을 구성하는 방법만 터득한다면 다른 문제는 없다."라고 하면서 다음의 재심이 순탄할 것임을 시사했지만, 나는 참을 수가 없었다.

'주심을 갈아치워야겠다.'

주심을 바꾸게 되면 나와의 인간관계 또한 훼손될 것임을 알면서도 참을 수가 없었다.

그러나 그마저도 마음대로 되지 않았다.

"문 교수님, 주심을 바꾸고 싶은데 심사위원은 그대로 맡아주시겠지요?"

"내가 모셔온 주심을 바꾸면 나도 참여할 수 없지요."

문 교수가 빠지면 당시 학과에 남아 있던 교수는 하 교수 한 사람뿐인데 그를 참여시킬 수는 없는 노릇이었다.

꼼짝없이 문 교수의 의도대로 해 줄 수밖에 없었고, 분노는 더욱 깊어져 갔다.

재심은 1심만 진행되고 간단히 통과되었다.

물론 6개월이 지나면서 논문이 좀 더 충실하게 보완된 점은 있었지만, 내 분노는 그치지 않았다.

가덕도에 뛰어든 사람

6개월 후, 다른 지도 학생의 논문 심사에는 문 교수와 하 교수가 참여하였고 두 사람의 반대로 또다시 심사가 6개월 미루어졌다.

표결 결과 가결 3표, 부결 2표였다.

이번에도 두 교수는 지도교수인 나의 의견을 묻지 않고 부결시켰다.

이제 두 교수에게는 무언가를 기대할 수 없을 만큼 신뢰감이 무너진 것 같았다.

이전 같으면 학과 교수들 사이에 사전 교감을 통하여 미리 통과 여부에 대한 논의까지 할 수 있었고 문 교수와는 더욱 그러했다.

그러나 내가 연구년에서 복귀한 이후로는 문 교수와도 그런 교감을 나눌 수 없는 사이가 되고 만 것이었다.

말할 수 없는 굴욕감을 느꼈지만, 학생의 처지를 생각하여 재심을 신청하지 않을 수 없었다.

재심 과정에서는 두 사람이 자진하여 심사위원에서 사퇴해 주었고, 다시 심사위원회를 구성하여 무사히 심사를 마쳤다.

이런 상황이 이어지니 까닭 없는 분노를 누를 길이 없었다.

이 시기 문 교수와는 두 차례나 더 의견이 대립하게 되었다.

한 번은 학부 내 시간강사를 위촉하는 경우였는데 당시는 내가 학부장이었다.

문 교수는 내가 지정하는 강사를 반대하면서 "학부 회의로 결정하자."라고 했다.

우리 학부에서 시간강사 선정에 학부 회의를 개최한 적은 없었으므로 '문 교수의 제안에 무리가 있다.'라고 생각해서 회의를 열지 않고 강사를 위촉했다.

보통 때 같았으면 사전에 충분히 서로 의논하였겠지만, 그때 나는 반대하는 문 교수를 굳이 설득하려고 노력하지 않았다.

학위논문 심사과정에서 기분이 상해 있었기 때문일지도 모른다.

그 일이 있은 지 6개월 후, 나는 지역발전연구소장으로 발령을 받았고 후임 학부장은 문 교수가 맡게 되었다.

얼마 후 학부 내에서 후임 교수를 충원하는 전공과목 지정에 대한 교수회의가 열렸을 때, 나는 깊이 생각하지 않고 참석하였기에 문 교수가 주도하는 방식으로 결론이 났다.

전공과목의 지정은 단순한 문제가 아니라 사실상 여러 교수지원자 중에서 누구를 채용할 것인가의 문제와 직결되는 것이었다.

우리 학부에서 내 지도로 박사학위를 받은 강사가 있었는데 그도 교수가 될 기회를 찾고 있었지만, 그의 전공과는 거리가 있어 불리하게 되었다.

우리 학부 출신에게도 기회를 주는 것이 학부발전에 도움이 되리라 생각하여 문 교수를 찾았다.

"전공과목 지정을 위한 학부 교수회의를 다시 한번 개최해 주시기 바랍니다."

"내가 왜 그렇게 해야 하지요?"

문 교수는 면전에서 나를 무시했다.

가덕도에 뛰어든 사람

그도 나에게 화가 나 있었는지 모르겠다.

그동안 잠재해 있었던 갈등이 드디어 표면화하여 돌이키기 어려운 균열이 생기게 되었다.

아마 이전의 시간강사 선정 당시 내가 취한 행동에 대한 반응이었을 가능성이 높았을 것이다.

문 교수와 나는 후임 교수 채용에 대해서도 의견이 달랐다.

문 교수는 우리 학부 출신보다는 외부의 능력 있는 인사가 충원되기를 원했다.

반면, 나는 우리 학부의 능력 있는 교수들이 정치 활동이나 외부 연구기관 파견 등 외부 활동에 몰두함으로써 학부의 강의를 소홀히 여기는 사태를 여러 번 목도했기에, 학생들에게 애정 있는 본교 졸업생들이 한두 명은 충원될 필요가 있다고 보았다.

문 교수의 냉대에도 불구하고 우리 학부 출신 제자의 입장을 고려하여 장문의 메일을 보내 학부 회의를 다시 열어 달라고 요청했다.

끝내 답은 없었고 채용 절차는 그대로 진행되었다.

그 사건으로 인해 문 교수와는 대화마저 단절되었다.

문 교수와 나는 부산대 박사과정 시절에 학위논문 심사과정에서 모교 교수들이 언쟁하던 장면을 수시로 보았고, 교수채용을 둘러싼 분쟁으로 2명의 모교 교수가 해임되는 사태도 지켜보았다.

교훈을 얻은 우리였지만, 유사한 상황에 놓여 근 30년간 쌓은 신뢰 관계를 무너뜨리게 되었다.

'손뼉도 마주쳐야 소리가 난다는데 내 문제는 무엇이었을까?'

문 교수는 매사에 무리하지 않는 성격이니 어쩌면 내게 문제가 더 많았을지도 모를 일이다.

그즈음 문 교수는 내가 박사학위 논문을 쉽게 통과시키거나 지도에 충실하지 못하다고 생각하는 듯했다.

이전에 내가 지도한 학생 하나는 자신의 학위논문을 학부 교수들에게 제출하는 타이밍을 놓쳐서 끝내 전달하지 못했다.

"2년 전에 통과된 학위논문을 아직 보지도 못했다."

문 교수는 가끔 그런 말을 했다.

처음에는 나도 무심코 들었으나 그 의미는 '학위논문이 부실하니 교수들에게 배부하지도 못했을 것이다.'라는 것으로 이해되었다. 하여 가장 마지막 논문 심사 시에는 내가 소장하고 있던 과거 지도 학생의 논문을 보여 주기까지 했다.

그 논문을 보고 문 교수가 자신의 생각을 더욱 굳히게 된 것인지, 다르게 생각하게 된 것인지 여부는 모르겠다.

나는 평소 연구용역 등으로 바빴기에 학위논문 심사단계에서 지도하는 논문을 완전한 상태로 내놓지는 못하였다. 논문의 주요한 내용이 구성되면 심사단계에서 심사평을 참고하여 마지막 단계에서 세부적인 사항을 보완해 주는 방식을 취했다.

그러다 보니 대부분의 학기 말에, 논문 심사가 끝나고 논문을 대학원에 제출하기까지 1개월 동안은 마지막 마무리로 몸살을 앓는 경우가 많았다.

가덕도에 뛰어든 사람

바쁘게 진행하다 보니 오탈자 정도는 있었겠지만, 결코 학위논문 으로서의 질적 수준을 저하시키지는 않으려 했다.

문 교수는 내 그러한 방식에 제동을 걸고 싶었는지도 모를 일이다.

좌우간 퇴직을 목전에 두고 주요한 인간관계가 훼손되게 되었으니 크나큰 낭패가 아닐 수 없었다.

'내 분노는 아직도 가라앉지 않았는데 그 정체는 무엇일까?'

'불의를 참을 수 없었기 때문일까? 아니면 내가 미련하거나 오만해졌기 때문일까?'

학위논문 지도로 한창 갈등을 겪을 무렵, 이태 전 새로 선출된 총장이 세 번째 연구소장 발령을 냈다. 그즈음에는 연구소장의 정책대학원장 겸직이 중단되고 연구소가 독립적으로 운영되기 시작했다.

"박 교수님이 연구소를 맡아 주셔야 하겠습니다."

사전에 의논이 없었던 발령이었지만, 대학 구성원으로서 총장의 명을 듣지 않을 수는 없었다. 그렇지만 내가 연구년으로 잠시 자리를 비운 1년간 대학의 사정이 많이도 바뀌어 있었다.

박근혜 정부의 공약이었던 반값등록금을 실현하기 위하여 대학의 등록금 인상을 억제했기에 우리 대학에서는 교직원 인건비까지 동결시켜가며 비용을 줄이기 시작했다.

오직 어려운 시기를 견디는 것을 목표로 삼았으므로 대학의 미래를 생각할 여력이 없었고 연구소도 명맥만 유지해 놓은 상태였다.

그렇다고 사업을 하지 않을 수는 없었다.

그동안 연구소장을 하면서 못한 일이 꼭 하나 있었다.

연구소에서 발간하는 학술지를 '한국연구재단'의 등재지로 올려 놓지 못한 것이다.

등재지란 일반 논문집과 달리 교수들의 승진과 재임용에 실적으로 인정되는 수준 높은 논문집을 의미한다.

종래의 연구소 논문집은 주로 교내 교수들이 투고했고 거의 심사 없이 게재되었다. 등재지가 되기 위해서는 외부 연구자의 투고 비율을 50% 이상으로 하고 엄격한 심사 절차를 거치는 논문집을 발간해야 했다.

내가 회장을 맡았던 '한국지방분권학회'를 비롯한 권위 있는 학회들은 물론이고 유명 대학의 연구소에서는 대부분 등재지를 발간하고 있었지만, 10여 개의 해동대 연구소에서는 단 한 곳도 등재지를 발간하지 못한 상태였다.

나는 소장 발령을 받는 즉시 해동대 내 법경대학 교수들의 의견을 들어 보기로 했다.

전체 교수 60여 명을 대상으로 이메일을 통하여 의견을 물어보니 대부분이 등재지 작업 추진에 '찬성'의 입장을 표명하였다.

구성원들의 뜻을 알았으니 실현 가능성을 타진하기 위하여 연구소의 운영위원회를 개최했다.

해동대 '지역발전연구소'에는 각각 10명 내외로 구성된 연구위원회와 편집위원회 및 운영위원회를 두고 있었는데 연구소의 주요 운영 방향에 대한 결정은 운영위원회의 소관이었다. 소장은 편집위원회를 제외한 2개 위원회의 당연직 위원장이었다. 나는 위원장으로서 사회를 보았다.

"현 교수님은 연구소의 직전 소장으로 계시면서 등재지 추진 작업도 하신 것으로 알고 있습니다. 어떤 준비가 필요할까요?"

"먼저 '한국연구재단'이 정한 기준을 충족시킬 수 있는 논문집을 연간 2회 이상, 2년 정도 발간해야 신청 자격을 얻게 됩니다. 저의 임기 중 1년간 준비를 해 보았지만, 논문집이 요건을 충족시키지 못하여 실적이 되지 못하게 되었습니다. 이 점 송구하게 생각합니다."

"등재지 평가 기준은 어떻게 됩니까?"

"학술논문집 평가는 정량적 평가와 정성적 평가로 구분됩니다. 정량적 평가는 학술지가 '한국연구재단'이 정한 요건에 따라 연간 몇 회 이상 발간되었는가로 평가되며, 정성적 평가는 학술지의 질적 수준 및 편집위원장의 업적, 연구소의 역량과 사회기여도 등과 같은 종합적인 측면을 평가하는 것입니다."

"우리 연구소 입장에서 가장 필요한 것은 무엇이라고 봅니까?"

"연구소의 역사가 25년이나 되었고 활동도 많이 했으므로 정성적 평가에서는 일단 유리할 것으로 봅니다. 현시점에서 가장 중요한 것은 외부 연구자들이 질 높은 논문을 투고할 수 있도록 해야 하는 것인데, 이를 위해서는 유인을 제공할 필요가 있다고 봅니다. 아시다시피 등재지가 아닌 논문집은 실적으로 인정받지 못하므로 대부분의 교수가 투고를 기피하는 실정입니다."

"유인이라면 돈을 말하는 것 같은데 어느 정도가 필요할 것 같습니까?"

"다른 대학의 경험에 의하면 1편당 50만 원 정도면 가능한 수준이라고 봅니다. 그 정도면 실적이 되지 않더라도 최소한의 원고료는 되는 셈입니다. 최소 연 2회 발간하고 1회 20편의 논문을 얻으려면 원고료만으로도 1년에 2,000만 원의 예산이 소요됩니다. 거기에 추가로 논문 40편에 대한 심사료 400만 원과 인쇄비가 필요하다는 계산이지요."

"논문집 소요 재원이 연간 2,800만 원 정도가 된다는 계산이군요. 그밖에 필요한 것으로는 어떤 것이 있을까요?"

"지원인력도 필요하지요. 소장님이 직접 모든 것을 챙기고 연락할 수는 없을 것이니 전임연구원 1명은 꼭 필요하다고 봅니다."

"현 교수님. 연구소의 금년 예산을 보니 소장 보직 수당 300만 원, 회의비 200만 원, 행사비 200만 원이었으며, 지원인력은 방학을 제외한 수업 기간 중 시간제 근로학생 2명이 전부였습니다. 그밖에 다른 자원이 있을까요?"

"소장님께서 정확하게 파악하셨습니다. 수당은 급료와 같은 것이라 예산이라 할 수 없으므로 회의비를 제외하면 가용예산은 사실 연간 200만 원이 전부입니다. 연구소 예산은 매년 축소되고 있습니다. 인력만 해도 논문집 작업은 주로 방학 기간 중에 진행되는데 정작 필요한 시기에는 지원인력이 아무도 없게 됩니다."

가덕도에 뛰어든 사람

"과거에는 연구소가 등재지를 추진할 경우 본부에서 특별히 예산지원을 하지 않았습니까?"

"소장님 말씀대로 몇 년 전에 본교의 2개 연구소가 등재지 작업을 하면서 매년 3,000만 원씩 지원을 받았지요. 그러나 모두 실패했고, 지금은 그런 지원을 기대할 수 없게 되었습니다. 오히려 더 비용을 줄이려고 통폐합을 종용하는 분위기입니다."

"박 소장님, 한때 2명의 전임연구원과 수천만 원의 예산을 집행했던 연구소가 지금은 12척만 남은 충무공의 함대 같군요."

그날 회의에 참석했던 법학부의 원로 김 교수는 우스갯소리로 연구소의 형편을 원균의 패전 후 12척만으로 명량해전을 치러야 했던 충무공의 사정에 비유했다. 천만부당한 비유였지만, 아무튼 그만큼 연구소 사정이 어려웠던 것만은 사실이었다.

나는 연구소 발간 논문집의 등재작업을 대학에 대한 마지막 봉사로 생각했다.

연구소에는 등재지 작업 외에도 지역 현안인 신공항 관련 설문조사나 세미나 개최비도 필요했다. 그런 상황을 고려하여 원고료는 20만 원으로 책정하는 대신 법경대학 5개 학부 교수들의 에너지를 결집하는 데 주력했다.

내 인맥만으로는 한계가 있으므로 열의 있는 교수들이 외부 연구자와 공동연구를 하거나 자신들의 개인적 네트워크를 통하여 논문을 투고할 수 있도록 협조를 구했다.

그러나 소요 재원의 조달은 순전히 내 몫이었다.

등재지 작업을 위해서는 소장 수당을 전부 투입해도 2년간의 임기 중 최소한 2,000만 원 상당의 외부 자금이 필요했다.

연구소를 맡은 첫해에는 용역사업을 크게 벌였다. 내가 지도한 구 박사를 참여시켜 용역에서 수당을 얻도록 하고 대신 연구소의 사업에 대한 지원을 부탁했다.

그해 3건의 용역을 수주하여 연구책임을 맡았고 그 수입의 상당 부분과 독지가의 기부를 통해서 겨우 필요한 자금을 모을 수 있었다.

연간 40편의 논문을 심사하려면 120명의 교내외 심사위원이 필요한데, 많은 교수가 자발적으로 나서주었으나 이것 역시 소장이 최종적인 책임을 지고 섭외해야 했다.

2년간의 작업을 통하여 등재기준을 충족시킨 논문집을 남기고 2017년 10월에 소장의 임기를 끝내게 되었다.

긴장이 풀리니 체력도 고갈되고 있음이 느껴졌다.

그 와중에 의외의 사건이 발생했다. 대학의 구조 조정으로 지역발전연구소를 다른 연구소와 통합한다는 본부의 방침이 정해졌다.

나는 총장을 설득했다.

"하다못해 등재지 평가 신청까지는 연구소를 유지시켜 주십시오. 그리고 후임 소장에게는 어렵더라도 1,000만 원 정도 지원을 해 주십시오."

"그렇다면 좀 더 연구소를 맡아 주시겠습니까?"

"역량 있는 교수에게 후임을 맡기는 것이 좋겠습니다."

"내가 박 교수 외에 누굴 믿고 돈을 주고 연구소를 맡기겠습니까?"

일단 총장의 제의를 수락했으나 난감했다.

우선 에너지가 고갈되었기 때문이다.

다시 총장을 설득하여 평소 열의가 있었던 연구소의 직전 소장 현 교수를 추천했고, 총장은 마침내 수락했다.

등재지 평가는 논문집 외에도 연구소의 지역사회에 대한 기여도, 논문의 질적 수준 같은 정성적 평가도 같이하므로 신청 후 인정을 받을 수 있을지의 여부는 미지수였다.

신임소장은 2018년 5월경에 등재지 신청을 하였지만, 가부 간의 결과는 내가 퇴직하는 8월보다 두어 달은 더 지나야 알 수 있을 것이라 했다.

가덕신공항의 부활

2018년 8월에 퇴직하였는데 그해 10월쯤 해동대 지역발전연구소 후임 소장에게서 전화가 왔다. 반가운 소식이었다.

"교수님, 연구소 논문집이 '한국연구재단'의 등재후보지로 채택되었고, 연구소도 통폐합에서 벗어나 독자적으로 유지하게 되었습니다."

그동안 연구소에서 등재지 작업을 해 왔으나 엄밀히 말하면 '등재후보지 작업'이라 해야 옳을 것이다.

통상 연구재단에서는 등재후보지 신청을 받고 그 후 논문집의 질적 수준을 토대로 등재지로 격상 여부를 판정하게 된다. 그렇지만 등재후보지에 게재된 논문 역시 교수 채용과 승진 및 재임용의 기준으로 활용되므로 사실상의 효력은 등재지와 유사하다고 볼 수 있다.

해동대로서는 최초의 등재후보지였으므로 총장도 기분이 좋았던지 전화를 주었다.

"박 교수님 덕분에 대학의 체면이 섰습니다."

제18대 대선을 통하여 집권한 박근혜 정부에서는 '동남권 신공항'의 재추진을 공약하였으며, 영남권 5개 시·도지사의 합의에 따라 중립적인 외국 용역기관에 입지선정을 의뢰하였다.

부산시에서는 이명박 정부 시절과는 다른 대안을 제시하였다.

초기에는 김해공항을 폐쇄하고 가덕도에 활주로 2본의 공항을 짓는 것이었으나, 박근혜 정부에 들어와서는 김해공항을 존치한 채 가덕도에 활주로 1본의 국제공항을 짓는 것으로 변경하였다. 비용도 이명박 정부시기에 산정된 10조 원 대에서 6조 원으로 대폭 축소했다.

지난 5년간의 논의가 헛된 것이 아니라는 걸 보여 주듯 대안의 진보도 상당히 이루어졌던 셈이다.

이러한 과정에서도 신공항의 정책목표는 '24시간 운영' 대비 '주요 도시 1시간 거리'로 대립했지만, 결국 조정되지는 못하였다.

'24시간 운영'은 부산시가 주장하는 '국제경쟁력'과 동일한 맥락이며, '주요 도시 1시간 거리'란 대구·경북이 주장해 온 '영남권의 균형 발전'과 궤를 같이하는 것이었다.

정치적 국면을 보면 부산이 가덕도를 주장했지만, 경남과 울산, 대구, 경북은 모두 밀양을 지지하였기에 부산은 고립된 상태였다.

나는 이러한 국면을 타개하기 위하여 부산시 당국에 다음과 같은 제안을 했다.

"가덕도 절반을 창원에 떼어주고 경남을 우리 편으로 끌어들입시다."

하지만 그런 내 말에 부산시의 고위 공직자는 한가한 소리를 했다.

"아직 그럴 정도는 아닙니다."

할 수 없이 나는 시민들이 참여하는 대규모 세미나를 개최하고 언론을 통하여 '역내 주민들의 여론이 반영된 정책목표를 설정하여 외국 기관의 용역을 진행해야 함.'을 강조하였으나, 정부는 이를 받아들이지 않았다.

당시 『부산일보』에는 이런 비판 기사가 실렸다.

"서 푼어치 일을 맡기는 데도 목표가 있는데, 외국 기관의 신공항 용역에는 아무런 목표가 없다."

2015년 6월에 개최되었던 공개세미나에서 내가 "신공항의 정책목표에 여론을 반영하라."라는 주장을 할 무렵, 서병수 부산시장 역시 절충안을 찾아 어떻게든 신공항 문제를 해결할 구상을 하고 있었다.

서 시장으로서는 선거에서 "가덕도 신공항 유치에 시장직을 걸겠다."라고 공약했기 때문에 사활이 걸린 문제이기도 했다.

서 시장은 2015년 5월 『월간중앙』 인터뷰에서 다음과 같은 제안을 함으로써 여론의 반응을 떠보았다.

"신공항 건설비용 12조 원 중 부산에 3조 원, 대구·경북에 9조 원을 배분하면 각자의 목표를 달성할 수 있다."

부산의 경우 정부자금 3조 원이면 민자 3조 원을 더하여 가덕도에 활주로 1본의 신공항을 건설할 수 있으니, 대구시는 국비 9조 원으로 숙원사업인 군사 공항을 이전시키고 나아가서 민간 공항을 동시에 이전시키거나 지역발전에 투자하라는 제안이었다.

그러나 대구·경북에서는 부산시장의 제안을 받아들이지 않았고 정부 역시 관심을 두지 않았다.

2016년 6월 박근혜 정부에서는 마침내 '파리공항공단엔지니어링(ADPi)'을 통하여 김해공항 확장안이 최적이라는 발표를 했다.

발표 즉시 "ADPi의 결정은 대단히 자의적이며 정략적이다."라는 비판이 제기되었다. ADPi는 대통령이 지시한 '입지평가 기준의 사전고지와 의견수렴 절차'를 이행하지도 않았으며, 입지평가 기준도 일반적인 국제기준을 적용하지 않고 2011년의 이명박 정부 시기와도 달리하였던 것이다.

정부에서는 김해공항 확장안을 '김해신공항'이라고 명명하면서 성공적인 결정이라고 홍보하였지만, 시간이 지나면서 먼저 안전성 측면에서부터 문제점이 불거지기 시작했다.

ADPi가 제시한 사전타당성(사타) 조사 결과에 이어 2017년 4월에 발표된 기획재정부 주관 예비타당성(예타) 조사에서는 '안전성을 위하여 신공항의 활주로가 향하는 김해 쪽 3개 산봉우리를 절취할 필요가 있음.'을 지적하였다.

정부의 대형 사업은 모두 기획재정부 주관으로 사업의 경제성 평가를 위한 '예비타당성 조사'를 하게 되는데, 이는 ADPi의 '사전타당성 조사' 다음의 공식적인 절차였다.

김해신공항은 많은 문제점이 지적되었음에도 불구하고 '예비타당성 조사'에서 통과되었으며, 국토부의 요청에 따라 2조 1천억 원으로 추정되는 3개 산봉우리의 절취 비용은 제외되었다. 총 건설 비용은 당초 4조 2천억 원 규모에서 '예비타당성 조사'를 거치면서 부대비용을 포함하여 6조 원 규모로 늘어났다.

곧이어 국토부에서는 최종적으로 '타당성 평가 및 기본계획수립 용역'을 발주하여 2018년 6월에 그 결과를 발표하기로 했다. 이 용역은 김해신공항을 결정하는 마지막 절차가 되며 모든 문제점은 이러한 과정에서 검토되어야 하는 것이었다.

김해신공항이 발표되는 순간 나는 충격을 느꼈지만, 절망하지는 않았다.

'하느님, 정말 이렇게 결정되고 마는 것입니까?'

어떻게든 방법이 있을 것이라는 생각이 들었다. 김해신공항이 최종적으로 결정된 것은 아니며 타당성 평가와 기본계획 수립과 같은 공식적인 절차가 아직도 남아 있었기 때문이다.

밤늦게까지 잠을 이루지 못하고 이 문제에 집중했다. 그런 내 모습을 보고 아내는 "당신이 부산시장이라도 됩니까?"라고 핀잔을 주었다.

아내는 그 시점에 초등학교에서 명예퇴직을 했다. 특별히 건강이

나쁜 것은 아니었지만, 학교 일이 점점 부담스러운 나이가 되었기 때문이다.

나는 집안일을 등한시한 사람이었지만 아내의 노력으로 그즈음에는 살림살이도 안정이 되었고, 주변의 큰 걱정거리도 없어졌다.

어느새 매사를 아내와 의논하게 되었는데, 아내는 신공항에 대해서도 든든한 지지자인 동시에 비판자이기도 했다.

아내의 말을 들으면서 문득 '가덕신공항 재검토 주장을 하기에 가장 적합한 사람은 내가 아닐까?'라는 생각을 하게 되었다.

'나는 정치인도 아니고 가덕도에 땅 한 평도 가지고 있지 않으니 말이다!'

정부에서 결정하고 부산시장이 수용하였으며 나머지 4개 시·도가 승복한 국면이 된 탓인지 평소 가덕도를 주장하던 정치인이나 상공회의소 인사들도 그러한 논의에 참여하기를 기피하기 시작했다.

시민들과 시민단체 지도자들도 '김해공항을 지킨 것만으로도 다행이다.'라고 생각하는 분위기였다.

박근혜 정부가 들어설 무렵에는 스스로 신공항 당원을 자처했는데 '이제는 당수가 되어야겠다.'라는 생각에까지 이르게 되었다.

부산시의 어떤 인사를 만나도 나만큼 신공항 문제를 절실한 관심사로 여기지는 않는 듯했다.

'목마른 사람이 우물을 파야 한다.'

나는 서병수 시장의 '시장직인수위원회' 위원으로도 참여하였고,

부산상공회의소 자문위원과 부산시의회 자문위원을 겸하고 있었기에 시장이나 상공회의소 회장, 지방의원들을 만날 기회가 많았다. 그러한 지도층 인사들을 만날 때마다 가덕도 재검토의 필요성을 역설하기 시작했다.

그러나 부산시장의 입장은 변하지 않았고 오히려 김해신공항에 대한 의지는 더욱 확고해져 갔다.

상공회의소 회장도 "개인적으로는 가덕도가 좋다고 보지만, 정부나 부산시의 방침을 반대하기는 곤란하다."는 입장을 취했다.

부산시의회 의원들도 강서구 지역구 의원을 제외하고는 거의가 시장과 견해를 같이하는 듯했다.

나에게는 암울했던 시기에 촛불혁명이 일어났고 조기 대선을 맞이하게 되었다.

나는 '제19대 대통령 후보들이 가덕신공항을 재검토하는 공약을 하도록 해야겠다.'라고 생각했다.

2017년 2월, 김해국제공항을 이용하는 부산시민 1,000명을 대상으로 설문조사를 해 보았다. '대선공약으로 가덕도 신공항을 재검토하는 방안'에 대하여 35%가 찬성했고, 김해공항 유지 40%, 기타 20%로 나타났다.

설문 결과는 다소 실망스러웠지만, 이를 새로이 해석했다.

"김해공항 유지를 희망하는 비율이 40%에 불과하다."

큰 기대를 하지 않았지만, 『부산일보』는 그 조사 결과를 중시하여 크게 다루어 주었다.

그러한 조사 결과를 토대로 여론을 확산시키기 위하여 2017년 3월에 공개세미나를 구상했다.

주제는 '김해신공항 정책 과정의 문제점과 입지 재검토의 필요성'으로 하고 해동대 지역발전연구소와 부산일보사, 한국지방분권학회가 공동개최하는 방식을 취하였다.

부산시의회에서 내가 자문위원으로 소속한 운영분과위원장에게 시의회 회의장을 빌려달라고 요청하니 날짜를 잡아 주었다.

그러나 얼마 후 그 위원장으로부터 다시 전화가 왔다.

"대단히 미안하지만, 세미나가 시의 방침에 어긋나 회의장을 빌려줄 수 없게 되었습니다."

부산시에서 공식적으로 김해신공항에 대한 반대 목소리를 차단하기 시작했고, 시의회도 이에 동조했던 것이다.

부산시의 입장이 그러하니 상공회의소 회의장도 빌릴 수 없었고 지원도 받을 수 없게 되었다.

세미나 날짜는 이미 정해졌으므로 급히 수소문한 끝에 부산일보 대강당을 잡게 되었지만, 청중 동원에 큰 문제가 생겼다.

이 세미나의 목적은 TV 방송으로 기사를 내보내는 데 있었으므로 화면의 그림이 좋아야 했다.

시의회 회의장은 청중이 100명이면 보기 좋지만, 부산일보 대강당을 채우려면 300명 정도가 필요했다. 시민단체나 지인들의 동원에도 한계가 있고 3월 하순의 평일이라 대학생들 동원도 불가능했다.

고심 끝에 번쩍하고 아이디어가 떠올렸다. 믿을 만한 사람이 떠오른 것이다.

"이 청장님, 부탁 하나 드리지요. 관내 주민들 세미나에 좀 참석시켜 주십시오."

"몇 명 정도면 됩니까?"

"100명 정도 가능하실까요?"

"알겠습니다."

평소에 친분이 깊던 구청장에게 부탁하니 흔쾌히 수락해 주었다.

부산시의 방해에도 불구하고 세미나는 성공적으로 치러졌으며 공동주최자인 『부산일보』에서도 기사를 크게 다루었다.

그 행사가 끝난 얼마 뒤 이 청장이 웃으며 나에게 물었다.

"교수님, 지난번 세미나가 부산시의 정책에 반하는 것이었지요?"

부산시장과 같은 당의 공직자로서 부산시 방침에 어긋남에도 불구하고 가덕신공항 추진을 위한 대의에 기꺼이 동참해 준 이 청장께 말할 수 없는 고마움을 느꼈다.

2017년 5월로 예정된 대선이 다가오매 유력 후보인 문재인 후보의 의중을 파악하고 신공항에 대한 주의를 환기시킬 필요가 있었다.

우리의 등산모임인 '천지회'에는 인재들이 많았다. 그중에서도 부산시의 교통국장을 역임한 고위 공직자 2명과 국토부에서 1급 공무원을 지낸 정 회장은 누구보다도 항만을 끼고 있는 가덕신공항의 필요성을 느끼고 있었다.

가덕도에 뛰어든 사람

그중 정 회장은 인천공항공사에 파견 근무했던 경험을 토대로 신공항은 반드시 항만과 연계될 필요가 있음을 강조했다.

"인천공항 건설 당시 인천항은 거리가 멀어 '영종도'에 새로운 항만을 건설하는 방안까지도 검토했다."

정 회장은 퇴직 후 부산에서 중견 사업가로서 정착하였는데, 공직 시절부터 문 후보와는 각별한 인연이 있었고 제19대 대선 당시에는 문 후보의 특보로서 활동했다.

문 후보가 대선기간 중에 부산에서 정 회장과 독대하는 날짜가 잡혔다는 소식이 들렸다.

'천지회' 모임이 있던 날, 나를 비롯한 부산시 간부 출신의 회원들이 중심이 되어 가덕신공항 공약을 강력하게 주문했다.

정 회장의 독대에 큰 기대를 했는데 결과는 실망스러웠다.

문 후보에게 가덕도 공약을 주문했으나 즉답을 피하고 "두고 보자고 했다."는 것이다.

또한, 정 회장의 소감으로는 "문 후보가 가덕신공항을 공약할 가능성은 작아 보인다."라고 했다.

실제로 제19대 대선 과정에서 민주당 문재인 후보는 애매한 공약을 했다.

민주당 부산 지역 정책팀은 가덕신공항 재검토가 대단히 중요하다고 보았지만, 중앙선대본부에서는 신공항 문제를 다시 거론하는 것에 큰 부담을 느낀 것 같았다.

제18대 대선에서는 문 후보가 직접 '가덕신공항'을 공약했으나, 2016년 박근혜 정부에서 이미 김해신공항을 지정했으므로 대선 후보자로서 대구·경북이나 수도권 국민의 반감을 의식하지 않을 수 없었을 것이다.

그렇지만 부산시민들의 김해신공항에 대한 반대 정서도 적지 않았기에 신공항을 언급하지 않고는 선거를 제대로 치를 자신도 없었던 모양이었다.

"동남권 신공항의 입지가 김해공항으로 결정된 부분에 대해서는 적절한 것인지 살펴보겠다. 동남권 공항은 인천공항의 재난 상황에 대응하는 대체 공항, 그리고 동남권의 관문 공항 역할을 수행하게 될 것이다."

민주당의 대선공약에서 가덕도는 직접 언급되지 않았다.

그렇지만 해석해 보면 '동남권에 관문 공항을 건설하되, 김해신공항이 이러한 요건에 미달할 경우 가덕도를 재검토할 수 있는 것'으로 볼 수 있었다.

여기서 관문 공항의 성격이 대단히 중요한데, 한때 김해공항은 관문 공항으로 분류된 적이 있었으나 현재의 공항 위계에는 없는 개념이다.

현재 국내의 공항 위계는 중추 공항, 거점 공항, 지방 공항으로 분류되고 중추 공항은 인천공항 하나만 해당하지만, 거점 공항은 6개이며 김해공항도 여기에 속한다.

민주당에서는 "동남권에 중추 공항이나 허브공항을 건설하자."라고 주장할 경우 수도권이 반발할 것이 부담되어 절충을 취한 셈이었다.

관문 공항을 주창했던 부산시 민주당 정책팀의 해석에 의하면 이는 '중·장거리 국제선 중심 공항'을 의미한다. 여기다 인천공항 대체 공항의 역할까지 고려하면 24시간 운항이 가능하고 활주로 길이도 인천공항과 유사한 규모가 되어야 할 것이며, 안전성도 충분히 보장되어야 하는 것이다.

문재인 정부 출범 이후에 나는 또 하나의 새로운 가설을 설정했다. '2018년 지방선거에서 가덕도를 공약한 부산시장이 당선되면, 경남과 연계하여 정부의 정책을 바꿀 수 있을 것이다.'

이 가설의 문제점은 '어느 후보자가 가덕도 재검토를 주장할 수 있을 것인가?'라는 것이었다. 그 때문에 시장 후보자들이 용기를 내기 위해서는 나 같은 사람이 나서서 길을 준비해야 한다는 생각이 들었다.

이를 위해서 여론을 환기할 수 있는 새로운 운동단체를 결성했으면 하는 생각에 이르게 되었다.

그동안은 주로 연구소나 학회 활동을 통해 신공항 주제를 다루어 왔으나 좀 더 적극적인 방법이 필요했다.

그런 터에 그러한 결심을 굳히게 하는 사람이 나타났다.

이 시기 함께 부산시 재정계획심의위원회에서 활동하던 김 회장이 내 연구실을 찾아왔다.

"교수님, 신공항 재검토라는 아이디가 절묘합니다. 학계에서 좀 나서 주시면 큰 힘이 되겠습니다."

당시 나는 2년째 부산시 재정계획심의위원회 위원장을 맡고 있었다.

우리 위원회에는 부산시 서열 4위인 기획실장이 당연직 위원으로 참여하고, 지원하는 공무원들도 여럿 있었다.

어느 날은 회의를 마치고 위원들과 공무원들 합쳐 20명쯤 저녁을 함께했는데 내가 '김해신공항 재검토' 이야기를 꺼냈더니 김 회장이 반응한 것이다.

김 회장은 나보다는 10년쯤 위로 보이는데 "강서구에 살면서 김해공항 개항 이후 근 40년간 소음 문제 해결을 위한 주민운동을 해 왔다."라고 했다. 김해신공항 결정이 나자 소음이 심화될 것을 예상하여 반대 투쟁을 하고 싶던 차에 나를 우군으로 지목한 것이었다.

"왜 하필이면 저를 찾아오셨습니까?"

"저에게 교수님이 적임이라는 감이 왔습니다."

무슨 운명 같은 느낌이 왔고 결심을 굳혔다.

그해 여름, 세력 규합을 위하여 신공항 운동에 참여했던 시내의 주요 단체 대표나 임원들을 차례로 만나 협력 가능성을 타진했다.

드디어 2017년 9월에 전문성과 열의를 가진 사람들을 찾아 준비위원회를 구성하고 10월에는 교수와 전문가 100인이 참여하는 '가덕신공항 포럼'을 출범시켰다.

가덕도에 뛰어든 사람

나는 7인의 공동대표 중 한 사람이 되었으며, 사무국을 총괄하는 '공동대표 간사'의 역할을 맡았다.

부산시에서 신공항을 둘러싼 세력은 그 시점에서 양분되어 있었다.

부산시장을 비롯한 부산시 간부와 상공회의소 등 보수 그룹은 김해신공항 유지를 공식적으로 천명했다.

다행히도 가덕도 신공항 운동을 펴온 부산시의 양대 시민단체들은 우리와 힘을 합치기로 했다. 나는 이제 가장 선두에 서서 부산시의 신공항 정책을 반대하는 사람이 되어 버렸다.

어깨가 무거워졌다.

'과연 잘하고 있는 행동일까?'

'역사에 죄를 짓고 있는 것은 아닌가?'

정책학에서 환경정책의 대표적인 갈등사례로 꼽는 '지눌스님과 도롱뇽 소송'이 생각났다.

지눌스님은 환경보호 차원에서 KTX 경부선이 지나게 되는 '천성산' 터널 공사를 중지시키고자 도롱뇽을 원고로 하는 소송을 벌였고 목숨을 건 단식을 하였건만, 당시 언론 보도에 의하면 결과적으로 KTX 공사를 6개월 늦추게 함으로써 '한국철도공단'에 막대한 손실을 입혔다고도 볼 수 있다.

김해신공항 유지를 주장하는 사람들의 논리대로 '가덕도를 주장함으로써 신공항을 기약 없이 표류시키는 문제아가 되는 것은 아닐까?'라는 의문도 들었다.

생각 끝에 나는 모든 결정을 시민들의 몫으로 돌리고자 했다.

오직 시민들이 판단할 수 있는 정보를 양심에 따라 정확하게 전달하는 것을 우리의 사명으로 삼기로 했다.

'가덕신공항 포럼'의 결성은 부산시를 긴장시켰고 시에서도 본격적으로 우리를 견제하기 시작했다.

출범 당일 부산시장은 긴급 인터뷰를 통하여 "김해신공항을 정략적으로 흔드는 불순한 세력이 있다."라고 우리를 겨냥했다.

우리가 부산일보사 강당에서 창립총회를 했지만, 『부산일보』는 시장의 기사만 다루고 '가덕신공항 포럼'에 대한 기사는 싣지 않았다. 지역 언론에서는 오직 『국제신문』만 우리의 기사를 다루었다. 지역 언론도 김해신공항과 가덕도 재검토로 양분되는 경향을 보였다.

우리는 국면을 전환하기 위하여 2017년 11월에 '가덕신공항 포럼' 주최로 시민들이 참여하는 특별 세미나를 개최했다.

그러나 우리는 그 세미나 현장에서 부산시의 공작으로 인하여 제대로 뒤통수를 맞았다.

그 세미나에는 우리와 협력하기로 한 2개의 시민단체 회원들이 주로 청중으로 참석했다. 세미나의 주제는 '김해신공항의 문제점과 재검토 필요성'이었다.

발제는 나와 '부산연구원' 출신 최 원장이 맡기로 했고, 지정 토론자에는 2개 시민단체 대표들도 포함되어 있었다.

2개 단체 중 특히 신공항 운동에 집중해 온 '신공항 부산연대'의

원로 시민운동가인 장 대표는 평소에 이렇게 말해 왔다.

"김해는 정말 아닙니다. 우리가 죽기 전에 가덕도 신공항을 보는 것이 소원입니다!"

나는 당연히 그와 같은 기조의 발언을 예상했다.

"오늘 참담한 심정으로 죄스러운 말씀을 드리게 되었습니다. 김해신공항을 마냥 표류시킬 수 없으므로 시민들의 힘을 한곳으로 모아야 할 것입니다."

다른 시민단체의 대표 역시 마찬가지의 입장을 취했다.

"우리만큼 신공항을 위하여 직접 몸으로 싸워온 사람은 없을 것입니다. 이제 김해신공항은 피할 수 없는 대세라고 봅니다."

우리는 세미나를 개최하기 일주일쯤 전에 두 시민단체 대표들이 부산시장과 회동한다는 소문을 들었다.

시장의 요청이 간절한 것이었거나 혹은 부산시에 협조해야 할 불가피한 사정이 생겼는지는 모르겠으나, 지역사회의 저명한 시민단체 대표 두 명이 돌연 입장을 바꿔 버린 것이었다.

'가덕신공항 포럼'과 신공항 관련 2개 시민단체와의 연대도 그 시점부터 깨어졌다.

세미나 이후 뒤풀이에서 나는 부산 시내의 유력 시민단체의 대표를 겸하는 '가덕신공항 포럼' 공동대표 한 사람에 물어보았다.

"김 대표님, 장 대표님의 평소 언행이 어떤 편입니까?"

"장 대표님은 시민단체의 원로답게 항상 원칙과 소신을 잘 지켜 왔습니다. 아마 이번에는 피치 못할 사정이 생긴 듯합니다."

다른 누군가가 덧붙였다.

"그 세미나장에 부산시의 간부 한 사람이 직원들과 참석했다가 장 대표 등의 발언이 끝나자 바로 자리를 뜨는 것을 보았습니다."

다행히 2018년에 접어들면서 고무적인 소식들이 들려왔다.

1월 3일 자 『부산일보』에 '가덕도 신공항 재추진에 찬성 56%, 반대 35%'라는 부산시민 설문조사 결과가 발표되었다.

민주당의 유력 시장 후보가 가덕도 재검토의 필요성을 언급했고, 심지어 서병수 시장과 경합을 벌일 자유한국당 시장 후보군 중에서도 가덕도를 주장하기 시작했다.

김해시 주민들은 2017년도부터 본격적으로 김해신공항 반대 운동을 해 왔고, 국토부가 주관하는 '타당성 평가 및 기본계획 수립 용역' 과정의 공청회에서도 문제점을 제기하고 공청회 자체를 무산시켜버렸다.

새해부터는 강서구 주민들까지 한목소리로 반대하기 시작했다. 그러자 그 이전부터 가덕도를 주장해 온 부산과 경남의 민주당 국회의원들도 더욱 목소리를 높이기 시작했다.

언론에서도 '가덕신공항 포럼'을 주목하기 시작했고 우리도 본격적으로 신문 칼럼과 방송 출연을 통하여 "지금이야말로 신공항 재검토의 적기다."라는 논리를 폈다.

2018년 1월 '부산 KNN TV'에서 개최한 전문가 토론회에서 나는 "김해신공항이 싸구려 비지떡에 불과하고 사실은 천문학적인 사회

가덕도에 뛰어든 사람

적 비용을 내포하고 있으므로 가덕신공항을 추진해야 한다."라는 점을 역설하였다.

운동단체를 만들어 공동대표들과 함께 논의하고 업무를 분담하니 한층 활동의 효율성이 높아졌다. 7명의 공동대표 한 사람, 한 사람이 모두 학계의 영향력 있는 교수였으며 전문성도 갖추고 있었기에 시너지 효과도 그만큼 컸다.

시장 후보자들이 확실하게 공약하고 시민들의 지지를 얻기 위해서는 마무리 작업이 필요했다.

바로 시민들의 마음속에 있는 불안을 해소하는 일이었다.

김해신공항을 붙잡고 있는 부산시장과 이를 지지하는 세력은 다음과 같은 반대 논리를 펴 왔다.

"김해신공항을 재검토하면 기약 없이 표류할 수 있다."

"대구·경북 사람들이 가만히 있지 않을 것이다."

"가덕도는 비용이 많이 들어 정부의 예비타당성 조사를 통과하지 못할 것이다."

나는 대선공약에 영향을 미치기 위하여 2017년 2월에 실시한 부산시민 조사에서 '가덕신공항 재검토에 따른 문제점이 무엇인지'에 대해서도 문항들을 설정해 두었다.

그 조사에서 시민들은 '신공항의 표류'를 가장 우려하였으며, '가덕도 재검토에서 가장 장애가 되는 것은 부산시의 기존 방침'이라고 응답했다.

시민들은 대구·경북의 방해가 큰 요인이 아니라는 점을 본능적으로 알고 있었다.

사실 박근혜 정부의 신공항 결정에서 가장 긍정적인 측면은 5개 시·도의 합의를 종료시켰다는 점이다.

김해신공항을 지정한 순간 대구·경북은 부산과의 이해관계에 얽힐 필요가 없어졌고, 대구 내의 군사 공항과 민간 공항을 이전하는 문제에 매달리게 되었다.

그리고 2018년 1월 19일에 들어와 대구시장, 경북지사, 의성군수, 군위군수 등 4개 자치단체장은 군사 공항과 민간 공항을 동시에 이전하는 '통합신공항' 방안을 확정해 예비 후보지 2곳을 추천하고 10월 말까지 후보지를 선정해 줄 것을 국방부에 요청했다.

따라서 부산시에서 대구의 문제에 "감 놔라, 대추 놔라." 할 수 없듯이, 대구·경북도 김해신공항을 가덕도로 옮기는 데 간섭할 형편이 못 되게 된 것이다.

더욱이 김해시에서 김해신공항을 결사반대하는 입장을 취하게 되었으니 대구·경북은 더욱 반대의 명분이 줄어들게 되었다고 볼 수 있었다.

거기에 김해신공항이 이대로 건설된다면 김해시민 33,000세대 이상이 영원히 심각한 소음에 노출될 뿐 아니라, "소음과 고도 제한 등으로 인한 토지와 재산 가치의 하락을 환산하면 5조 원에 달한다."는 주장까지 나타났다.

초기에 김해시에서는 김해신공항을 지역발전의 좋은 기회로 생각

가덕도에 뛰어든 사람

하기도 했으나, 사정이 밝혀지면서 반대 분위기로 완전히 바뀌었다.

이러한 점을 고려하면서 내 생각은 확고해졌다.

'지금과 같은 민주 사회에 인구 55만 명의 김해시가 반대하는데 어떻게 새로운 공항이 건설될 수 있을 것인가? 그것도 대체 후보지가 없는 것도 아닌 마당에!'

이는 역으로 생각해 보면 좀 더 명확할 것이었다.

'대구·경북에서 추진하는 통합신공항의 경우, 예상 후보지인 의성군과 군위군이 모두 반대한다면 과연 강행할 방법이 있을 것인가?'

'대구시의 통합신공항 추진과정에서는 장차 해당 지역의 주민투표까지 예정되어 있는데, 김해시민들의 정당한 주장은 무시되어도 좋을 것인가?'

울산은 원래 신공항에 대한 관심이 적었고, 2013년 김해국제공항에 출입하는 울산시민 600명에 대한 조사에서는 밀양보다 가덕을 지지하는 비율이 높았으므로 앞으로도 가덕신공항을 완강하게 반대하지는 않을 것으로 보였다.

경남의 경우에는 김해시의 소음피해를 막기 위하여 가덕도를 지지해야 할 형편이 되었다.

따라서 향후 신공항의 추진과정에서 외부세력의 반대는 그다지 문제가 되지 못할 것으로 여겨졌다.

나는 시민들과 시장 후보자들을 안심시키는 방안이 '가덕신공항을 재추진할 경우의 예상 절차와 소요 기간을 명확히 하고, 김해신공항과 비교해도 비용이 그다지 차이 나지 않는다는 점을 주지

시키는 것'이라고 보았다.

2018년에 2월에 접어들어 나를 비롯한 '가덕신공항 포럼' 공동대표들은 부산시민들을 안심시킬 수 있는 일련의 대안을 수립하여 언론 활동은 물론 강연이나 토론회를 통하여 더욱 열심히 시민들과 여론 주도자들에게 알렸다.

특히 시민단체들의 광범한 지지를 받기 위하여 '장 대표 등 기존의 입장을 바꾼 신공항 2개 시민단체'를 제외한 부산시의 다른 시민단체협의회와의 연석 토론회도 개최했다.

3월이 되니 자유한국당 부산시장 후보로는 김해신공항을 고수하는 서병수 부산시장이 확정되었고, 가덕도를 주장하는 민주당 후보들도 구체적인 윤곽이 드러났다.

선거가 목전에 다가오니 우리가 할 수 있는 일도 거의 끝이 났다.

'가덕신공항 포럼' 역시 하나의 시민단체라 할 수 있으므로 선거에 개입할 수는 없는 일이었다. 남은 일은 오직 민주당 후보가 6·13 지방선거에서 당선되기만을 기다리는 것이었다.

신공항에 대한 내 마지막 가설은 '2018년 지방선거에서 가덕도를 공약한 부산시장이 당선되면, 경남과 연계하여 정부의 정책을 바꿀 수 있을 것이다.'라는 것이었다.

'내 마지막 가설이 실현될 것인지 여부는 하늘만이 알 것이다.'

나는 지난 7년간 최선을 다했기에 앞으로 어떠한 결과가 나오더라도 받아들이기로 했다.

가덕도에 뛰어든 사람

기도하는 심정으로 지방선거를 지켜보는 가운데 정말 기적 같은 일이 일어났다.

부산시장선거에서는 민주당의 오거돈 후보가 우세할 것이라는 예측이 있었으나, 경남과 울산에서도 민주당 광역단체장 후보가 당선된 것이다.

박근혜 정부 시절과 비교하면 격세지감을 느끼지 않을 수 없었다. 그때는 영남의 5개 단체장이 모두 집권당인 한나라당이었고, 소위 TK 정권이었으므로 4개 단체장이 합세하여 밀양을 주장하는 데 비하여 부산은 홀로 고립되어 있었다.

이번에는 PK 정권하에서 부·울·경이 대구·경북과 맞설 수 있게 되었으니, 가덕신공항의 논리 전개에서 최소한 억울함을 당하지는 않게 된 셈이다. 아울러 내 마지막 가설이 증명될 가능성도 크게 높아졌음을 직감했다.

2018년 6월 지방선거에서 가덕신공항을 공약한 오거돈 부산시장은 경남지사와 울산시장을 차례로 만나 공조를 요청했다.

"김 지사님, 동남권이 발전하려면 '김해신공항'으로는 안 됩니다. 가덕도라야 합니다."

"김해신공항이 문제가 많다는 것에는 공감합니다. 그러나 지금 시점에서 가덕도를 말하기는 곤란하니 '동남권 신공항'이 필요하다는 쪽으로 가닥을 잡으면 어떻겠습니까?"

"김 지사님 제안대로 하십시다. 저로서도 무방하다고 봅니다."

나는 이전에 김 지사와 몇 차례 만나 신공항에 대한 의견을 나눈 적이 있는데, 그때도 그는 '김해신공항은 반대지만, 가덕도를 먼저 거론하는 것은 곤란하다.'라는 의견을 밝혔다. 경남에는 밀양 후보지가 있으므로 쓸데없는 논쟁에 말릴 수 있다는 뜻으로 해석되었다.

그때까지도 대구시장은 "만약 김해신공항 대신 새로운 공항을 건설한다면 그 장소는 밀양이 되어야 한다."라고 엄포를 놓고 있었다.

한술 더 떠 2018년 지방선거 이후에는 경남 사천시에서 시의원이나 시민단체들이 전문가들을 앞세워 '사천이야말로 동남권 신공항의 적지'라는 주장을 하기 시작했고, 급기야 사천시 출신 도의원은 도의회 회의장에서 김 지사에게 "사천시가 신공항의 적지라는 주장이 나오고 있는데 어떻게 생각하느냐?"는 질의를 하기까지 했다.

울산시장 역시 가덕신공항보다는 경남지사의 제안이 부담이 적다고 여겼을 것이다. 박근혜 정부 시절 울산시의 공식 입장은 밀양이었기 때문이다. 이러한 이해관계로 부·울·경 단체장은 "새로운 동남권 신공항이 필요하다."라는 쪽으로 합의를 보았다.

이어서 부·울·경 단체장은 연명으로 국토부 장관에게 김해신공항 추진을 중단하고 새로운 입지를 선정해줄 줄 것을 요청했지만, 국토부 장관은 단호하게 거부했다.

"김해신공항은 아무런 문제가 없으므로 계획대로 추진되어야 합니다. 저를 찾아오시면 가덕신공항이 될 수 없는 이유를 말씀드리

가덕도에 뛰어든 사람

겠습니다."

국토부 장관의 인식은 부·울·경 단체장과 엄청난 거리가 있었다. 부·울·경으로서는 국토부 장관이 문재인 정부의 장관이므로 같은 정당 소속인 단체장들의 주장을 무겁게 받아 줄 것으로 예상했으나 전혀 뜻밖의 반응을 보인 것이다.

동남권 신공항은 문재인 대통령이 대선 과정에서 언급할 정도로 관심을 가진 것인데 장관은 예상 밖의 답변을 한 것이다.

이 경우 장관으로서 부정적인 입장을 지녔다면 흔히 할 수 있는 발언으로는 "검토해 보겠습니다." 정도였을 것이다. 그런데 "안 되는 이유를 설명해 주겠다."라고 까지 적극적인 반대를 표명하니 부·울·경으로서는 뜻밖의 복병을 만난 셈이었다.

부·울·경 당국자들은 곧 대책 회의를 열었고 다음과 같은 결론에 도달했다.

"김현미 장관은 국토부 관료들의 논리에 완전히 매몰되어 그들의 입장을 대변하고 있다.

국토부 관료들은 과거 동남권 신공항 건설을 지시한 노무현 대통령의 말을 무시한 적이 있는데, 지금도 문재인 대통령의 의중을 무시하고 있다.

문제 해결을 위해서는 국토부를 상대할 것이 아니라 대통령이나 총리실에서 개입하도록 할 필요가 있다."

국토부 장관의 이러한 발언에 지역 언론들이 반발했고 시민단체들도 기자회견을 통하여 장관을 규탄했다. 김해신공항이 들어서면 소음 피해를 입게 될 김해 지역에서 국회의원들과 시민단체들의 반발이 더욱 거세게 일어났다.

부·울·경 단체장들은 이러한 여론에 힘입어 그해 10월부터 '부·울·경 검증단'을 구성하여 김해신공항의 문제점을 본격적으로 검토하기 시작했다. 그리고 검증 결과를 토대로 김해신공항의 계속 추진 혹은 백지화 여부를 국토부가 아닌 총리실에서 판정하도록 하는 전략을 수립했다.

이러한 논의 과정에서 "총리실이 아닌 대통령이 결정하도록 해야 한다."라는 주장도 나타났으나, "가뜩이나 여·야의 극단적 대립으로 정국이 어지러운 시기에 대통령에게 부담을 지워서는 곤란하며, 총리실의 결정이 곧 대통령이 결정."이라는 의견이 설득력을 얻게 된 것이다.

'부·울·경 검증단'은 김해시 소재 '중소기업지원센터'에 사무실을 두고 부·울·경에서 공무원과 산하 연구소의 연구원을 파견하는 한편, 5개 분과로 구분하여 대학교수를 비롯한 외부전문가들을 참여시켰다.

검증단 단장은 김해가 지역구인 김정호 의원이 맡았으며, 부단장은 부산시 산하 부산연구원 출신인 최 원장이 맡았다.

5개 분과는 공항시설, 공항 운영, 수요 및 용량, 소음 및 환경, 법

가덕도에 뛰어든 사람

제도로 구분하였고, 검증의 수준을 높이기 위하여 분과별로 연구 책임자를 두고 연구용역과제를 수행하도록 했다. 덧붙여 외부자문 위원들과의 주기적인 회의를 통하여 김해신공항의 세부적인 문제점을 검토하는 방식을 취하였다.

처음 나는 '법 제도 분과'의 자문위원으로 참여했지만, 그 분과에서 책임을 지고 연구할 사람을 찾을 수 없어 결국 연구책임자가 되었다.

내가 맡은 일은 김해신공항 결정 과정에서 외국용역기관(ADPi)이 2016년에 작성한 「사전타당성 조사보고서」와 기획재정부에서 2017년에 제출한 「예비타당성 조사보고서」 및 국토부에서 2017~2018년 기간에 작성 중이던 「기본계획 수립보고서」의 내용이 국내법 절차와 일반적으로 공인된 국제기준에 부합하느냐의 여부를 확인하는 것이었다.

이처럼 '법 제도 분과'를 독립적으로 분류한 것은 김해신공항 발표 당시부터 국내법 절차가 무시되고 있다는 비판이 있었기 때문이다.

내가 전공하고 있는 정책학 분야의 연구용역에서는 대부분 법과 제도적인 문제를 기본적으로 다루게 되므로 법적 검토가 그다지 어려운 분야는 아니지만, 공항 건설과 관련된 분야는 워낙 생소하고 복잡한 기술적인 내용을 포함하고 있어서 새로운 도전이었다.

나는 동경대학에서 공법학 분야의 박사학위를 받은 부산대 강

교수와 해동대 출신 구 박사와 연구진을 꾸리고, 자문비를 대폭 할애하여 국내의 다수 항공 전문가와 법조인들에게 개별적인 자문을 받기로 했다.

다른 분과들은 연구진이 좀 더 일찍 구성되었으나, '법 제도 분과'는 책임자를 찾다 못해 나에게 넘어온 것이므로 연구진을 구성하고 용역계약을 마치니 해를 넘기고 2019년 1월도 거의 지나가고 있었다.

2019년 2월 7일 청와대 대변인은 이례적으로 문 대통령이 '전국 경제투어' 일정에 따라 2월 13일에 부산을 방문할 예정임을 미리 공개했다.

그즈음 가덕신공항에 사활을 걸다시피 하고 있던 오거돈 부산시장은 이 절호의 기회를 놓치고 싶지 않았다.

급하면 말을 더듬기도 하는 오 시장이 참모들에게 아이디어를 주문했다.

"누구, 구 좋은 생각들 없나요?"

"아무래도 시장님께서 직접 VIP께 말씀드리는 것이 상책이겠습니다."

"언제가 좋을까…."

"비행장부터 행사장까지 오는 동안 동석하신다면 차 안이 어떻겠습니까?"

"장관도 동행하는 대통령의 의전에 시장이 탑승하는 것이 가능

가덕도에 뛰어든 사람

할까요? 다른 방법을 찾아봅시다."

"공식적인 행사 이후의 휴식 시간에 잠깐 독대를 하시면 어떻겠습니까?"

"그렇긴 한데 독대에서 한 말씀이 과연 효력이 있을까요?"

"……"

"기자회견이 가장 좋은 방법이긴 한데…"

"출입 기자단들에게 특별히 공항 문제를 질문하도록 부탁해 보겠습니다."

"다른 아이디어는 없을까…"

"상공인들이 신공항을 거론하도록 하면 어떻겠습니까?"

"맞아, 과거 노무현 정부 시절에도 상공인들이 숨통을 틔웠지. 그렇게 합시다. 대신 기자들은 꼭 동석시키도록."

"잘 알겠습니다."

오 시장은 속이 탔다. 13일 오전 행사에서 도시재생사업과 스마트화로 구도심에 활력을 주는 '부산 대개조 프로젝트'를 대통령께 보고했지만, 정작 중요한 신공항에 관해서는 이야기도 꺼내지 못했다.

하루 먼저 내려와 대통령의 일정을 확인하던 정무수석이 "경제 문제에 국한한 '정책투어'이므로 주제를 벗어난 문제를 거론하지 말아 달라."라고 신신당부를 했다. 한마디로 "신공항 문제로 대통령의 입장을 난처하게 하지 말라."라는 주문이었다.

13일 오전 행사는 해운대구 '벡스코'에서 진행되었으나 오 시장은 행사 전후에 기회를 찾지 못했고, 대통령 역시 다른 말을 붙일 분위기를 허용하지 않았다.

문 대통령 일행은 오전 행사를 마치고 '부산 대개조 프로젝트'의 주요한 사업이 추진되는 사상구에서 상공인들과 오찬을 함께하기로 했다.

상공인들도 사전에 부산시와 조율하여 신공항은 거론하지 않기로 이미 합의한 상태였다. 애초 부산시의 대책 회의에서는 상공인들에게 신공항을 거론하도록 하는 방침을 세웠지만, 정무수석의 간곡한 당부를 뿌리치지 못하여 부산시는 이마저도 접게 되었던 것이다.

그런데 상공회의소 회장의 인사말과 뒤이은 건배사가 끝나자 예정에 없던 질문과 놀라운 답변이 부산시와 온 동남권을 진동시켰다.

'송 회장'이라 불리는 한 기업인이 어렵사리 에둘러 신공항을 거론했다.

"대통령님께서는 부산시민이 바라는 것을 잘 아실 것입니다. 이것만이 부산이 살길입니다."

"절차상으로 이달 말까지 부·울·경 차원의 자체 검증 결과가 나오는 것으로 알고 있습니다. 검증 결과를 놓고 영남권 5개 광역자치단체의 뜻이 하나로 모인다면 결정이 수월해질 것이고, 만약 생각들이 다르다면 부득이 검증 논의를 총리실 산하로 승격해서 결정해야 하지 않을까 생각합니다."

질문자와 답변하는 문 대통령 역시 직접적으로 '신공항'이란 표현

　　　　　　　　　　　　　　　　　　가덕도에 뛰어든 사람

을 쓰지는 않았지만 '영남권 5개 지자체의 합의'와 '총리실을 통한 검증'이라는 표현을 통해서 동남권이 그렇게도 고대하던 희망적인 답이 나온 것이다.

신공항과 관련하여 대통령이 고민하던 주된 문젯거리는 대구·경북의 여론이었음이 확인되었다. 김해신공항은 명목상 영남권 5개 시·도의 합의사항이었으므로 TK가 반대한다면 일단 어렵다는 뜻이 된다.

그렇지만 "합의가 되지 않을 경우에도 총리실 검증은 하겠다."라는 대통령의 의지를 엿볼 수 있었다.

문 대통령은 그동안 말이 없었으나 동남권 신공항에 대한 보고를 소상하게 받고 있었고, 대책도 세워두었다는 사실도 확인하게 된 셈이었다.

부산시는 대통령의 발언에 고무되어 발 빠르게 TK와의 협력 방법을 찾기 시작했다. TK의 협조만 받게 된다면 총리실 검증도 필요 없이 김해신공항을 무산시키고 새로운 공항을 건설할 길이 생겼기 때문이다.

이 시기 대구·경북에서도 공항을 둘러싸고 복잡한 양상이 전개되고 있었다.

박근혜 대통령은 2016년 6월에 김해신공항을 지정한 이후 TK의 상실감을 채워주기 위해, 그해 7월에 대구 시내에 소재한 군사 공항과 부속 대구국제공항을 경북으로 이전시키는 소위 '통합신공항'

건설을 지시했다.

문제는 현행 「군공항이전법」에 의하면 대구시의 재정 부담으로 새로운 군사 공항을 건설해 주어야 한다는 점이었다.

이를 위한 유일한 방안은 현 공항 부지를 개발하여 얻는 수익으로 충당하는 것인데 군 공항에 부속한 민간 공항도 반드시 이전시켜야 하는 문제를 수반했다.

박근혜 대통령이 지시한 '통합신공항'은 대구시의 오랜 과제를 해결할 수 있는 대안이 될 수 있었기에 대구시장과 경북지사는 이를 받아들였다.

2018년 1월에 접어들면서 대구시장과 경북지사, 군위군수와 의성군수는 공동으로 그해 10월까지 국방부에서 후보지를 확정해 줄 것을 요청했다.

부·울·경에서 김해신공항의 재검토를 위한 검증단을 구성했던 2018년 10월은 '통합신공항'의 후보지 결정 시기와 맞물려 있었다.

부·울·경에서 김해신공항에 대한 재검토를 본격화하자, 대구시장과 경북지사는 초조감을 느꼈던 것 같다.

국방부의 '통합신공항' 입지선정은 기대와 달리 늦어지고 있었다. 그런 터에 대구시 내부에서는 부·울·경의 김해신공항 재검토 시도를 계기로 '통합신공항'에 대한 반대 목소리가 터져 나오기 시작했다. 대구시의 공항 정책에 반대하던 시민단체들이 먼저 목소리를 높였다.

"대구시민들은 민간 공항의 이전을 원하지 않는다."

"가덕신공항이 건설되면 통합신공항은 고추나 말리는 공항이 되고 말 것이다."

"통합신공항과 가덕신공항 추진을 당장 중단하고 원점에서 밀양 신공항을 재추진해야 한다."

반대 시민단체들은 설문조사 결과를 들이밀었다. 그 당시 실시한 한 설문조사에서는 대구시민의 70% 이상이 "군사 공항만 이전시키고 민간 공항은 그대로 두어야 한다."라는 응답을 하기도 했다.

대구시장은 난감한 처지에 놓이게 되었다. 시민들의 여론을 외면하기도 어렵고, 그렇다고 해서 현행 「군공항이전법」을 대구시의 입맛에 맞게 바꿀 수도 없는 처지였다.

지자체의 비용부담으로 군 공항을 이전시킬 수 있도록 한 「군공항이전법」만 해도 대구시 동구가 지역구인 유승민 의원이 주도적인 노력을 기울여 2013년에 특별법 형식으로 겨우 제정하게 된 것이었다.

2019년 1월에 접어들자 경북지사는 문재인 정부를 향하여 중대한 메시지를 던졌다.

"정부가 대구·경북의 통합신공항 이전 문제를 먼저 결정하면 가덕도 신공항에 반대하지 않겠다."

곧이어 대구시장도 경북지사의 의견에 동조하는 발언을 했다.

그런 가운데 2019년 2월에 문 대통령이 "김해신공항에 대한 총리실 검증"을 언급하자 자유한국당의 'TK 발전협의회' 소속 국회의원 17명은 대구시장과 경북지사를 한 자리에 불러 대책 회의를 수립하고 성명서를 발표했다.

"이미 법률과 지자체 협의 등으로 진행되는 정책이 대통령의 말 한마디로 바뀌면 안 된다."

"문 대통령과 더불어민주당이 2020 총선을 앞두고 '영남 갈라치기'를 시도하고 있다."

그 후 오거돈 부산시장이 문 대통령의 언급에 따라 대구·경북과의 상생 방안을 논의하려 했으나, 대구시장과 경북지사의 태도는 1월의 발언과 큰 차이를 보였다.

대구시장은 "신공항 문제는 이미 2016년에 김해공항 확장으로 결론이 났으므로 다시 논의할 이유가 없다. 이미 지자체 사업으로 추진하고 있는 대구공항 통합 이전을 왜 자꾸 가덕도 신공항과 엮는지 모르겠다."라고 발언했으며, 경북지사는 "'통합신공항을 확정하면 가덕신공항에 반대하지 않겠다.'라고 말한 것은 '민자사업으로 가덕도 신공항을 추진하면 상관할 일이 아니다.'라는 취지였다."라고 했다.

나는 부·울·경과 대구·경북의 당국자 간의 합의는 불가능할 것으로 보았다. 문 대통령이 2019년 2월에 총리실 검증을 언급한 이후 동남권 신공항 문제는 단번에 국내의 중요한 정치적 현안으로 부상했다.

가덕도에 뛰어든 사람

'국회의원 선거제'와 '공수처 설치 법안'의 패스트 트랙 지정을 두고 민주당과 자한당과의 극한적 대립이 나타나기 시작한 시점이어서 자한당은 부·울·경의 '김해신공항의 재검토 추진'을 문 정권 공격을 위한 하나의 빌미로 삼기 시작했다.

그런 경향은 자한당의 본산인 TK에서 더욱 두드려졌다. 따라서 같은 당 소속의 대구시장이나 경북지사가 지역의 주류 정치 세력과 척을 질 각오를 하고 부·울·경과 연대할 가능성은 희박했다.

더욱이 TK 지역 유력 일간지들은 경북지사와 대구시장이 2019년 1월에 '가덕도 신공항을 용인한 발언'에 매우 비판적인 기사를 내보냈고, 대구·경북 주민들의 대다수도 지역의 유력 정치인들과 언론들의 논조에 공감하는 실정이었다.

대구시장이나 경북지사가 지역의 여론을 거슬러 부·울·경과 합의하는 것은 한 마디로 '정치생명이 달린 위험천만한 도박'일 수도 있었으니, 얻을 것 없이 부·울·경에 동조할 이유는 없을 것이었다.

나는 '부·울·경 검증단'에서 한 분과의 연구 책임을 맡기는 했으나, 신공항과 관련된 내 본분은 어디까지나 '가덕신공항 포럼'의 공동대표로서 운동적 활동을 하는 것이었다. 그 때문에 연구에만 집중하고 있을 수는 없는 일이었다.

신공항을 둘러싼 이러한 국면분석을 토대로 대책을 수립하기 위하여 2019년 2월 16일 낮 12시에 '가덕신공항 포럼' 주최로 서면 부산롯데호텔 옆 한식당 '마당집'에서 부산과 경남지역의 신공항 운동단체 대표 회의를 가졌다.

부산에서는 '가덕신공항 포럼'과 '신공항 부산연대'의 대표들이 참석했고, 경남에서는 '김해신공항 반대 범시민대책위원회'와 '가덕신공항유치 거제시민운동본부'의 대표들 및 김해시의회 신공항특위 위원장이 자리를 같이하였으며 총인원은 9명이었다.

'신공항 부산연대'의 장 대표도 참석했다. 나는 그 원로가 2017년 11월의 세미나에서 "김해신공항이 불가피하다."라고 했던 발언을 문제 삼지 않았고, 이듬해 지방선거 이후로 우리는 다시 합심했다.

사회는 주최 측 대표인 내가 보았다.

"장 대표님, 이 시점에서 우리가 할 일은 무엇이겠습니까?"

"TK는 협조가 불가능하니 일단 무시할 필요가 있다고 봅니다. 지금은 논리보다는 힘이 우선이니 부·울·경의 여론 결집이 중요하다고 할까요."

"우선, 힘을 모아 어떻게 할 것인지 방향을 정했으면 좋겠습니다. 장 대표님 의견을 좀 더 들었으면 합니다."

"국토부는 제쳐 두고 정부와 대통령을 압박하는 것이 효과적일 겁니다."

"TK와 국토부는 무시가 좋겠습니까? 이의 없으시지요? 그럼, 여론을 어떻게 모아야 힘이 될 수 있겠습니까? 저로서는 부·울·경 100만 서명운동을 생각해 보았습니다만…."

"사회자님, 김해시에서는 100만 국민청원운동을 생각하고 있습니다."

　가덕도에 뛰어든 사람

"신공항은 이미 정책의제가 되었고 대통령이 총리실 검증을 언급한 마당에 청와대에 다시 청원할 필요가 있을까요? 정 교수님, 말씀 좀 주시지요."

"저도 그렇게 생각합니다. 이미 청원의 목표는 달성된 것이라 볼 수 있지요. 그러다 혹시 100만 명 달성이 되지 않으면 오히려 우리가 망신만 당하고, 신공항 운동에도 피해를 줄 것입니다. 또 청원 운동은 그 방법 자체에 문제가 많습니다. 젊은 사람은 신공항에 관심 자체가 적고, 연세 든 분들은 접속이 어려우니 참여하기가 무척 어려울 것입니다."

"김해에서는 청원에 어떤 구상을 지니고 계시는지요?"

"김해시는 김해시장과 시의회, 시민단체들이 한마음이 되어 있으므로 부산에서 조금만 지원해 주어도 20만 명은 달성할 수 있다고 봅니다. 청원을 시도한다는 자체가 중요하지, 100만 명을 꼭 달성할 필요는 없다고 봅니다."

"장 대표님은 어떻게 보십니까?"

"저도 청원에는 반대입니다. 필요하다면 차라리 서명운동이 좋다고 봅니다. 그러나 서명운동에는 비용이 많이 드니 부산시나 상공회의소 등에서 예산지원을 받지 않으면 불가능할 겁니다."

"얼마 정도가 필요하겠습니까?"

"현재 시민단체 회원 중에서도 완전 무급으로 참여할 수 있는 분은 매우 적을 겁니다. 최소한의 일당을 적용하여 전액 유급 자원봉사자를 투입할 경우 최대 10억 원까지 소요될 겁니다."

"장 대표님, 감사합니다. 서명운동을 하려면 부산시의 의지가 중요한데, 그럼 제가 부산시와 논의한 후 다시 의견을 구하도록 하겠습니다."

나는 마지막으로 멀리서 참석한 거제 지역 대표의 의견을 듣기로 했다.

"반 대표님, 거제에서는 다른 의견이 있으신지요?"

"거제에서는 청원이든, 서명이든 방침이 정해지면 적극적으로 참여하겠습니다."

우리는 청원운동 대신 서명운동을 검토하기로 하고 헤어졌다. 같은 시각 '김해YMCA' 회의장에서는 시민단체 임원들과 김해시의원, 김해시정 공무원들이 모여 '김해신공항 반대 부·울·경 100만 청원'을 위한 실행 방법을 논의하고 있었다.

그들은 이미 2019년 1월에 청원운동을 확정하였으며 비상대책위원장을 선출하여 전권을 맡긴 상태였다. 비대위원장은 원로급 시민운동가인 부산 강서구협의회장이 맡았는데 주된 업무는 부산시 당국에 예산지원을 요청하고 부·울·경 시민단체와의 연대를 구축하는 것이었다.

그다음 주 월요일인 2월 18일, 김해공항 인근 강서구협의회 사무실로 초청받은 나는 김 비대위원장을 통하여 비로소 일의 전말을 알게 되었다.

"김 위원장님, 왜 이렇게 급하게 청원을 시작하려 하십니까?"

가덕도에 뛰어든 사람

"김해 시민단체들은 2019년 2월 문 대통령이 총리실 검증을 언급하기 한 달 전부터 국민청원운동 목표를 세워서 자금을 모금했고, 전담 간사도 1명을 채용한 상태입니다."

"그럼 부산롯데호텔 옆 '마당집' 회의에 참석하기 이전에 이미 청원을 하기로 결정했단 말입니까?"

"김해시 대표자들이 부산시 시민단체의 협조를 받으러 갔다가 차마 말을 꺼내지 못했다고 하니 양해하여 주시기 바랍니다."

나는 그동안 김해시의 활동에도 관심을 가졌지만, 동남권 실무검증단의 일로 바빠서 그즈음 약 1개월 동안은 김해시의 사정을 놓치고 있었던 것이다.

바쁜 가운데에서도 나는 김해시가 주도하는 청원운동을 외면할 수 없었다. 김해시가 실패하면 부산 역시 같은 타격을 입을 것이기 때문이었다.

이런 가운데 청원운동의 조직화를 주도하던 김 비대위원장이 돌연 사퇴하는 사건이 발생함에 따라 김해시와 거제시를 제외한 조직은 완전히 무력화되었다. 나는 조직의 공백을 메우기 위하여 '부산본부장'을 맡기로 하고 100만 청원 조직의 전체적인 구도를 나름대로 구상했다.

운동본부를 '김해YMCA'에 두기로 했으나, '김해신공항 반대 범시민대책위원회'의 류 위원장을 비롯한 기존 시민단체 임원들은 내 의견을 전적으로 수용해 주었다.

광역단체장과 국회의원이 포함된 고문 10여 명과 전문가로 구성된 자문위원 20여 명, 공동대표 30여 명을 위촉하고, 지역별로 몇 명의 상임대표를 두어, 전체적으로 7명의 상임대표 중심으로 조직을 관리할 방침을 세웠다.

부산에서는 원로 시민운동가인 장 대표와 주 대표 외에도 '새싹단'이라는 신생 봉사단체를 이끄는 50대 초반의 여성 운동가를 상임대표로 추대하였으며, 울산에서도 별도의 상임대표를 추대하고 공동대표를 위촉했다. 그러나 김해시와 거제시는 조직화가 잘되어 있었으므로 독자적으로 상임대표를 결정하도록 맡겼다.

내가 '새싹단'의 이 대표를 상임대표로 추대한 데는 약간의 고충이 있었다. 이 대표는 사퇴한 김 비대위원장이 발굴한 인물이었으며, 당시는 민주당 당원으로서 적지 않은 세력을 가지고 있었으므로 조속한 조직화를 위해서는 발탁이 불가피했다.

그러나 시민운동가로서의 경력이 짧은 여성이 상임대표가 되는 것을 절대 용납하지 않으려 했던 일단의 반대 세력은 여러 사람의 만류에도 불구하고 결국 운동조직에서 떠나갔다.

청원운동은 2019년 2월 25일부터 30일간 진행되었다. 2월 20일에 부산본부장을 맡았으므로 조직을 정비할 시간은 일주일도 되지 않았다. 엉성하기 짝이 없었으나 시간이 없으니 어쩔 수 없는 일이었다.

조직 구성으로 준비가 끝난 것이 아니었다. 김해시에서는 모금을 통하여 홍보물을 만들고 간사의 급료를 줄 수는 있었으나, 부산본부와 울산에는 동전 한 푼 없는 실정이었다. 무슨 수를 써서든 돈을 마련해야 했다.

부산본부장을 맡은 다음 날 평소 안면이 있는 부산시 기획실장을 찾았다. 청원문 초안과 채 완성되지 않은 조직구성원의 명단을 보이고 시장과의 면담을 주선해 줄 것을 요청했다.

"교수님, 취지를 잘 알겠습니다. 저도 검토해 보고 가능한 시장님을 뵐 수 있도록 해 드리겠습니다."

실장으로부터 긍정적인 답변을 들으니 다행이라 여겨졌다. 실은 전날 담당국장인 신공항본부장을 만나 청원운동의 필요성을 설명하고 예산지원을 요청했는데 한 마디로 거절당했던 것이다.

"TK는 절대로 부산시의 협력 제의를 받아들이지 않을 것입니다. 오히려 청원운동을 통하여 동남권 주민들의 힘을 결집시키는 것이야말로 TK와의 협상이나 대통령의 마음을 움직이는 데 효과가 있을 것입니다."

"신공항 문제는 매우 조심스럽게 다루어야 합니다. 저희는 모든 상황을 종합적으로 관리하고 있습니다. 특히 예민한 시기에 TK를 자극하면 역효과가 날 수 있으니, 다음에 저희가 필요로 하는 시기에 도와주시면 감사하겠습니다."

담당업무를 책임진 국장으로서 신중한 자세를 취하는 것은 무어라 할 수 없겠으나 왠지 그 사람과는 그다음 대화가 이어지지 않았다. 국장과는 말이 통하지 않는다고 판단하여 시장을 만나 보기로 했던 것이다.

다음날 기획실장으로부터 전화가 와서 다시 만났다.

"교수님, 저희가 분석해 보니 지금의 조직으로는 100만 청원은커녕 초반에 박살 날 것 같습니다."

"저도 그렇게 생각합니다."

"잘 아시면서 왜 무리한 일을 하시려 합니까?"

"김해시를 말릴 수 없으니 도울 수밖에 없지 않겠습니까? 다음에 우리가 김해시에 아쉬운 부탁을 해야 할 일도 있지 않을까요?"

"부시장님을 포함한 시청 간부들이 모여서 회의했는데 부산시가 개입해서는 안 되겠다는 결론에 도달했습니다. 다음 기회에 같이 힘을 합치면 어떻겠습니까?"

실장을 믿어 보았는데 담당국장의 말과 다르지 않았다. 시장 면담도 불가능해졌다.

청원운동의 개시 여부에 대한 최종적인 판단의 시간이 다가왔다. 이미 2월 25일을 개시일로 확정하였고 당일 오전에 기자회견을 하겠다고 부산시 출입기자단에게도 통보해 둔 상태였다.

기획실장을 두 번째로 만난 날이 2월 22일 금요일이었으니 토요일까지는 결정을 내려야 했다. 취소한다면 먼저 기자단에게 알려야 했으므로.

부산의 원로 시민운동가인 장 대표께 전화를 냈다.

"장 회장님, 시청의 지원이 없는 상태에서 가능하겠습니까?"

"울산시에서도 기자회견에 참여하는 것이 확실합니까?"

"최소한 한 사람은 회견장에 올 수 있도록 하겠습니다."

가덕도에 뛰어든 사람

"그러면 일단 시작합시다. 시민단체에서 관의 결재를 받을 필요는 없다고 봅니다. 우리가 먼저 시작하면 관에서 따라올 수도 있을 것입니다."

"잘 알겠습니다. 그대로 진행하도록 하겠습니다."

장 대표가 이번에는 운동가다운 결기를 보여 주었다.

나도 마음을 굳혔다.

다음날인 토요일 오전에 기획실장으로부터 또 전화가 왔다.

"교수님, 지금 부시장님과 의논 중인데 부산시의 입장이 아주 난처합니다. 청원운동의 시기를 좀 늦추어 주시면 안 될까요?"

"저 혼자 결정은 어려우니 잠시 의논할 시간을 주십시오."

김해시의 류 대표와 통화하니 의지가 확고했다.

"오늘 오후까지 부산시에서 부시장이든, 기획실장이든지 책임 있는 인사가 언제 시작하겠다는 약속만 해 준다면 미룰 수 있겠습니다. 그러나 막연히 다음 기회에 하자고 한다면, 받아들일 수가 없겠습니다. 김해는 모든 준비를 마치고 시작 날짜만 기다리고 있습니다."

다시 기획실장과 통화하니 "약속 날짜를 말할 수는 없다."라고 했다. 우리는 부산시의 만류에도 불구하고 기자회견을 강행하기로 했다.

다가오는 월요일의 기자회견을 앞두고 나에게는 고민거리가 하나 있었다. 애당초 부산 지역의 장 대표와 여성단체 주 대표를 청원운동본부의 상임대표로 영입할 때 장 대표는 조건을 하나 걸었다.

"100만 청원이 실패해도 좋으나 반드시 울산시에서도 누군가가 참석해야 저도 참여하겠습니다."

장 대표는 "부·울·경이 함께해야 명분이 생긴다."라고 했고 또 기자회견장에도 반드시 나와야만 자신도 상임대표를 맡겠다는 명확한 단서를 달았던 것이다.

경남의 경우 김해시에서는 시의회의 역대 공항특위 위원장과 류 대표의 열성적인 노력으로 시장과 시의회, 시민단체가 한마음이 되어 김해신공항이 지정된 지 6개월쯤 되면서부터 본격적으로 반대 운동을 펼치고 있었다.

당초에 김해시장은 "김해신공항이 지역발전에 도움이 될 수도 있다."라며 찬성하는 쪽의 발언을 하기도 했으나, 류 대표의 끈질긴 시위와 설득에 따라 마침내 시민단체와 입장을 같이하고 적극적인 지원자가 되었다.

거제시에서는 조선업의 불경기 여파로 관광산업을 전략사업으로 육성할 생각을 하면서 가덕신공항의 유치가 필요하다고 보았고, 이를 위한 자생적 시민단체가 반 대표를 중심으로 활발한 움직임을 보이고 있었다.

따라서 경남은 두 지역이 중심이 되어 확산되고 있으므로 문제가 적었으나 울산은 달랐다. 울산시는 인구가 115만 명 정도로 내가 만난 공직자들은 대부분 지역의 숙원사업 해결에는 관심이 있었으나 지방분권이나 개헌 같은 전국적인 의제나 동남권과 연계된

가덕도에 뛰어든 사람

광역적 사업에는 소극적인 편이었다. 시민운동도 활발하지 못한 데다 신공항에 대해서는 관심을 두는 단체가 전무했다.

나는 예전에 분권 운동을 함께하고 부산대 NGO 대학원에서 박사 학위를 받은 후 울산에서 '여성문화공간'을 개설하여 시민운동을 벌이는 선 대표에게 울산 지역의 상임대표를 맡아달라고 부탁했다.

그녀는 기꺼이 수락해 주었고 공동대표도 몇 명 섭외해 주었다. 그렇지만 기자회견이 열리는 월요일 오전에는 '여성문화공간'의 강좌가 열려 누구도 참석하기 어렵다고 했다.

토요일 오전에 장 대표와 통화하기까지도 나는 울산에서 참석할 수 있는 사람을 찾지 못한 상태였다. 울산대 정책학과의 후배 여교수에게 부탁하니 "정치적 문제라 참여하기 곤란하다."라고 했고, 막역한 대학 선배이자 울주군 소재 한정식 '도동산방'의 창업주로 어쩌면 시간이 있을 것 같은 김 박사께도 사정을 말씀드렸는데 하필이면 그날은 약속이 있었다.

'울산 없이 기자회견을 할까?'라는 생각도 해 보았지만, 장 대표의 거듭된 다짐을 생각하니 도저히 그럴 자신이 없었다.

'어떡한다?'

고민하던 중에 별안간 눈앞이 밝아졌다.

'울산에는 동생이 살고 있지!'

내 바로 밑의 동생은 서울에서 다국적 중견 기업의 사장을 지내다 임기를 마치고, 울산에서 가스 관련 협의회의 사무국장으로 근무하고 있었는데 평소에는 바쁘지 않다고 했다.

"월요일 오전 10시 반까지 부산시의회 브리핑 룸으로 와줄 수 있겠나?"

"형님, 만사를 제치고 가겠습니다."

기자회견은 일단 성공적이었다. 참석자도 많았고 기자들도 큰 관심을 가지고 질문을 많이 했다.

나는 기자회견문의 작성자였으므로 당연히 기자들에 대한 답변도 맡았다. 기자회견장에서는 과연 장 대표의 예상대로 어느 기자가 울산 대표를 찾았다.

"울산에서는 동남권 신공항 건설을 어떻게 보십니까?"

"울산시민들은 공항 문제에 관심이 적은 편이지만 김해신공항 대신 동남권 신공항이 들어선다면 지역발전에 도움이 될 것이라 봅니다."

동생은 무난한 대답을 했다. 모든 것이 천만다행이었다.

기자회견이 있기 전날 밤, 자정을 넘기는 시점에 김해시 본부에서 청와대 홈페이지에 접속하여 청원문을 탑재하였고, 부·울·경 청원운동본부의 임원들은 기도하는 마음으로 청원에 동의했다. 아침부터는 청원용 링크 파일을 주변에서부터 멀리까지 전파시키는 일만 남게 되었다.

나는 청와대 홈페이지에 게시된 '김해신공항 반대 부·울·경 100만 청원'이라는 제목의 청원문을 통하여 "김해신공항이 7조 원이라면 같은 돈으로 가덕신공항을 지을 수 있다."라는 메시지를 전하고

가덕도에 뛰어든 사람

자 했다. 김해신공항은 당초 4조 2천억 원에서 출발했으나, 2017년 예비타당성 조사에서는 6조 원, 2018년 기본계획 초안에서는 7조 원 규모로 공사비가 늘어났던 것이다.

기자회견을 마치고 지인들에게는 개별적으로 협조문과 링크 파일을 보냈고, 단톡방과 가입한 밴드에도 모두 청원용 자료를 올렸다.

하지만 개별적인 홍보에만 집중할 수가 없었다. 검증보고서 작성 과제도 남아 있었지만, 무엇보다도 부산시의 운동원들에게 필요한 홍보물의 확보와 배포를 위한 경비가 필요했다. 청원운동은 이미 시작되었으나 우리는 홍보물 하나도 지니지 못한 빈손이었다.

부산시의 행사를 살펴보니 기자회견 다음 날 해운대 벡스코에서 신공항 관련 세미나가 열리는데 시장의 축사가 예정되어 있었다.

간단한 설명 자료를 준비하여 시장께 전달할 봉투에 넣고 일찍부터 행사장에 참석하여 온 신경을 집중하며 기다렸다.

고대하던 시장은 오지 않았고 축사는 경제부시장이 대신하였다. 맥이 풀린 상태에서 옆자리를 보니 친분 있는 상공회의소 임원 한 명이 보였다. 행사를 마치는 즉시 그 임원에게 청원 관련 자료를 보이고 사정을 설명하니 우선 자신의 직권으로 1,000만 원을 지원하겠다고 했다.

한 푼이 아쉬운 형편에 그나마 다행이었지만, 그것은 코끼리 비스킷에 불과했다. 100만 서명에 10억 원에 상당하는 에너지가 소요될 것으로 예측되었으니 100만 청원 역시 유사한 에너지가 소요될 것이었다.

청원운동에 돈이 들 것으로 생각한 것은 '김해신공항 반대'라는 주제가 국민이나 부·울·경 주민의 공감을 얻기 어려운 요소가 있을 뿐더러 청와대 청원 사이트에 이미 유사한 주제가 몇 개나 올려져 있었는데 청원 실적도 모두 형편없이 저조했기 때문이었다.

돈이 아니라면 부산시의 행정력이라도 동원되어야 말이 될 것이었다. 그것이 내가 시장을 만나고자 하는 이유였다. 또 한 가지 이유는 시장과 공무원은 입장이나 생각의 폭이 다르므로 분명 청원운동을 외면하지는 않으리라는 믿음도 있었다는 것이다.

청원운동은 이미 개시되었으니 격식이나 절차를 따질 계제가 아니었다. 시장의 측근으로부터 휴대폰 번호를 확인하고 저녁 시간에 시장에게 직접 2차례 전화를 했으나 발신음만 갈 뿐 받지 않았다.

다음날 오후에는 시장실로 직접 전화를 걸었다. 비서실 직원이 용건을 물었다.

"해동대 명예교수 박우석입니다. 신공항 관련 청원운동 관계로 통화하고자 합니다. 시장님 연결 부탁드립니다."

"잘 알겠습니다. 시장님께 말씀드리겠습니다."

두 시간이 지났는데도 연락이 오지 않았다. '이번에도 통화가 되지 않으면 개인적인 신뢰는 접어야겠다.'라는 생각이 들었다.

바로 그 순간에 휴대폰이 울렸다.

"박 교수, 오래 기다리게 해서 미안합니다. 요새 내가 많은 사람에게 이런 일로 욕을 먹고 있습니다."

"시장님, 김해시가 100만 청원운동을 시작했는데 좀 도와주셔야 합니다."

"참모들로부터 대략적으로 보고는 받았습니다."

"참모들 말씀만 들으시면 곤란합니다. 청원에 실패하면 부산시도 타격을 받게 됩니다."

"참모들의 방향이 정해지면 나도 어쩌기 어려운데 좌우간 한편 살펴보겠습니다."

"김해를 그대로 두시면 안 됩니다. 꼭 좀 도와주시기 바랍니다."

시장실에 직접 전화를 한 것은 '오 시장과 나는 신공항에 관해서는 동지적 관계에 있다.'라는 생각을 가지고 있었기 때문이다.

오 시장과는 개인적 친분이 없었으며, 2018년 지방선거 기간에도 선거 캠프에 참여하여 돕지는 않았지만, 나는 김해신공항의 반대에 앞장서 왔으므로 결과적으로 그의 선거나 시정방침에 도움을 주었다고 여겼다.

청원 개시 이후로 하루에도 몇 차례씩 청원 참여 인원수를 확인해 보았는데 3일도 지나지 않아 청원운동이 대실패로 끝날 것을 직감했다.

첫째 날은 2천 명 정도가 동의했으나 다음 날부터는 증가 수가 현저히 떨어졌다. 애초 우리의 준비가 부족했으니 100만 명 청원 달성은 불가능할 것으로 보았지만, '청와대가 응답하는 20만 명은 달성할 수도 있겠다.'라는 기대는 있었다.

김해시 인구가 55만 명이니 초기에 3만에서 5만 명 정도만 참여해 준다면 청원의 동력이 살아나 부산에도 불길이 붙을 수 있다고 보았다.

김해시의 공무원들과 시민단체 대표들은 "민관이 혼연일체가 되어 참여할 것이며, 고등학생들까지 참여하기로 했다."라고 호언장담했는데 이제 그 말은 믿을 수가 없게 되었다.

'김해시를 믿지 말고 부산에서 독자적으로 추진해야겠다.'라는 각오를 해야 했다.

우선 1,000만 원으로 동남권의 유력일간지인 『부산일보』와 『국제신문』에 이틀씩 광고를 하고 남은 돈으로는 홍보물을 만들었다. 신문사에 있는 아는 사람들에게 "시민단체가 공익목적으로 하는 것이니 할인해 달라."라고 떼를 썼다.

'새싹단'의 이 대표에게는 민주당 부산시당과 접촉하여 당원들에게 청원 협조 문자와 링크 파일을 전달해 달라고 부탁했다.

청원 시작 10일을 넘기면서 청원 인원은 겨우 3천 명을 넘겼을 뿐이었다. 김해시는 무력했으며, 신문 광고나 민주당 부산시당의 협조 문자도 별반 효력이 없었다.

언론에서는 부·울·경의 청원운동이 실패할 것이라는 기사를 내보내기 시작했고, 청원운동 임원들조차도 지인들에게 전파할 용기를 잃어 가는 것 같았다. 나도 비로소 두려움을 느꼈다.

삼국지 형주 전장(戰場)에서 쫓기는 유비의 군사들 앞에 조조의 100만 대군이 들이닥치듯이, 내 앞에도 100만 대군이 밀려오는 듯했다.

가덕도에 뛰어든 사람

'무슨 대책을 세워야 하는데, 그때 제갈공명은 어떤 계책을 내었지?'

패배할 것이 확실한 전투를 지휘하는 장수와 낙선할 것을 뻔히 알면서도 선거전을 이어가야 하는 후보자의 심정을 알 것 같았다.

'나는 과연 이 전투에서 무엇을 얻고자 하는가?'

그 순간 가장 절실했던 것은 나 자신부터 패배의 두려움을 떨치고 극복해야 하는 것이었다.

나는 다방면으로 반전의 전기를 찾고자 했다. 부산시장과의 통화 이후로 시장 측근의 유력 참모를 만나 보았으나, 결국 부산시의 지원을 받을 수는 없었다.

민주당의 지원은 '새싹단' 이 대표에게 맡겨 두었는데 진전이 적었으므로 내가 직접 시당위원장과 약속을 잡았다. 이 대표가 서운해할 수도 있을 것 같아서 함께 자리하도록 했다.

민주당 시당위원장도 바쁜 사람인지라 밤늦은 시간이 되어서야 면담이 가능했다. 그날은 '부·울·경 검증단' 회의가 있었기에 김해에서 저녁을 먹고 위원장의 사무실을 찾았다. 어렵사리 주차하고 차에서 내리니 3월 초의 밤공기가 무척 싸늘했다.

"신공항은 대통령께서도 관심을 표명하신 것이니 민주당에서도 청원운동에 적극 협조해 주시기 바랍니다."

"부산시당은 가덕신공항을 적극적으로 지지하며, 중앙당에서도 지지할 수 있도록 노력하겠습니다. 그러나 이번 청원운동에 공식적으로 참여하기는 곤란하니 시민단체 차원에서 마무리해 주시기 바랍니다."

믿었던 민주당의 협조도 기대할 수가 없게 되었다. 나는 청원운동의 목표를 바꾸기로 했다.

'청원운동을 통하여 김해신공항의 문제점과 동남권 신공항의 필요성을 홍보하는 계기로 삼아야겠다.'

패배를 받아들이고 운동의 방향을 바꾸게 되니 마음이 홀가분해졌다. 남은 기간 동안 우리의 역량에 맞게 최선을 다하는 일만 남게 된 것이다.

그 후 청원운동을 전국적 이슈로 만들기 위하여 매주 토요일 밤 정관용 교수가 진행하는 〈KBS 생방송 심야토론〉의 작가와 통화를 했다. 정관용 진행자와는 과거에 라디오 방송 토론에서 만난 적이 있으므로 어쩐지 기대가 되었다. 방송 작가의 연락처는 KBS 본사나 인터넷을 통해서 알 수 없었으므로 부산 KBS를 통해서 묻고 또 물어서 간신히 전화번호를 얻을 수 있었다.

"동남권 신공항은 대통령도 언급한 주요 의제이니 심야 토론에서 다루어 주시기 바랍니다."

"우리도 상황을 파악하고 있으나, 아직은 신공항이 우리가 다루어야 할 핫이슈가 아니라고 봅니다. 때가 되면 저희가 먼저 연락을 드리겠습니다."

부산 지역의 대학생들에게도 홍보를 할 필요가 있어 부산대와 해동대를 시범 대학으로 선정했다. 총학을 통하여 학생들에게 문자를 보내는 것이 가장 효과적인 방법인데 이를 위해서는 총장 차

가덕도에 뛰어든 사람

원의 협조가 있어야 했다.

부산대는 '가덕신공항 포럼'의 공동대표인 정 교수가 맡기로 하고 나는 해동대 총장에게 협조를 받기로 했다.

다행히 두 대학에서 총장들이 취지를 이해하고 협조해 주었으므로 우리는 총학생회 간부들과 만날 수 있었다. 나는 해동대 총학 간부들과 서면의 '부산초밥'에서 점심을 같이했다.

"교수님, 저희가 문자는 보낼 수 있는데 학생들이 청원에 동의할지 여부는 장담할 수 없습니다."

"우리 대학생들도 지역의 현안을 알고 있어야 하니, 알리는 자체로 충분히 기여하는 것입니다."

이어서 모교인 부산대와 경남공고 동문회 명부에서 전화번호를 발췌하여 청원용 링크 파일을 첨부한 단체 메일을 수천 통 발송했다.

그러나 이 모든 시도에도 불구하고 청원의 동의 수는 답보상태를 면치 못했다.

거리에서 홍보물을 배포하고 직접 시민들을 접촉해 온 팀들도 애로가 컸다.

젊은이들은 도무지 관심이 없었고 연로한 분들은 휴대폰이 있어도 청원 접속을 위한 로그인 자체를 할 수 없었던 것이다. 절친 진석만 해도 30분가량 접속을 시도하다 그만두었노라고 했다.

이런 와중에 원로 운동가 장 대표와 '새싹단'의 이 대표는 회원들과 함께 청원운동의 마지막까지 노력해 주었다. 우리는 거리에서 지나가는 행인들에게 청원기간 내내 홍보용 전단지를 돌렸다.

마지막에는 '새싹단' 이 대표의 제의로 서면 '젊은이의 거리'에 집회 신고를 하고 세 차례에 걸쳐 풍물단을 동원하여 한바탕 길놀이를 벌였다. 풍물 소리는 위축되어 있던 우리의 마음을 훈훈하게 하고 용기를 주기까지 했다.

　청원운동은 그렇게 끝이 났다. 전체 청원 동의자는 5천 명에도 미치지 못했다. 엄청난 실패였다.

　청원운동이 종료된 후 나는 장 대표와 '새싹단' 이 대표와 같이 그간의 활동을 돌아보고 후속 대책을 논의했다.

　"두 분 모두 끝까지 수고 많으셨습니다. 감사합니다."

　50대 초반의 씩씩한 여성 운동가 이 대표가 먼저 답했다.

　"박 교수님이야말로 크게 수고하셨지요. 풍물단 동원비나 식대도 자비로 지원해 주셨고요."

　"두 분도 소속 회원들의 식대며 교통비를 대느라 고충이 많았을 것으로 압니다. 특히 연로하신 장 대표님께서 끝까지 거리에서 홍보를 해 주셔서 큰 힘이 되었습니다."

　"저야 뭐 수고랄 것이 있겠습니까. 젊은 두 분이 수고하셨지요."

　"장 대표님, 우리가 실패하게 된 원인이 무엇이라고 보십니까?"

　"청원운동이 '가덕신공항 건설'이 아닌 '김해신공항 반대'라는 이슈로 전달되어 부산시민들에게 다가가지 못한 점도 있었겠지만, 아직까지 '신공항 재추진'이라는 주제가 부산시민들이 너나없이 자발적으로 참여하는 '시민 의제'로까지 발전하지는 않았기 때문이라고

　　　　　　　　　　　　　　가덕도에 뛰어든 사람

봅니다."

"기자회견까지 했으면서 참담한 실패를 했는데 앞으로 어떻게 입장을 정리하면 되겠습니까?"

"손상된 것은 대표로 나선 우리의 체면일 뿐, 신공항 운동 자체가 패배한 것은 아니라고 봅니다. 우리는 조그만 전투에서 졌을 뿐 전쟁의 승패가 결정된 것은 아니기 때문이지요."

장 대표의 발언에 이 대표가 크게 공감을 표시했다.

"장 대표님 말씀이 옳습니다. 향후의 운동 방향도 잘 알 수 있게 되었으니 소득이 전혀 없었다고는 볼 수 없겠지요. '부·울·경 청원운동본부'를 해체하지 말고 앞으로 부·울·경이 참여하는 새로운 운동기구로 출범시키면 좋겠습니다."

실제 이 대표의 발언대로 그 후 '부·울·경 범시민운동본부'가 결성되어 신공항 추진을 위한 운동 과정에서 중요한 역할을 하게 되었다. 내가 참여하는 '천지회'에서도 청원운동을 계기로 가덕신공항에 대한 관심도가 크게 높아졌으므로 운동의 효과가 전혀 없었던 것은 아니었던 셈이다.

청원운동이 시작되기 전에 나는 이 대표의 역할에 대하여 내심 우려했는데, 청원이 끝나는 시점에서 이 대표는 어엿한 시민단체 지도자로 변모한 것 같았다. 그 시점에서 민주당 당적도 버렸다고 했다.

끝내지 못한 대국(對局)

"**박 교수,** 이세돌 은퇴 대국 봤나?"

"응, 남 원장은?"

"나도 마침 시간이 맞아 운 좋게도 보게 되었어. 실황 중계를 본 거지."

"이세돌이 전성기를 넘겼는지, 아니면 인공지능(AI)이 강해졌는지 이제 상대가 되지 않더군."

옆에서 종건과 대국하던 진석이 거들었다.

"그래도 이세돌이 승부에 연연하지 않고 은퇴 자체를 기쁘게 받아들이는 점은 보기 좋았어."

한인들은 중년에 접어들면서 매년 분기별로 만났는데 바둑을 좋아하는 사람들은 오후에 서면에 있는 단골 기원에서 먼저 만나고, 나머지 사람들은 저녁 식사 장소로 온다. 그날은 2019년을 마감하는 망년회를 겸한 모임이어서 노래도 한 곡씩 부를 작정이었다.

바둑은 흔히 수담(手談)이라고 하는데 고수들은 말없이 반상에서 바둑돌로 대화를 나누지만, 하수들은 시끄럽기까지 하다. 우리는 바둑판을 대하면 거의 말을 하지 않지만 오늘은 저마다 한마디씩 보탰다.

"은퇴 대국이 언제였지?"

"일주일쯤 전이니 12월 21일이었지."

"이번에는 이세돌이 2016년에 인공지능 '알파고'와 대국할 때와 치수가 달랐다면서?"

"그때는 대등하게 호선으로 하였으나, 이번 인공지능(AI) '한돌'과의 3번기에서는 첫판과 셋째 판은 이세돌이 흑번으로 두 점을 깔고 일곱 집 반의 덤을 주는 방식이었고, 둘째 판은 흑번으로 두었지."

"첫판을 이기고 나머지는 모두 졌다면서?"

"그 정도도 굉장한 거지."

"'알파고'와의 5번기에서도 인간계 대표로 나선 이세돌이 겨우 한 번 이겼지. 그때도 굉장한 성과라고 떠들었지, 아마."

"AI는 이제 바둑의 신이 되어버렸어."

"인간이 바둑의 신과 겨루려면 몇 점을 깔아야 할까?"

"가만있자, 신과의 대국이라… 그래, 생각났어!"

"신과의 대국에 관한 질문은 중국 기사 린 하이펑(林海峰)이 가장 먼저 받았던 것 같아. 지금부터 60년 전인 1960년대에 일본 기원의 일인자였던 린 하이펑은 20대 나이에 넉 점이면 신과도 해 볼 만할 것이라 했다지."

"맞아, 나도 들은 기억이 있어."

"우리나라 서봉수 명인도 넉 점이라고 했다지."

"또 한 사람 더 있지."

바둑의 짝이 맞지 않아 옆자리에서 지켜보던 8년 연상의 고 선배도 이야기에 가세했다.

"괴물이라 불리는 후지사와가 혹 석 점이면 바둑의 신과도 겨룰 수 있다고 했다가 '목을 걸고 둔다면 넉 점을 놓아야 할 것.'이라고 수정했지."

"형님, 후지사와가 왜 괴물인지는 아시지요?"

종건도 바둑판에서 눈을 떼고 끼어들었다.

"내가 한번 말해 볼거나. 유래가 확실치는 않지만 후지사와 슈코(藤沢秀行)는 오십을 넘긴 나이에 세계에서 상금이 가장 많은 '일본 기성전'에서 1977년부터 1982년까지 6회 연속 우승한 경력이 있어 '명예 기성(名譽 棋聖)' 칭호까지 받았는데, 아마 그게 별명을 얻은 계기가 되었을 것이야."

종건이 고 선배의 설명에 덧붙였다.

"'일본 기성전' 상금은 2017년부터 4,500만 엔이 되었지요. 후지사와는 제자들 중에서 조훈현을 유독 사랑했고 두 사람의 각별한 인연은 바둑 팬들에게도 잘 알려졌지요. 2009년 83세에 타계했을 겁니다."

나는 기력이 아마추어 초단 정도로 기원에서 둘 때는 4급 정도라고 말한다. 언제부터인가 종종 스스로에게 반문해 보고 있다.

'내 인생 경륜은 과연 어느 정도일까, 역시 4급 인생일까?'

가덕도에 뛰어든 사람

기력은 낮은 편이었지만, 나는 인생 자체를 한 판의 대국으로 생각하며 복기(復碁)와 장고(長考)를 거듭해 왔다.

20대부터 정년까지를 한 판의 바둑에 비유한다면, 초반에는 포석에 실패하여 '빛 좋은 개살구'처럼 세력만 조금 쌓았을 뿐, 실리의 균형이 완전히 무너진 형세를 취했다.

20대에 나는 석사학위만 취득했을 뿐 고시와 연애에 모두 실패하고, 병역마저 회피하여 자긍심마저 손상을 입게 되었다. 뒤늦게 부산은행에 입사하기는 했으나 난생처음으로 목표를 잃고 방황했다.

중반에 들어 접어서는 무리를 감행하고 고심 끝에 묘수를 발견하여 쓸모없어 보이던 세력을 집으로 만들고, 가까스로 실리의 균형을 유지하였다. 그러나 적의 세력권에 일단의 대마를 방치할 수밖에 없었으니 대마가 살면 승리할 가능성도 있었지만, 실패하면 영락없이 불계패할 위태로운 형국이었다.

중반은 30대에서 50대까지라 보면 될 것이다. 박사과정 진학과 어묵 공장 인수, 청탁을 통한 교수직 취득의 시도와 같은 일련의 과정이 처절한 전투요, 고심 끝에 나온 묘수라 할 수 있을 것이며, 쓸모없던 세력이란 학력과 발 넓은 교우 관계에 해당할 것이다. 대학에서 맺은 인맥을 자산으로 삼아 교수가 됨으로써 비로소 경제적으로나 사회적으로 정상인이 될 수 있었다.

대마의 방치란 건강 상태를 의미한다. 나는 중년에 들어서 키 168㎝에 체중이 50kg까지 내려가는 경우가 드물지 않았다. 만성위염으로 두통을 겪고 위산을 토하는 날이 잦았으나 일을 멈추지 않았다. 건강이 염려되지 않은 것은 아니었지만, 일에 대한 의욕을 억제할 수 없었다.

육십이 되던 해에 '해운대백병원'에서 가장 비싼 VIP 건강진단을 신청하여 전반적인 건강 상태를 체크했다. 뇌혈관에 문제가 없었고 암과 성인병도 발견되지 않았다. 척추 부분 골다공증 우려와 위염 증세가 있었고 "운동이 필요하다."라는 진단이 나왔지만, '이만하면 대마는 살았다.'라는 안도감이 들었다.

종국이 가까워지면서 운 좋게 대마는 살아났기에 내 인생의 대국은 간신히 몇 점을 남길 승국이 예상되었다.

남은 것은 끝내기였다. 아마추어 바둑은 물론 프로의 세계에서도 끝내기로 승부가 뒤집히는 경우는 허다하다. 정년까지를 종국으로 본다면 5년이라는 시간이 남았고 그 시기를 무사히 넘겨야 승국이 되는 것이었다.

대부분의 교수가 정년퇴직을 하지만, 요즈음은 해동대에서도 정년을 채우지 못하는 사태가 빈번하게 나타나고 있다. 무슨 사고라도 생긴다면 정년 이후 '명예교수'도 되지 못하고 '불명예교수'가 될 수도 있다.

특히 2016년 9월부터 「김영란법」이라고도 불리는 「청탁금지법」이 발효되고, 미투 운동이 활발해지면서부터 교수 사회에서는 사고가 생길 가능성이 더욱 커졌다.

군대에서나 하던 "제대 말년이면 낙엽도 밟지 않는다."라는 말들

가덕도에 뛰어든 사람

이 퇴직을 앞둔 교수들의 농담에서도 심심찮게 등장하고 있었다.

바둑 황제 조훈현의 뒤를 이어 한동안 '바둑의 신'으로 불리고 '돌부처'란 별명이 붙은 이창호는 끝내기에서 역전패하는 경우가 없었다. 그는 종반에서 반집이라도 국면이 유리하면 변화 자체를 허용하지 않고 국면을 마무리할 수 있는 능력을 지녔다. 그 대신 바둑 자체도 밋밋하여, 현란한 변화를 수반하는 조훈현이나, 이창호를 이어 바둑 황제로 등극했던 이세돌의 바둑보다는 영 재미가 없었다.

내 인생의 대국은 순탄한 끝내기가 예상되지 않았다. 나는 정년까지 그냥 조용히 지내도 성공한 인생이라고 할 만한 업적을 쌓지 못했기에 끝까지 치열한 노력을 기울여야만 했다. 초반 포석의 실패가 종반까지 이어져 대마가 생환하더라도 그냥 이길 수 있는 국면이 아니었고 좀 더 투쟁할 필요가 있었던 것이다.

육십을 넘기면서 최초로 대학에 연구년 신청을 하여 한 해 동안 강의를 하지 않았지만, 그 해는 어머니의 임종을 지켜보고 학회의 지방분권 관련 주제의 용역을 하면서 흘려보냈다.

대학 복귀 후에는 박사학위 논문지도와 학과 교수 충원과 관련된 전공과목 선정 과정에서의 의견 차이로 30년간 교우 관계를 맺어왔던 문 교수와 서먹한 관계로 돌아서게 되었다.

퇴직 6개월 전까지 지역발전연구소장을 맡아 연구소의 논문집을 '한국연구재단'의 등재후보지로 격상시키기 위하여 분투하면서 체력이 거의 고갈되었다. 그런 상태에서 정년을 맞았다.

'내 인생 대국은 과연 승국이라 말할 수 있는 것일까?'

생존 경쟁에서 살아남기 위한 개인적인 투쟁이나 생활인의 관점에서 본다면 나는 몇 점이라도 남긴 승자라는 생각이 들었다. 나는 세 가지 관점에서 승패를 구분하고자 했다.

첫째, 나 자신이 출세하지는 못했지만 착실한 학문적 성과를 쌓아 교수로서 보람을 느꼈다. 아내도 교직을 마치고 그럭저럭 건강한 생활을 하고 있으며, 큰딸 내외와 작은딸도 모두 제 길을 잘 가고 있다. 요즘은 세 살배기 외손녀가 할아버지와 놀기를 좋아하기까지 하니 기본적으로 패배한 인생은 아니라고 본 것이다.

둘째, 형제들의 살림살이에 큰 걱정이 없어진 것과 조카들 역시 제 앞길을 잘 열어 가고, 큰형님 생존 시와 마찬가지로 형제들이 설 추석이면 기꺼이 하룻밤을 같이 보내고 있다. 처가 식구들과도 일 년에 몇 차례는 다 함께 만나서 담소를 나누고 있으니 이러한 집안의 화목은 상당한 가산점이 될 것이었다.

셋째, 우정의 최소 범위로 설정한 한인들도 애써 노력할 필요가 없을 정도로 관계가 좋아졌으니 이 또한 적지 않은 가산점이라 여겨졌다.

'그러나 사회적 관점에서 본다면 세상에 무슨 유익을 남겼을까?'

교수가 되기까지 친구들을 비롯하여 너무나도 많은 사람에게 도움을 받았다. 나름대로 은혜를 잊지 않으려 노력했지만, 은혜의 채권자들에게 충분한 변제가 되었는지에 대해서는 자신이 없었다.

가덕도에 뛰어든 사람

지인에게 받은 은혜를 다 갚지 못한 것은 작은 윤리 규정인 의리를 배신하는 데 그치겠지만, 국가 공동체에 대한 채무는 갚을 길이 막막했다.

젊은 시절 병역을 회피했으므로 엄격한 법적 잣대를 들이댄다면 아마 이 세상에서 얼굴을 들고 살지 못했을지도 모를 일이다.

'그렇다면 나의 인생 대국은 어떻게 평가해야 하는가?'

'젊은 날의 과오에 페널티를 적용하면 과연 몇 점을 공제해야 하는 것일까?'

'페널티가 너무 커서 계가할 필요가 없이 불계패가 되는 것인가?'

'페널티를 만회할 수 있는 기회는 없는 것일까?'

나는 정년이 지났건만, 인생의 바둑판을 접을 수 없었다. 남은 사업을 마무리하고 다시 계가를 해 보기로 했다.

* * *

2019년 3월이 지나도 부산시는 대구·경북의 협조를 얻을 수 없었다. 대구·경북은 오히려 부·울·경의 동남권 신공항 추진을 '5개 시·도의 약속 위반'이라며 공격을 멈추지 않았다.

부·울·경에서도 대구·경북의 협조가 불가능하다는 사실을 깨닫고 독자적으로 '총리실의 검증을 통한 문제해결 방식'을 취하지 않을 수 없었다. 하여 '부·울·경 검증단'의 보고서 완성에 집중하는 한편 국토부에 총리실 검증 방식을 제의하였다. 총리실에서는 2019

년 6월에 "부·울·경과 국토부의 합의를 수용하여 검증하겠다."라는 의사를 표명했다.

검증단의 보고서는 2019년 5월에야 완성되어 발간되었다. 당초 2월 말에 발간할 예정이었으나 3개월이나 늦어졌다. 2018년 10월에 시작하여 무려 8개월이 소요된 셈이었다.

국토부가 추진하던 '기본계획 수립' 일정도 차질을 빚게 되었다. 애초 계획은 2017년 6월 26일에 시작하여 2018년 6월 26일에 종료하기로 예정되었으나, 김해시 주민들이 몇 번이나 공청회 개최 자체를 무산시켰고, 부·울·경 검증단의 의견과도 일치되지 못한 점이 많아 2018년 말에 '기본계획 초안'만 제시한 채 2019년이 다 가도록 마무리를 짓지 못하였다.

검증보고서 완료를 앞둔 4월 말, 검증단 사무실이 있는 '김해시 중소기업지원센터' 대회의실에서는 부·울·경 단체장이 참석한 '분과별 보고회'가 열렸다.

이 자리에는 '드루킹 사건'으로 구속되었다 보석으로 풀려난 김경수 경남지사도 참석했다. 부·울·경으로서는 김 지사의 구속으로 신공항 추진에도 큰 타격을 받을 뻔했는데 일단은 위기에서 벗어나게 되었다.

동남권의 3개 시·도지사들이 자리하고 핵심 참모들과 관련 실·국의 공무원들이 배석한 데다 기자들도 몰려 있어 분위기는 자못 엄숙했다. 김 지사가 대표로 개회사 겸 취지를 설명한 후 분과별 발표가 진행되었다.

가덕도에 뛰어든 사람

'법 제도 분과'는 김해신공항 추진과 관련된 모든 법률적인 사항을 검토하게 되므로 다른 분과와도 연계성이 있어 5개 분과 중 가장 마지막에 발표하였다. 발표는 당연히 책임자인 내가 맡았다.

"김해신공항은 2016년 ADPi가 작성한 '사전타당성 조사보고서'에서부터 2017년 '예비타당성 조사보고서'와 2018년 말에 제시된 '기본계획 초안'에 이르기까지 현행 법절차가 무시되고 있습니다."

폭탄 같은 발언에 발표회장은 일순 침묵하였고, 모두 긴장하는 눈빛으로 나에게 주의를 집중하고 있음이 느껴졌다.

"가장 심각한 것은 '사타보고서'입니다. 여기서는 「항공법」을 위반하여 항공기 진입표면의 장애물을 최소한만 절취하도록 함으로써 고의로 밀양과 김해 신활주로의 공사비를 대폭 축소시켰습니다. 그 결과 가덕도의 순위가 꼴찌가 되었고, 김해신공항의 안전등급도 1등급인 인천공항이나 무안공항과 달리 2등급 정도에도 미치지 못하게 되었습니다."

"'사타보고서'의 또 다른 문제점은 여객수송 용량산정의 왜곡이 심각하여 거의 불법적 수준에 이른다는 것입니다. ADPi는 신활주로가 건설될 경우 군용을 제외한 민간 항공기가 연간 299,000회를 운항할 수 있어, 3,800만 명 이상을 충분히 처리할 수 있다는 의견을 제시하였습니다. 그러나 이번 부·울·경에서 검증한 결과에 의하면 연간 민간 용량은 163,000회, 민간여객처리 능력은 2,500만 명 수준에 그칠 것으로 나타났습니다. 전문가들이 포진한 ADPi에서 용량 계산을 잘못할 가능성은 희박하며, 감독부서인 국토부 또한 그 정도의 상식을 지녔다고 본다면 이는 국토부와 ADPi가 공모하여 영남 5개 시·도를 속였다고 해석할 수밖에 없습니다."

발표내용이 충격을 주었는지 장내가 수군거리고 단체장들도 고개를 끄덕였다. 2016년에 ADPi가 김해신공항을 지정할 당시부터 불법적인 요소가 있다는 기사가 나돌았는데 그것들이 사실로 밝혀지고 있었기 때문이다.

발표는 이어졌다.

"'사타보고서'를 잘 살펴보면 '박근혜 정부에서 밀양을 지정하려다가 부산에서 시위가 격해지자 김해신공항으로 바뀠다.'라는 소문이 사실임을 확인할 수 있습니다."

다시 장내가 웅성거렸다. 폭탄 발인이 이어졌기 때문이리라. 분주하게 자판을 두드리는 기자들이 눈에 들어왔다.

"김해신공항이라 불리는 '서쪽 V자 활주로'는 1단계 장애물 평가에서 대안으로 검토조차 되지 않았습니다. 1단계 평가에서는 25개 후보지 중에서 11개가 선정되었는데 거기에는 김해공항 '동쪽 V자 활주로'가 '입지 11'이라는 번호로 포함되어 있었습니다. 그런데 2단계 정밀 평가에서는 갑자기 '서쪽 V자 활주로'가 '입지 11'이라는 번호로 등장하게 됩니다."

"만약 1단계의 활주로 양방향 장애물 평가 기준을 적용했다면 '서쪽 V자 활주로'는 탈락하고 말았을 것입니다. 김해의 반대 방향에 496m 높이의 승학산이라는 절취 불가능한 장애물이 있기 때문

가덕도에 뛰어든 사람

이지요."

"보고서에 이러한 문제점이 고스란히 남아 있는 것은 보고서 자체가 김해신공항을 지정한 이후에 허겁지겁 작성된 것임을 증거하고 있는 것입니다."

앞의 4개 분과에 비하여 우리 분과의 발표가 길어져 시계를 쳐다보았다. 마무리할 시간이 가까워지고 있었다.

"'사타보고서'에 이은 '예타보고서'와 '기본계획 초안'에서도 불법성은 이어지며 국토부 관료의 조직적인 음모가 엿보입니다."

또다시 장내가 수군거렸다. 앞자리 가운데 앉았던 오거돈 부산시장이 양쪽 옆자리의 울산시 송 시장과 경남도 김 지사의 얼굴을 번갈아 쳐다보고 있었다.

"기재부가 주관한 '예타보고서'에서는 김해신공항의 민간여객수요를 2056년 기준 2,856만 명, 국토부 주관 '기본계획 초안'에서는 이를 2,925만 명으로 예측하였는데, 이는 국토부가 김해신공항을 통해서는 사타에서 추정한 2046년 기준 3,800만 명을 처리할 수 없음을 알았기에 아예 문제의 소지가 있는 수요 자체를 줄이기로 한 것이라 봅니다."

"국토부는 '기본계획 초안'에서 항공기의 지상 이동로인 '서측 평행유도로'를 확충하면 활주로의 용량이 높아져 장차 3,800만 명을 처리할 수 있다고 합니다. 하지만 검증에 의하면 기존 서쪽활주로에 평행유도로를 설치하는 것은 대한항공테크센터와 같은 시설물이 있어 사실상 불가능할 뿐만 아니라, 가능하다고 해도 V자 활주로가 지닌 한계로 용량 증대는 미미할 것으로 봅니다. 따라서 김해 신공항은 아무리 시설을 확충시켜도 민간 여객 3,000만 명 이상을 처리할 수는 없을 것입니다."

여기까지 하고 일단 보고를 마쳤는데 우리 분과에도 질문이 많았다. 앞줄에 앉은 김 지사가 왼손을 반쯤 들고 오른손으로 마이크를 잡았다.

"'예타보고서'와 '기본계획 초안'의 불법이란 무엇을 말합니까? 또 기재부의 '예타보고서'에 국토부가 영향을 미친 증거는 있습니까?"

"가장 큰 문제는 두 보고서 모두 현행 「공항시설법」에서 규정한 항공기 진입표면의 장애물 절취기준을 따르지 않고, '사타보고서'에서 자의적으로 도입한 '비행 절차 2등급 기준'을 적용하고 있다는 것입니다. 이는 명백히 현행법규에 위배되는 것입니다. 2016년 당시 적용되던 「항공법」은 2017년부터 「공항시설법」으로 바뀌었지만, 장애물 절취기준은 동일합니다."

"국토부가 예타에 영향을 미친 증거는 기재부가 예타에서 「공항시설법」을 적용할 경우 김해 쪽 3개 산봉우리 6,600만㎡ 절취 비용 2조 1,000억 원을 계상할 필요가 있다.'라고 하자, 국토부는 '장차 항공학적 검토를 통하여 존치할 수 있다.'라는 의견을 제시했습니다. 기재부는 자신의 책임을 면하기 위하여 이러한 사실을 보고서에 남기면서 장애물 절취 비용을 제외한 공사비를 기준으로 경제성 평가를 한 것입니다. 만약 이러한 절취 비용을 포함시켰다면

가덕도에 뛰어든 사람

김해신공항은 예타 단계에서 탈락했을지도 모릅니다."

"이러한 국토부의 태도를 보면 '기재부가 예타에서 추정한 김해신공항 장래 항공 수요 2,856만 명'도 국토부의 보이지 않는 손에 영향을 받았을 가능성이 크다고 봅니다."

김 지사의 질문이 이어졌다.

"또 다른 위법성 문제가 있을까요?"

"활주로의 길이 산정에서도 국토부는 자체적으로 운영하는 '비행장 시설 설계매뉴얼'을 위반하고 있습니다. 항공기는 크기에 따라 A~F급으로 분류되는데, 국토부는 미국이나 유럽행 F급 대형항공기가 이착륙할 수 있는 관문 공항도 3,200m면 충분하다는 입장을 보입니다. 그러나 김해공항의 표고 4m와 최근의 공항 표준온도 31.46°C를 적용하면 최근까지 메이저급 항공사들이 주력으로 삼았던 F급 장거리 항공기 B747-400의 이륙에는 3,700m가 필요하며, 차세대 F급 주력 항공기로 등장했던 A380-800에는 3,500m가 필요하다는 계산이 나옵니다."

"표고와 온도가 왜 문제가 됩니까?"

"항공기의 이륙 과정에서 온도가 높아지면 공기 밀도가 낮아져 양력이 떨어지므로 활주로 길이가 늘어나야 합니다. 또, 비행장의 해발 높이도 대기의 밀도에 영향을 미치므로 국토부 매뉴얼에서는 표고가 300m 상승할 때마다 활주로 길이도 7%씩 증가하도록 규정하고 있습니다. 그렇지만 김해공항은 표고가 낮아 해발고도가 미치는 영향은 미미하다고 하겠습니다."

"그럼 3,700m이면 전혀 문제가 없습니까?"

"그것은 현재 온도 기준이고 2040년 기준 미래 온도는 현재보다 4℃가 높아질 것으로 전망되므로 3,800m는 되어야 안심할 수 있다고 봅니다. 인천공항의 제3 활주로는 미래 온도를 예상하여 4,000m로 설계된 것입니다."

"김해공항의 활주로 길이를 늘릴 수는 없는 것입니까?"

"ADPi 보고서에서는 후보지 선정기준으로 '3,500m가 바람직하다.'라고 언급하면서도 김해신공항을 선택하면서 '3,200m이면 충분하다.'라는 이중적인 태도를 보였습니다. 이는 '서쪽 V자 활주로'가 기존 활주로의 이착륙 방향과 서낙동강의 사이에 놓이게 되는 지형적 특성으로 단 10m도 연장이 불가하기 때문입니다."

"소음 분야에서 법규에 저촉되는 내용은 없을까요?"

이번에는 뒷줄의 누군가가 질문했다.

"소음 분야의 경우, 위법이라 말하기는 어렵지만 불합리한 측면은 있습니다. 기본계획에서는 현재 인구의 거주상태에서 최대 수요 2,925만 명을 기준으로 비행 횟수를 산정하고 등고선을 작성했습니다. 그래서 소음 지역 내의 계획된 아파트 등의 인구 및 미래에 들어설 인구에 대한 추정이 완전히 빠져 있고 3,800만 명 기준의 비행 횟수도 반영되지 않았습니다."

"국토부와 '부·울·경 검증단'과의 차이는 어느 정도입니까?"

"계획인구와 미래인구를 제외한 현재 거주상태에서 소음 대책이

필요한 70웨클 기준으로 국토부는 2,732가구, 부·울·경은 14,508가
구를 제시하는 큰 차이를 보이고 있습니다."

"여기에는 부산 강서구 주민들과 김해시 주민들이 모두 포함된
것입니까?"

"그렇습니다. 그러나 당장 도시계획에 따라 강서구의 들어설 에
코델타시티와 김해시 주촌 선천지구, 골든루트 등에 거주하게 될
10만 명가량의 주민들에 대한 소음피해가 계상되지 않았습니다."

"또 다른 문제는 없을까요?"

"2023년 1월부터는 새로운 소음측정 단위인 'Lden'으로 바뀌게
되며, 이를 적용할 경우 현재 거주상태에서 소음 영향은 14,508가
구에서 23,192가구로까지 늘어나게 됩니다. 김해신공항의 개항 시
기를 2026년으로 예상한다면 당연히 'Lden'을 적용해야 하지만, 국
토부는 이를 회피하고 있습니다."

"환경 분야에도 법적인 문제가 있을까요?"

"위법성을 확정하기에는 논란의 여지가 있지만, 몇 가지 문제가
있습니다."

"예를 들면 어떤 것이 있을까요?"

"대표적인 것으로는 첫째, 기본계획과 동시에 진행되고 있는 전
략환경영향평가에서 겨울 철새 서식지와 이동 경로를 왜곡시켜 조
류충돌 위험을 과소평가하고 있는 것입니다. 둘째, 신설활주로는
남북방향의 총연장 15.4㎞, 폭 30~60m에 이르는 국가하천인 '평강
천'을 가로지르면서 길이 2㎞를 매립하여 건설되게 되는데, 매립에

따른 생태축의 교란이나 하류의 오염에 대한 영향 평가가 전혀 이루어지지 않고 있는 것입니다."

검증단의 분과별 설명회에서는 대부분의 문제점이 '법 제도 분과'를 통하여 재확인되었지만, 항공안전, 소음, 공항시설 및 운영, 환경 분야의 발표에서는 더욱 세부적이고 기술적인 내용이 다루어졌다.

김해신공항은 이러한 위법성 외에도 3면이 산지로 둘러싸여 있어 착륙 실패 시, 재이륙에 따른 위험성과 서낙동강권의 광범한 생태계 파괴, 미래 소음 피해의 누락, 심야 운행 불가와 같은 문제점이 있는 것으로 나타났다.

검증단에서는 분과별 보고서를 토대로 집필진을 구성하여 검증 보고서를 발간하였다. 보고서 발간과정에서는 복잡한 기술적 내용을 간명하게 설명할 필요가 있었으므로 집필진은 다 같이 문장을 하나하나 검토하느라 많은 시간을 보냈다. 부단장인 최 원장이 집필 책임자가 되었고 나도 집필의 전 과정에 참여했다.

검증단의 보고서에 의하면 2016년 김해신공항이 발표될 당시에 제기된 의혹들은 모두 사실로 드러났다. 입지평가 기준은 불법적이었고 자의적이었으며, 창의적 발상이라던 이착륙 분리 V자형 활주로 역시 김해공항이 지닌 지형적 한계를 극복할 수 없는 대안임이 밝혀진 것이다.

2017년에 김해시가 실시한 용역에서는 '김해시민 33,000가구 86,000명이 70웨클 이상의 소음에 노출될 것.'이라는 전망이 나왔

　　　　　　　　　　가덕도에 뛰어든 사람

다. 이는 검증단의 분석 결과보다 분명 과다한 측면이 있지만, 검증단의 검증 결과에 '미래에 들어설 건축물들에 대한 소음피해'가 누락된 점을 감안하면 김해시의 소음예측이 지나치게 과장된 것이 아니라는 점도 확인되었다.

실제로 국토부가 인정하는 소음피해는 현실과 크게 동떨어진 측면이 있었다. 2018년 말에 제시된 국토부의 '기본계획 초안' 자료에 의하면 '현 상태의 김해공항으로 인한 부산 강서구와 김해시 주민들이 겪고 있는 전체 소음피해 규모는 70웨클 이상 기준으로 5,086가구'라고 밝혔으나, 2019년에 '부산지방항공청'이 실시한 용역보고서에 의하면 17,190가구인 것으로 나타났다. 따라서 국토부가 '김해신공항으로 인한 소음피해 규모가 강서구와 김해시를 합쳐 2,732가구'가 될 것이라는 주장은 소가 웃을 헛소리임이 명백해진 것이다.

총리실에서 2019년 6월에 부·울·경의 요청에 따라 검증을 수용했으나 구체적인 검증 방향에 대해서는 논란이 이어졌다.

그해 6월 20일에 부·울·경 단체장과 국토부 장관은 김해신공항 재검토 문제를 총리실의 결정에 따르기로 합의하고 다음과 같은 합의문을 남겼다.

"동남권 관문 공항으로서 김해신공항의 적정성에 대해 총리실에서 논의하기로 하고, 그 검토 결과에 따르기로 한다. 검토의 시기, 방법 등 세부사항은 총리실 주재로 국토부, 부·울·경이 함께 논의하여 정하기로 한다."

하지만 대구·경북은 즉각 반발했다. 먼저 자유한국당 대구·경북 지역 의원들은 21일 국회에서 기자회견을 열고 "선거를 위해서라면 무엇이든 하겠다는 것이냐. 정부와 부·울·경의 김해신공항 재검토를 절대 반대한다."라고 했다.

대구시장과 경북지사 역시 6월 21일 공동발표문을 통해 "김해신공항의 총리실 재검토는 국민의 신뢰를 실추시키는 동시에 영남권을 또다시 갈등과 분열로 몰아가는 행위이므로 영남권 시·도민 모두가 결단코 용납하지 않을 것."이라고 경고했다.

여기에 그치지 않고 이들 단체장은 25일 국무총리실을 직접 방문해 '총리께 드리는 건의문'을 전달하고, "김해신공항 건설을 정치적 수단으로 악용하는 일부 지역의 재검증 주장을 절대 수용할 수 없다."라며 총리를 압박했다.

대구·경북 지역의 언론과 시민단체들도 총리실 검증의 반대에 가세했으며, 심지어는 문재인 정부에서 행자부 장관을 지낸 대구시의 유일한 민주당 국회의원인 김부겸 의원과 민주당 대구시당 역시 반대 의사를 표명했다. 그들은 비록 민주당 소속이지만, 대구시라는 험지에서 정치 활동을 했으므로 민심을 고려하지 않을 수 없었다.

부·울·경에서는 대구·경북의 반발을 무마시킬 필요가 있었으므

가덕도에 뛰어든 사람

로 2019년 7월 말경 경남지사와 부산시장이 회합하여 총리실 검증에 대구·경북의 참여를 제안했다.

그동안 부·울·경에서는 '총리실 재검증 판정위원회'를 총리가 위원장이 되고 부산, 울산, 경남 3개 시·도와 국토부, 국방부, 환경부가 참여하는 '7자 회담'으로 가닥을 잡아 왔는데, 여기에 대구와 경북을 포함하는 안을 제시한 것이었다.

국방부와 환경부를 포함하기로 한 것은 김해공항이 군사 공항에 속할 뿐만 아니라 신활주로 건설 시 국가하천인 평강천의 단절을 비롯한 광범한 생태계의 파괴를 수반하기 때문이었다.

한편, 부·울·경에서는 총리실의 검증이 가급적 2019년 추석까지는 마무리되기를 희망했다. 김해신공항의 검증으로 시간이 지체되면 그만큼 새로운 공항의 건설이 지연될 수 있고, 좀 더 늦어지기라도 하면 2020년 총선과 맞물려 어떠한 상황이 전개될지 알 수 없었기 때문이다.

그러나 총리실에서는 전혀 서두르는 기색을 보이지 않았다. 대통령이 관심을 보인 사안임에도 총리에게는 먹히지 않는 듯했다. 이미 여론조사에서는 이낙연 총리가 차기 대선 후보군 중에서 1위를 달리고 있었다.

총리는 동남권 신공항으로 여론의 역풍을 받을 수 있는 모험을 피하려는 듯 보였다. 대구·경북이 반대하고 수도권 사람들에게도 인기 없는 일에 손을 대 피를 묻히고 싶지는 않았을 것이다.

2019년 11월 초순이 되어서야 겨우 총리실 검증방식의 가닥이 잡혔다.

부·울·경에서는 7월 말부터 "총리가 위원장이 되고 영남 5개 시·도와 국토부, 국방부, 환경부가 참여하는 '판정위원회'를 통하여 정무적 판단을 하여 김해신공항의 백지화 여부를 결정하자."라는 제안을 했다.

그러나 부·울·경의 이러한 주장은 받아들여지지 않았다. 그해 8월에 총리실에서는 다음과 같은 '김해신공항 검증계획안'을 제시했다.

> ○ 검증대상은 '국토부 기본계획 초안과 부·울·경 자체검증 결과 간 이견 사항'으로 총 4개 분야, 14개 쟁점이다.
> ○ 총리실 주관의 검증위원회를 구성하고 동 위원회가 구성되기 전까지는 5개 지자체-국토부-총리실이 참여하는 실무협의회를 구성하여 검증을 진행한다.
> ○ 검증위원회는 학회, 연구기관 등에서 추천받은 위원 20명으로 4개 분과를 구성하고 이를 총괄하는 분과를 별도로 두어 총 5개 분과로 구성한다.

총리실의 '검증계획안'은 국토부의 의견이 주로 반영된 것으로 보였다. 부·울·경에서는 총리와 장관 등이 참여하는 '정무적 판정'을 요구했으나, 국토부와 대구·경북이 요구하는 '기술적 검증'에 한정하기로 한 것이다.

기술적 검증이란 김해신공항의 문제점만 지적하는 것에 그치게 되므로 백지화 여부는 주무 부처인 국토부에서 결정한다는 의미를 내포할 수 있다. 이는 곧 신공항 추진의 반대를 의미하는 논리와 일맥상통한 것이었다.

그 후 부·울·경에서는 몇 차례의 실무협의회를 통하여 "검증위원회 구성에 부·울·경이 추천하는 인사와 외국의 전문가들을 포함시키자."라는 제안을 했으나, 국토부와 대구·경북 실무자들의 완강한 반대에 부딪쳐 그것마저 관철되지 못하였다.

총리실은 국토부와 가까운 듯했고 대구·경북이 참여하니 부·울·경은 실무협의회에서 전혀 힘을 쓸 수 있는 형편이 못되었다.

11월 5일에 가졌던 실무회의를 통하여 그해 8월 말에 총리실에서 제안했던 '김해신공항 검증계획안'이 그대로 확정된 것이었다.

부·울·경으로서는 김해신공항을 백지화시키기 위한 방법으로 '총리실 검증'이라는 카드를 내 걸었으나, 게임의 룰을 지배하지 못하게 되었으니 새로운 난관에 봉착하게 된 것이다.

국내 전문가들은 대부분 수도권에 생활 근거를 두고 있으며, 그들은 국토부의 용역이나 연구과제 참여를 통하여 연결되어 있으므로 국토부의 영향에서 벗어나기 어려운 한계를 지니고 있었다.

총리실의 검증방식을 지켜보면서 '부·울·경 검증단'에 참여했던 우리는 자조적인 심경으로 반문했다.

"수도권 전문가들이 국토부 말을 따를 것 같습니까, 아니면 대통령의 의중을 살필 것 같습니까?"

"정말 알 수 없지요."

"그런데 총리실은 과연 어느 편일까요?"

"그것도 알 수 없군요."

부산시에서는 2019년 2월 문 대통령의 총리실 검증 발언 이후로 대구·경북의 협조를 얻으려 노력했으나 백약이 무효였다. 2019년 6월 총리실 검증이 확정된 이후에도 대구·경북은 어떻게 해서든지 부산시의 의도를 좌절시키고자 했다.

나는 가덕신공항 추진의 마지막 장애물이 될 대구·경북을 마냥 달래기보다는 전략적으로 일침을 가할 필요가 있다고 보고 2019년 7월 말에 동남권의 유력 일간지 『부산일보』에 다음과 같은 요지의 칼럼을 기고했다.

"총리실에서 김해신공항의 재검토를 수용하자 대구·경북의 정치 지도자나 시민단체들은 부·울·경이 영남 5개 시·도의 합의를 무시했다고 성토하면서 마치 무슨 큰 죄라도 지은 듯이 추궁하는 자세이다. 과연 대구·경북의 이러한 주장은 타당성이 있는 것일까. 2016년 김해신공항을 지정한 이후의 대구·경북의 행보를 살펴보면, 동년 12월에 자체적으로 '김해공항 확장 타당성 검토 용역'을 완료하였고, 동 보고서에서 '짧은 활주로'와 '영남권 항공 수요처리 곤란', '장애물 위험' 등의 사유를 적시하면서 관문 공항으로 부적합하다는 결론을 내렸음에도 불구하고, 김해신공항의 문제점을 지적하고 보완을 요청하기는커녕 오히려 통합신공항을 영남권 관문 공항으로 육성하려는 구상만 하여 왔다. 과연 제대로 된 관문 공항을 원하는 부·울·경이 잘못된 것인가, 김해공항의 문제점을 번연히 알면서도 그 기회를 틈타 통합신공항을 영남권의 관문 공항으로 변경

가덕도에 뛰어든 사람

시키려는 대구·경북이 잘못된 것인가."

이러한 와중에도 대구·경북의 시민단체나 학계와 소통하는 노력을 포기하지 않았다. 나는 '한국지방분권학회'의 학술 세미나에서 주기적으로 '신공항 라운드테이블'을 개설하여 토론을 주관해 왔다. 2019년 창원대에서 개최된 하계세미나에서는 '통합신공항' 추진을 주도해 온 대구시의 유력 시민단체 임원들을 토론자로 초청했다. 애당초 토론에 참여하기로 했던 홍 처장이 양해를 구해 왔다.

"동남권 신공항을 반대하는 것은 아니지만, 토론자로 나서기에는 너무 부담이 됩니다. 대신 참관하여 의견을 경청하겠습니다."

이후에도 두어 차례 학회의 '신공항 라운드테이블'과 '시민토론회'에 대구·경북의 교수나 지방의원, 시민단체 임원들을 토론자로 초청했으나 하나같이 손사래를 쳤다.

그해 여름에 경북대의 한 연구소 주최로 통합신공항 찬반을 둘러싼 토론회가 열렸고 나를 토론자로 초청했다. 그 토론회를 사실상 주도했던 황 교수는 통합신공항을 반대하는 시민단체의 대표로 활동하면서 평소 다음과 같은 주장을 했다.

"가덕신공항이 건설되면 통합신공항은 그야말로 고추 말리는 공항이 됩니다. 지금이라도 동남권 신공항과 통합신공항 추진을 중단하고 밀양공항을 재추진해야 합니다."

나는 그 토론회에 참여하여 다음과 같은 주장을 했는데 예상외로 이를 비판하는 사람들은 없었다.

"통합신공항과 동남권 신공항의 추진은 돌이킬 수 없는 대세가 되었습니다. 이제부터는 서로 상생할 수 있는 슬기로운 방안을 찾아야 할 것입니다."

한편, 통합신공항을 지지하는 홍 처장과는 좀 더 긴밀한 대화 채널을 유지하여 상생방안을 찾아보기로 했다. 홍 처장도 "좋은 방안이 있으면 대구·경북의 고위층에 직접 건의해 보겠노라."라고 했다.

나는 다음과 같은 요지의 제안서를 작성하여 보냈으나 홍 처장 차원에서는 대구·경북의 정책 방향에 영향을 미칠 수 없는 것 같았다.

5개 시·도가 중앙정부에 공동으로 대응한다면 역내 주민들이 원하는 공항을 건설할 수 있음

- ○ 영남권 신공항 문제는 비용의 문제가 아니라 부·울·경과 대구·경북의 의견이 상충하기 때문임

- ○ 5개 시·도가 서로의 입장을 존중한다면 동남권 신공항의 건설은 물론 통합신공항도 1,000만 명 수요에 대처하고 3,500m의 활주로를 갖춘 공항을 건설할 수 있을 것임

- ○ 영남권 2개의 공항이 모두 3,500m 활주로를 갖추게 된다면 인천공항에 대응할 수 있는 상생효과를 거둘 수 있음

- ○ 비용의 문제가 제기될 경우, 초과되는 비용을 지방정부에서 부담하도록 하여 문제를 극복하도록 함

총리실 검증방식을 둘러싼 논의 과정에서 대구·경북의 방해를

　　　　　　　　　　　　　　　　가덕도에 뛰어든 사람

받아 온 부산시에서도 무조건 우호적인 메시지를 보내기보다는 공세를 취할 필요가 있다고 본 것 같았다.

2019년 10월 부산시 국정감사에서 대구가 지역구인 한 국회의원이 신공항 문제로 오거돈 시장을 공격하자 오 시장은 즉각 반격했다.

"총선을 앞두고 정치용으로 부산시민에게 '희망 고문'을 하는 게 옳다고 봅니까?"

"김해공항 확장으로 영남권 관문 공항을 건설하자던 5개 시·도 합의를 먼저 파기한 것은 대구·경북 지역이며, 공항 문제를 정치적으로 접근한 것도 박근혜 정부가 먼저였다고 봅니다."

오 시장은 "5개 시도가 합의했던 영남권의 관문 공항은 김해신공항인데, 그것이 제대로 기능을 하지 못한다면 당연히 새로운 후보지를 찾아야 할 것임에도, 그러한 노력 없이 오히려 통합신공항을 영남권 관문 공항으로 육성하려는 기도야말로 5개 시·도의 합의 위반."이라고 지적한 것이다.

총리실에서 2019년 11월 초순에 검증방식을 확정한 이후에도 검증위원회의 구성이 늦어지고 있었다. 11월 18에는 부·울·경 민주당 국회의원 8명이 이낙연 국무총리를 직접 만나 조속한 검증을 하도록 압력을 가했다.

총리는 "불확실한 상황이 가급적 빨리 정리되도록 하겠다. 절차는 거쳐야 하지만, 일부러 늦추고 그러지는 않을 것."이라는 취지의 답변을 했다. 이 총리는 11월에 접어들면서 차기 총선의 민주당 공동선대위원장 역할을 할 것으로 거론되었다. 검증작업은 차기 총리의 몫이 될 가능성이 커졌다.

11월 말경에 나는 또 하나의 칼럼을 발표했다. 이번에는 부산시 고위 참모의 지원을 받아 『중앙일보』에 실었다. 취지는 수도권 주민들의 동남권 신공항에 대한 저항을 줄이는 데 있었으며, TK의 반대가 정치적 선동일 뿐 근거가 없다는 것을 밝히고 총리실의 조속한 검증을 촉구하는 것이었다.

　"총리실에서 김해신공항 검증에 적극성을 보이지 않고 이를 지연시켜 온 이유는 도대체 무엇일까. 하나는 동남권 신공항에 대하여 왜곡된 시각을 지닌 수도권 주민들이 아직도 많다는 것이며, 다른 하나는 대구·경북의 반대 여론이 완고하다고 인식하기 때문일 것이다. 우선 동남권 신공항 자체가 거창한 것이 아니라 단지 김해공항 확장을 대신할 활주로 1본의 국제공항을 건설한다는 사실을 주목할 필요가 있다. 부산시 추산에 의하면 김해신공항 건설에 소요되는 7조 원 규모이면 가능한 수준이며, 같은 돈으로 소음 피해를 없애고 24시간 안전한 공항을 건설할 수 있는 것이다. 대구·경북에서는 동남권 신공항 추진이 자신들의 이익을 해치는 총선용 전략이라며 민심을 부추기고 있다. 그러면 대구·경북에는 도대체 어떤 불이익을 줄 것이며 주민들의 저항 정도는 어떠한 것일까. 2019년 1월에 경북지사는 '통합신공항이 먼저 결정되면 동남권 신공항을 반대하지 않는다.'라고 언급했으며 대구시장 역시 공감을 표했다. 또한, 최근의 설문조사에 의하면 대구·경북 주민들의 73%가 '통합신공항과

　　　　　　　　　　　　가덕도에 뛰어든 사람

동남권 관문 공항의 동시 건설을 찬성한다.'라는 응답을 보였다. 이러한 결과는 '동남권 신공항이 통합신공항을 위축시킬 것이라는 선동과 지역 간 갈등이 실체 없는 허구'임을 밝혀주고 있다. 따라서 총리실에서는 좌고우면하지 말고 김해신공항이 문재인 대통령이 공약한 '유사시 인천공항을 대체할 수 있는 관문 공항'의 기준에 부합하는지의 여부를 판정해야 할 것이다."

2019년 11월에 접어들면서 부산시 일부 고위직의 인사이동이 단행되었다. 시장을 보좌하는 핵심 참모와 신공항추진본부장도 평소 안면 있는 사람들로 교체되었기에 나와는 물론 다른 시민단체 임원들과의 관계도 좋아졌다.

부·울·경에서는 총리실의 검증에 대비하여 2019년 10월부터 '김해신공항 총리실 검증준비단'을 구성하여 부산시청에 사무실을 마련하고, 3개 단체 관련 공무원들과 산하 싱크탱크의 연구원들로 조직을 구성하였다. 명목상의 단장이 있었지만, 부산연구원 출신 최 원장이 사실상의 책임을 맡았다.

검증준비단에는 3개 단체의 포괄적인 권한이 위임되었으므로 준비단 회의를 통한 결정은 사실상 공식적 결정이 되었다. 나는 분과별 자문위원의 일원으로 참여하면서 최 원장을 도와 '검증용 보고서' 작성의 전 과정에서 조언을 했다.

우리는 매주 2회 정도 마라톤 회의를 했는데, 길어질 때면 아침 10시 반에 시작해서 저녁을 먹을 때도 있었다. 주로 실무적 회의를 했으므로 분위기는 자유로웠다.

"신 사무관님, 지난번 『중앙일보』 투고과정에서 교정해 주시고 기자까지 소개해 주셔서 대단히 감사합니다."

"저희가 오히려 교수님께 감사해야지요."

"부산시를 어렵게 하는 내용은 없었습니까?"

"저는 검증 진행 사항에 대한 팩트 체크만 해서 원고에 표시를 해드렸을 뿐입니다."

"부산이 아니라 힘드셨지요? 저는 중앙지에 거의 투고를 하지 않아서…."

"저희 추진본부의 힘으로는 할 수 없어서 시장님 특보께 부탁드려 서울 사무소에서 겨우 한 사람을 찾았습니다. 조·중·동에는 부산시의 손이 잘 미치지 못하여 어려움이 컸다고 합니다."

"효과가 좀 있었을까요?"

"교수님, 중앙지가 위력이 대단한 것 같습니다. 신문 기사가 난 바로 그날 총리실 담당자가 제게 전화를 하면서 불평을 했습니다. '곧 검증을 시작할 것'이라고 하면서요. 그다음 날인 25일에 바로 검증위원 후보자 명부를 부산시로 보냈지 뭡니까."

"앞으로 절차는 어떻게 됩니까?"

"부·울·경에서는 11월 29일까지 후보자 중에서 공정성에 문제가 있는 사람을 제척하여 총리실로 보내면 됩니다. 안 그래도 오늘 오후에는 검증단에서 회의를 해서 제척 대상자를 선정했으면 합니다. 부·울·경 단체장님께도 보고를 드려야 하니까요."

가덕도에 뛰어든 사람

그날 오후 검증단 회의에서 우리는 전체 후보자 62명 중에서 30명가량을 제척시켰다. 당초 총리실에서는 100명 정도의 인력 풀을 구성할 구상임을 밝혔으나 제출된 명단은 62명에 그쳤다. 총리실에서는 2019년 10월 초부터 검증위원 구성을 위해 관련 학회와 대학 등에 추천 의뢰를 했다고 하는데, 명단 확보에 어려움이 컸던지, 혹은 시간이 촉박하다고 생각했는지 인원수가 적은 편이었다.

"최 원장님, 우리가 제척을 너무 많이 한 것은 아닐까요?"

"좀 많이 한 것은 사실입니다. 총리실이 정한 사유는 최근의 신공항 관련 용역을 수행했거나, 찬반 단체활동 혹은 매체활동이나 연구논문 등을 통하여 특정 지역 신공항에 대한 찬반의 의사를 표명한 경우입니다. 우리는 거기다 국토부의 영향을 받는 연구소와 대학의 구성원을 제외하고, 또 전문성이 부족해 보이는 인사도 제외시켰기 때문이지요."

"다른 기관에서도 제척을 했겠지요?"

"그렇습니다. 국토부와 대구·경북에도 제척권을 주었으니 아마도 부·울·경과 가까워 보이는 사람은 모두 빠졌을 것입니다."

"우리는 국토부와 대구·경북과 가까운 사람을 배제하고, 그들은 우리를 배제하면 누가 남게 될까요?"

"사실 우리가 제척하고 남은 사람들 중에는 이름이 알려진 전문가가 거의 없는 편입니다."

"이름 있는 전문가는 다 빠지고 비전문가로 검증단이 구성되겠군요."

"박 교수님, 세상이 그런 것 아닐까요. 어쩌면 비전문가가 공정하게 잘할 수도 있을 것입니다."

총리실에서는 12월 6일 위원장 포함 21명의 위원으로 '김해신공항 검증위원회'를 구성했다. 총리는 위촉장을 수여하면서 "총리실은 위원회의 판단을 최대한 존중하겠다. 위원회 활동에 대해선 그 방향도, 시한도 미리 정하지 않았다."라고 언급했다.

위원장의 이름은 공개되었으나 위원은 중립적 검증을 위하여 비공개로 하기로 했다. 부산시가 독자적으로 적용한 제척 사유에 대하여 총리실에서 이의를 제기하였으므로 몇 사람을 제척에서 해제시켰는데 알고 보니 애초 제척자 명단에 위원장이 포함되어 있었다. 총리실의 발표를 보고 우리는 한바탕 웃었다.

"총리의 의중도 모르고 우리가 위원장으로 점찍었던 사람을 제척시켰구나!"

2019년 10월부터 활동한 부·울·경의 '총리실 검증준비단'에서는 주로 검증을 위한 보고서를 만드는 데 주력했다. 2018년 10월에 구성된 '부·울·경 검증단'을 통하여 이미 보고서가 나왔으나, 총리실의 분과별 검증에 효과적으로 대응하기 위해서는 쟁점과 문제점을 보다 선명하게 부각하는 방식으로의 전환 작업이 필요했다. 특히 검증위원들의 전문성이 떨어질 수 있다고 보았으므로 내용을 보다 간결하고 평이하게 설명할 필요가 있었다.

이러한 작업은 주로 분과별 회의를 통하여 이루었다. 최 원장은 모든 분과의 좌장이 되어 미세한 용어나 그림의 표현 방식까지도

가덕도에 뛰어든 사람

주의를 기울였다.

　나도 최 원장과 같이 모든 분과의 회의에 참석했으나, 에너지가 부족하거나 개인적 사정으로 빠질 때도 있었다. 가끔 외부 전문가가 참여하는 자문회의가 열리면 회의 수당을 받기도 했지만, 식사만 제공될 뿐 대부분의 회의 참여는 무급봉사였다.

　최 원장은 부산연구원의 실장을 지내면서 부산시의 신공항 정책을 입안했으나, 서병수 시장이 김해신공항을 수용한 이후 이를 지지할 수 없어 사표를 제출한 뒤 퇴직 공직자들과 함께 '한국정책공헌연구원'을 설립하여 원장으로 활동하고 있었다.

　그는 퇴직 후 2017년 대선과 2018년 지방선거에서 민주당의 선거캠프에 참여하여 '가덕신공항 재추진'을 공약화하기 위하여 노력했다. 지방선거 이후에는 '부·울·경 검증단'의 부단장으로서 실무책임을 맡았고 총리실 검증과정에서도 역시 실질적인 책임을 맡고 있었다.

　나는 최 원장이 부산연구원에 재직하던 시절부터 신공항에 대한 지식을 배웠고 '부·울·경 검증단'과 '총리실 검증준비단'에서도 함께 하게 되면서 정이 많이 들었다. 지역 발전을 위하여 오랜 기간 보수도 없이 수고해 온 것을 지켜보면서 근래에는 그를 위해 기원하는 마음도 생겼다.

　2019년 12월 말에 검증준비단의 보고서는 거의 마무리되었다. 보고서의 막바지 기간에는 부산시 담당 사무관과 주무관들이 과로와 독감으로 연달아 입원하는 사태도 생겼다.

행정고시에 합격하여 첫 직장으로 부산시를 택한 신 사무관은 내가 젊었을 때 꿈꾸었던 삶을 이룬 것 같은 생각이 들어 대견스럽게 여겨졌다. 앞으로 이번 보고서를 토대로 직접 총리실 검증위원들을 상대로 부산의 논리를 펴야 할 젊은 주무관들의 영리한 얼굴을 보니 부산시의 앞날이 밝을 것이라는 느낌도 들었다.

보고서를 마무리하는 날, 우리는 시청 부근 중식당에서 요리를 시켜 놓고 자축연을 열었다. 부산시 직원들 외에도 경남 지역 공무원 1명과 연구원 2명도 합석하여 대략 8~9명 정도였다. 그중 경남의 민 박사는 공항 문제에 정통할 뿐만 아니라 최 원장과는 오랜 교분이 있었다.

검증보고서 완성으로 큰 짐도 벗게 되어 기분이 좋아진 최 원장은 특별히 자기 돈으로 좋은 고량주 한 병을 샀다. 부산시 예산으로는 술값을 정산할 수 없었기 때문이리라. 나는 술을 한 모금도 못 하지만, 그동안 수고한 사람들과 자리를 같이하니 분위기에 취했다.

"최 원장님은 어떤 소망을 가지고 있습니까?"

"가덕신공항을 이용하여 런던 '히스로 공항'까지 직항해 보는 것입니다."

"박 교수님께서는 어떤…?"

"저는 최 원장님이 가덕신공항의 초대 사장이 되었으면 합니다."

총리실에서 검증위원회 구성을 발표했던 다음 날인 2019년 12월 7일 오후 부산역 광장에서는 조기 검증과 가덕신공항 건설을 촉구

가덕도에 뛰어든 사람

하는 대규모 집회가 열렸다. 부산시의 신공항 관련 단체가 모두 참여하고 부산시와 상공회의소가 적극적으로 지원했다.

이번에는 원로 시민운동가인 장 대표가 주도했고, 나는 장 대표의 요청으로 '가덕신공항 포럼'과 청원운동에 참여했던 '부·울·경 범시민운동본부'를 참여시키고 대학생들이 낭독할 '젊은이들의 호소문'을 작성했다. 부산시가 함께 나섰으므로 각계의 단체들도 동원되어 인파가 광장을 꽉 메웠다.

시민단체 지도자들의 선언문 낭독과 민주당 국회의원들의 구호에 이은 대학생의 호소문이 끝을 맺을 때 광장이 숙연해졌다. 부산의 가슴 아픈 현실을 지적했기 때문일 것이다.

　

"동남권에 태어난 젊은이들은 자기 지역을 두 차례에 걸쳐 떠나게 됩니다. 고등학교를 졸업하고 떠나든, 대학을 졸업하고 떠나든 모든 것이 일자리와 연관되어 있습니다. 우리 젊은이들이 일자리가 없어서 부모·형제를 등지고 고향을 떠나는 불행이 되풀이되어서는 안 될 것입니다."

　

부산시를 비롯하여 경남도와 김해시에서는 총리실의 조기 검증을 촉구하는 집회와 기자회견, 성명서들이 잇따라 나타났다. 상공계와 민주당 국회의원, 지방의회가 뜻을 같이했다.

이유는 두 가지였다. 하나는 검증이 늦어져 2020년 4월 총선과 맞물리면 동남권 신공항 추진 자체가 영향을 받을 수 있기 때문이요, 다른 하나는 이를 통하여 총리실과 검증위원회에 압박을 가하기 위한 것이었다.

검증과 관련하여 시민단체가 최종적으로 시도한 운동방식은 기자회견이었다. 김해시에서는 김해공항 주변을 돌면서 '김해신공항 반대'라는 푯말을 걸고 차량 수십 대가 참여한 카퍼레이드를 벌이기도 했고, 심지어는 '릴레이 단식'도 제안했지만, 나는 그 방식만은 폭력적이라 반대했다.

기자회견은 주로 나와 장 대표가 논의했다. 이번에는 '부·울·경 범시민운동본부'가 주도했고 '가덕신공항 포럼' 외 2개 단체와 연대했다. 기자회견문 작성은 역시 나의 몫이었다. 장 대표는 언젠가부터 내가 쓰는 글이 마음에 들었던 것 같다.

기자회견은 2020년 1월 29일에 부산시의회에서 열렸는데 신임 정세균 총리가 1월 14일에 취임했으므로 정 총리를 향한 요구이기도 했다. 시민단체로서 할 일은 다 한 것 같았다.

2019년 12월 하순부터 총리실 검증이 본격화되었다. 검증위원회에서는 분과별로 국토부와 부산시의 의견을 청취하고 필요한 경우에 추가 설명이나 자료를 요청하는 방식을 취했다.

부산시에서는 준비된 보고서를 토대로 별도의 'PPT 자료'를 준비하여 주무관들이 발표했지만, 전문적인 부분은 '부·울·경 검증단'에 참여했던 외부 전문가들이 출석하여 보충하기로 했다.

당초 총리실에서는 안전·소음·시설·환경 4개 분과 14개 쟁점을 다룬다고 했으나, 부산시에서는 5개 분과 26개 세부사항을 검증해 달라고 요청했다.

항공 수요를 별도로 총괄 분과에서 다루어달라고 했는데 이는 수요가 나머지 4개 분야에 영향을 미치게 되기 때문이었다. 특히 공항시설과 소음은 수요가 어느 정도인가에 따라 달라질 수밖에 없는 것이다.

아울러 부·울·경의 '총리실 검증준비단'에서는 중요한 한 가지 전제조건을 달고 이를 총리실에 제출한 검증보고서에도 명백히 기재했다.

"김해신공항의 연간 민간항공 수요에 3,800만 명을 적용하지 않을 경우 검증 결과를 수용하지 않겠다."

장래 수요는 개항 30년 이후의 미래를 예측하는 것이므로 예측 주체나 목적에 따라 결과가 천차만별이다. 국토부는 항상 김해공항의 실적치보다 낮은 예측을 해 왔는데 지금도 입장은 마찬가지이다.

따라서 부·울·경은 수요예측에 대한 논쟁을 피하기 위하여 2016년 김해신공항 수용 당시의 전제조건인 동시에 기본계획수립과정에서 2019년에 국토부와 부·울·경이 재확인한 3,800만 명을 고수하기로 방침을 정한 것이다.

2020년 2월 중순의 어느 날, '부산 MBC TV'의 여성 기자 한 사람에게서 전화가 왔다. 이름을 들어본 기자였다.

"교수님, 우리 방송국에서 총리실 검증에 대해 마지막으로 토론회를 가졌으면 합니다. 시간이 될 수 있겠습니까?"

"신공항이라면 언제든지 시간을 내어야지요."

퇴직하면서부터 신공항 문제 외에는 일체 방송 출연을 하지 않았는데 그 기자에게도 두어 번 거절한 기억이 있다.

토론 프로그램은 일요일 아침에 1시간 정도 방영하는 〈시사포커스〉로, 패널로는 민주당 국회의원과 부산시 국장, 항공학과 교수가 포함되어 있었다. 나는 '가덕신공항 포럼' 공동대표로 소개되었다.

진행은 패널들이 사회자의 질문에 각자 답하는 것이어서 상호공방이 없었으므로 결국 사회자와 1:1 대담 방식이라 할 수 있었다. 사회자는 내게 좀 까다로운 대답도 주문했다.

"박 대표님, 신공항 문제가 이제 10년을 넘어섰는데요. 시민들의 피로감도 커지고 있습니다. 어떻게 이해시켜드릴 수 있을까요?"

"시간이 지나면서 선거 때마다 우려먹는 공약이라는 비판도 있고, 사실 그런 측면도 있을 것입니다. 그러나 신공항 정책 자체가 이해관계자나 갈등이 많은 정책이므로 10년 이상 소요되는 것이 다반사라서 인내심을 가져야 한다고 봅니다. 멕시코에서는 작년 10월에 국민투표를 통하여 공사가 3분의 1이나 진행된 '멕시코시티 신공항' 건설을 중단하고 새로운 국제공항을 착공하기도 했습니다. 또, 베를린의 '브란덴부르크 공항'은 독일 통일 이후 15년간 계획되고 2006년에 착공하여 2011년에 개항될 예정이었으나 주민들의 반대로 금년에도 개항이 어렵다고 보고 있습니다. 그에 비하면 김해신공항은 아직 첫 삽도 뜬 것이 아니니 재검토해도 아무런 문제 될 것이 없다고 봅니다."

"한국에는 공항이 너무 많고 영남에는 더욱 그러하다는 지적도 있는데요?"

그 말을 들으니 얼마 전 KNN 방송토론에서 전문가로 자처하던 수도권의 어느 교수가 한 말이 생각나서 내 목소리가 저절로 격앙되었다. 나는 그 말만 들으면 울화통이 터질 것 같았다.

"수도권 인사들이 신공항 이야기만 나오면 으레 하는 말이지요. 동남권 신공항을 말하면서 적자가 나는 무안, 양양 공항을 꼭 서두에 꺼내 토론의 기분을 망치게 합니다. 김해신공항은 수요 폭주로 정부에서 이미 착공하기로 결정을 본 것이고, 동남권 신공항은 김해신공항에 문제가 많으니 정책 변경을 하자는 것입니다. 그렇다면 주제에 맞는 논의를 해야 할 것인데 생뚱맞게 공항의 수를 거론하고 있지요. 그럼 공항이 많으니 김해신공항도 중단하자는 이야기일까요?"

나는 평소의 불만을 말하느라 좀 흥분되어 주제를 놓쳐버렸다. 사회자가 다시 일깨웠다.

"박 대표님, 외국과 비교하면 국내 공항의 수는 어떤 편일까요?"

"국내에는 민간이 이용할 수 있는 15개의 공항이 있지만, 그중 8개는 군 공항입니다. 영남권에 있는 사천과 포항공항은 군용 위주이며 울산공항은 울산공단을 위한 일종의 비상 공항으로 정상적인 공항이라 볼 수 없는 것이지요. 제대로 된 공항은 김해국제공항과 대구국제공항뿐입니다. 민간공항 수에서도 2020년 기준으로 일본은 103개, 중국은 260개가 될 것으로 전망되고 있어 우리가 결코 많다고 볼 수는 없을 것입니다."

"대구·경북에서는 가덕신공항을 반대하며 통합신공항을 관문 공항으로 육상하고자 하는데, 부·울·경과 서로 합의점을 찾을 수 있겠습니까?"

"대구·경북에서도 총리실 검증과정에서 실무회의에 참여하고 검증위원에 대한 제척권도 행사했으니 검증 결과에 승복해야 할 입장이라고 봅니다. 통합신공항은 장래 1,000만 명 여객처리능력을 목표로 하는데 3,500m 활주로를 갖출 경우 김해신공항보다 장거리 운항에 유리할 수 있습니다. 그러나 김해신공항을 유지할 경우 국토부가 통합신공항의 활주로를 김해 3,200m보다 길게 해 줄 명분은 없다고 봅니다. 서로 협력하여 각자가 원하는 길을 가는 것이 윈윈하는 방안이며, 그 과정에서 비용이 더 든다면 지자체들이 책임도 져야 할 것입니다."

"박 대표님, 이번에는 주제를 좀 바꾸어 보겠습니다. 이번 검증위원회에서는 과연 전 정부의 결정을 번복시킬 수 있으리라 보십니까?"

"저는 세 가지 이유로 가능하다고 봅니다. 첫째, 총리실 검증 자체가 부·울·경이 요청한 게임의 룰이고 대통령이 수용한 사항이라는 것이지요. 우리가 주장한 룰이니 단연코 유리하다고 봅니다. 둘째는 기술적 측면인데 관련 국무총리 훈령에 의하면 검증위원회는 '김해신공항의 동남권 관문 공항으로서의 적합성'을 검증하도록 규정하고 있습니다. 동남권 관문 공항이란 정의는 복잡하지만, 일단

　　　　　　　　　　　　　　　　　　가덕도에 뛰어든 사람

문 대통령이 공약한 '인천공항 재난 시 대체 가능한 공항'이 기준이 되어야 한다면 현재의 김해신공항은 분명히 기준에 미치지 못한다고 봅니다. 셋째는 정치적 측면입니다. 만약 김해신공항이 백지화되지 못한다면 민주당과 대통령은 부·울·경에서 존재감을 상실하게 될 것이고 부산시장도 시정을 운영할 동력을 잃게 될 것입니다. 따라서 정치적 국면도 김해신공항의 백지화에 유리한 입장이지요."

"모두가 총선 전에 검증 결과가 나와야 한다는 주장입니다. 가능하다고 보십니까?"

"현재 검증속도를 보면 검증 자체만 하더라도 2월 말 종료는 불가능합니다. 환경 분야는 현장 방문도 예정되어 있는데 코로나까지 번지고 있으니 일정이 더욱 늦어질 수 있겠지요. 3월 말이면 보고서 초안이 나올 수도 있겠지만, 곧 4월이라 발표를 할 수는 없을 것 같군요."

"검증 결과에 대한 승복 문제도 남은 과제인데요, 시민단체 입장에서는 어떻게 생각하십니까?"

"총리실 검증과정에서 문재인 정부의 철학이 반영된 공정한 기준이 적용되기를 바랄 뿐입니다. 부·울·경이 제시한 3,800만 명의 수요가 반영된다면 반드시 번복될 것으로 확신합니다. 그러나 그러한 기준이 적용되지 않았다면 대정부 투쟁도 불사할 것입니다."

2월 23일, 정부에서는 '코로나19'의 감염 위기를 최고단계인 '심각'

수준으로 격상시켰다. '대구 신천지예수교회'를 중심으로 대구·경북 지역에서 급속도로 세력이 확산되었기 때문이다. 며칠 전 작은 딸이 경북 영천으로 출장을 다녀왔기에 우리 가족도 자가 격리를 시도했다. 어느 틈에 코로나는 중국에서부터 나의 일상으로 다가왔다.

지난해 초여름에는 신장결석으로 수술을 준비하면서 새로운 질병 하나를 확인했다. 오른쪽 허파가 '비결핵성항산균'에 감염되었는데 전염성은 없지만, 일종의 폐결핵이었다. 그렇지만 치료 기간이 결핵보다 더욱 길고 치료 방법도 까다롭다고 했다. 무엇보다도 많은 양의 약을 매일 먹어야 하는데 부작용으로 메스꺼움을 느끼고 무기력하게 된다는 것이다.

그 시점에 두 명의 박사과정 졸업생이 하소연했다. 해동대 정책학과가 타과와 통합되고 학과 교수들이 잇따라 퇴직하면서 지도받을 교수가 없다는 것이었다. 명절이면 선물도 보내오던 학생들이라 외면할 수 없어 퇴직한 지 1년이나 지났건만 옛정을 생각해서 애프터서비스를 하기로 했다.

두 명을 한꺼번에 지도하려면 보통 에너지가 필요한 것이 아니었다. 더구나 그들은 학문적 기초가 약한 직장인들이라 이만저만한 수고가 따르지 않으면 안 될 것이었다. 하여 투약을 6개월간 미루고 죽을 고생을 하며 2019년을 마감했다.

2020년 한 해는 양병(養病)하는 늙은이로 살기로 했다. 그런데 폐질환인 코로나가 창궐하고 있으니 기저질환이 있는 나로서는 예사롭지가 않았다.

　　　　　　　　　　　　가덕도에 뛰어든 사람

'과연 이번 코로나에서 살아남아 내 인생 대국의 끝내기를 마무리할 수 있는 날을 맞이할 수 있을 것인가?'

신공항 문제는 당분간 관망하기로 했다. 가덕신공항 추진을 위해서는 총리실 검증 기간에도 새로운 입지 선정을 위한 논리 개발을 비롯하여 미리 준비해야 할 일들이 많았지만, 이번에는 "부산시에서 알아서 하라."라는 주문만 했다.

한편, 이만한 일을 하는 데도 많은 사람의 지지와 조력이 있었음을 떠올리니 새삼 감사하는 마음이 들었다. 고교 동창 이호영 사장은 열혈남아였다.

"박 교수, 신공항은 자네가 꼭 나서주어야 하네!"

7년 전 박근혜 정부 시절에 신공항 주제로 부산시민을 대상으로 공개 세미나를 개최할 때부터 나를 지목했는데, 그때는 정말 부담스러웠고 황당하기까지 했다. 이 사장은 지난 몇 년간 세미나가 열릴 때마다 흔쾌히 참석하고 재정적 지원도 해 주었다.

부산연구원 출신 최 원장은 전문성을 보완하는 데 정말 큰 도움을 주었다. 만약 이러한 인재가 부산에 없었더라면 가덕도 신공항과 관련된 활동은 불가능했을지도 모를 일이다.

나를 제외한 '가덕신공항 포럼'의 공동대표 6명 역시 출범 후 3년간 꿋꿋하게 자리를 지켜주어 조직이 안정되고 사업도 활발하게 벌일 수 있었다. 부산대 정 교수는 주로 방송토론을 통하여 수도권 전문가의 그릇된 논리를 공박하고 가덕신공항의 당위성을 설파

하는 데 앞장섰으며, 신라대 김 교수는 신문사 칼럼을 통하여 신공항 운동을 확산시키는 데 큰 역할을 했다.

이제는 동지가 된 '부·울·경 범시민운동본부'의 상임대표들과 거제시와 김해시 운동단체 여러분의 노고도 잊을 수 없을 것이다. 우리는 청원운동의 실패과정에서 태어난 일종의 불사조라고 해야 할 것이다.

그 밖에도 보이지 않는 곳에서 협조하고 성원해 준 수많은 사람에게 감사를 금할 수 없다. 40대 후반에 기술직 공직에서 퇴직하여 새 직장을 찾는 과정에서도 신공항 문제를 자기 일로 여기고 지속해서 내게 아이디어를 제공하고 관심을 가져준 허 선생도 그중의 한 사람이다.

'천지회' 회원들도 내게 큰 힘이 되었다. 절친 박진석과 정 회장은 직접 '가덕신공항 포럼'의 임원으로 참여하여 지원을 해 주었고, 나머지 회원들도 이제는 든든한 지원자가 되어 주었으니 그저 감사할 뿐이다.

대학 시절 고시에 실패하고 새로운 길을 찾기 위하여 근 20년을 헤매다 간신히 교수가 되었고, 교수 재직기간 내내 무엇인가 신들린 사람처럼 바삐 움직였다. 아픈 날도 많았으므로 내게는 사회활동 시기가 바쁘거나 아팠던 나날로 기억된다.

때로는 사회 변화를 위한 사명감에 사로잡히기도 하였지만, 되돌아보면 오히려 돈과 명성을 얻기 위한 동기에 지배당한 것이 아니었을까 싶다. 인생의 의미를 알고 싶었으나 살아가는 일에 바빠 내내 미루다 아직까지 답을 얻지 못하였다.

'사랑과 우정은 험난한 인생 여정에서 오아시스나 등대 같은 위안이 되어 주었건만, 나는 상대방들에게 얼마나 진실한 사람이었을까?'

'꽤 열심히 살았다고 자부하지만, 내게 남겨진 것이 무엇이며, 사회에는 무슨 이익을 주었을까?'

생각해 보면 나 역시 누군가와 마찬가지로, 주어진 시간과 공간 속에 내던져진 삶에서 내 욕망과 사고방식에 따라 반응하였을 뿐이라고 여겨진다. 남겨진 것이라고는 표류하는 인생에서 경험하게 된 이야기 정도가 아닐는지.

후기

결혼 이후 교수가 되기까지 12년에 걸친 기간에 살림이 어렵기는 했지만, 꿈을 이루기 위하여 노력하면서도 가족들과 시간을 많이 보낼 수 있어서 오히려 행복했다.

나는 화분을 수집하여 베란다에서 꽃을 키웠고, 주말이면 교편을 잡던 아내와 두 딸과 강아지와 함께 수정동 뒷산을 산책했다. 방학 때면 우리 부부는 빠지지 않고 애들을 데리고 국내 여행을 했다.

두 딸은 가까이 사는 처가에서 키워 주고 보살펴주어 육아 걱정을 하지 않았으며, 큰 처제가 처가에서 피아노 학원을 열고 있었으므로 딸애들은 음악적 기초도 잘 다질 수 있었다. 장모님도 헌신적이었지만, 특히 장인께서 퇴직 후 애들 숙제며 원거리 학원 출입도 챙겨 주셔서 교육에도 신경 쓸 필요가 없었다.

애들이 너무 크기 전에 교수가 된 것은 천만다행이었다. 아빠가 교수였고 엄마가 교사였던 애들은 부러울 것이 적었을 것이다. 애들이 커 가는 동안에도 우리는 자주 여행을 했고, 나이에 알맞게 유럽 여행도 함께 했다.

아내와는 금실이 좋은 편이었다. 결혼 전에 점집에서 궁합을 보

가덕도에 뛰어든 사람

왔더니 나는 물이요, 아내는 불이지만, 온천을 생각해 보면 어울리는 사주라 했다. 온천이 되기 위해서는 물보다는 불이 더 수고해야 할 것인데, 우리가 그런 형국이었다는 생각이 든다. 아내에게는 늘 미안하고 감사한 마음이 든다.

정년이 가까워지자 대학 시절에 작별 인사도 못 한 조미향을 한 번 볼 수 있으면 좋겠다는 생각이 들었다. 딱히 할 말은 없었지만, 인생을 정리하면서 묵은 감정이 남았다면 그것도 마저 털어버리는 것이 좋을 듯했다.

내 소망이 간절한 것이었던지 자그마한 기적이 일어났다. 몇 년 전 어느 이른 봄날이었다. 부산대 총동창회에서 학과별 회장과 임원을 부산 롯데호텔로 초청한 자리에서 전혀 예기치 못하게 그녀와 마주치게 되었다. 참석 인원은 200명 정도로 저녁 식사를 마치고 행사가 끝난 시점에 만났으므로 빠져나가는 사람들로 어수선한 상태였다.

나는 크게 놀랐고 그녀는 고개를 약간 숙이며 아는 척했다. 내가 그 행사장에서 정책학과 동문회 회장으로서 발언도 했으므로 그녀는 아마 내가 그 자리에 있었다는 사실을 알고 있었을 것이다.

옆자리에 있던 그녀의 학과 동기가 우리의 표정이 심상치 않다고 느꼈던지 그녀에게 다그쳐 물었다.

"그 사람이냐? 그렇지?"

그녀가 미소를 머금고 고개를 조금 끄덕였다.

아마 그 두 사람은 오랜 친구 사이로 서로에게 거의 비밀이 없는 듯이 보였다.

내가 차 한잔하자고 제의했고, 그녀의 친구도 "오랜만에 아는 사람을 만났으니 이야기나 해라."라고 권했지만, 그녀는 머뭇거리듯 나지막하게 그냥 가겠노라고 했다.

무슨 수를 쓰든지 자리를 함께해야 한다는 생각이 들었으나, 마음과 달리 재차 권할 수가 없었다. 다시 만나자는 약속이라도 해야 하는데 그런 분위기가 되지 않았다.

우리는 다른 사람들과 뒤엉켜서 에스컬레이터를 탔고 호텔 로비를 걸으면서 무난한 이야기만 주고받았다. 그녀는 중학교에서 국어 교사를 하다 명퇴를 했다고 했다. 그녀들은 정문에서 차를 타고 떠날 참이었으므로 몇 초 후면 다시는 기회가 없을 것이었다.

그때 그녀의 친구가 우리 두 사람이 들을 수 있도록 큰 소리로 듣기 좋은 말을 했다.

"추억이 있어서 좋겠다. 많이 좋아했나 보지요?"

"4년을 쫓아다니고 10년을 생각했지요."

"좀 더 적극적으로 해 보시지 않고요."

"나름 노력했지만, 부족한 점이 많았지요. 그러나 감사하게 생각합니다."

나도 그녀 조미향이 들을 수 있도록 또렷하게 말했다. 내 말이 끝나자마자 그녀는 내게 고개를 약간 숙인 후 친구와 함께 차 안으로 들어갔다.

가덕도에 뛰어든 사람

그녀를 그렇게 보내고 나니 아쉬움이 밀물처럼 밀려왔다. 그렇지만 다시는 마주할 수 없다는 것이 나와 그녀 사이에 가로놓인 엄연한 현실이었다.

그럼에도 마지막이 될지도 모르는 그 해후는 천지신명께 감사하기로 했다. 그녀가 여전히 아름다웠던 점에 감사했다. 그리고 나름대로 인생의 정점에 도달한 내 모습을 보여 줄 수 있었기에 감사했다.

총리실의 검증 결과 발표는 결국 총선 이후로 미루어졌다. 2020년 4월 15일에 치러진 제21대 총선이 끝나니 놀라운 소식이 들려왔다. 4월 23일 오거돈 부산시장이 돌연 사퇴를 선언한 것이다. 시민들이 모두 놀랐고 가덕신공항을 염원하던 시민단체들도 특단의 대책을 세워야 할 필요성을 느꼈다.

다행스럽게도 부산시장권한대행은 가덕신공항을 시정의 최우선 과제로 삼아 계속 추진할 것임을 천명했고, 5월에 접어들면서 부·울·경 민주당 국회의원 당선자 7명과 부산상공회의소 회장을 비롯한 원로 상공인들이 총리실을 잇달아 방문하여 총리에게 부·울·경의 민심을 전달하고 공정하고 신속하게 검증 결과를 발표할 것을 촉구했다.

총리실을 방문했던 민주당 국회의원 중 김해가 지역구인 김정호 의원은 2018년 10월부터 '부·울·경 검증단'의 단장을 맡은 이후로 국토부를 상대로 한 투쟁에서 가장 앞장서서 맹렬한 활약을 해 왔고, 부산 남구가 지역구인 박재호 의원 역시 가덕신공항 추진을 위한 여론 조성을 위하여 큰 역할을 하고 있었다.

시민단체에서는 정치권과 상공계의 이러한 활동을 지켜보면서 5월 19일 '부·울·경 범시민운동본부'를 중심으로 한 6개 시민단체 명의로 기자회견을 실시했다. 우리는 그 회견에서 신공항 문제에 대통령이 나서줄 것을 촉구했으며, 나는 아래와 같은 내용이 포함된 기자회견문을 작성했다.

"동남권 신공항의 제안자인 동시에 총리실 검증을 지시한 국정의 최종책임자인 대통령이 먼저, 총리실 검증과정에서 논란이 되고 있는 '관문 공항의 요건'에 대한 입장을 명확히 밝혀야 할 것이며, 다음으로는 총리실 검정 이후 그 결과를 토대로 신속하게 김해신공항의 백지화 여부에 대한 결정과 입지선정 등에 대한 후속 절차가 제시될 수 있도록 총리실과 관련 부처에 분명한 의사를 표명해야 할 것이다."

신공항과 관련하여 대통령이 직접 나서야 한다는 주장은 최초로 나타난 것이었으므로 언론에 미치는 파장이 컸다. 그 기자회견 이후 부산 지역은 물론이고 경남 지역 방송에서도 나를 초청하였으므로 여러 방송국에 출연하여 대통령 개입의 필요성을 알릴 수 있었다.

총리실의 검증은 5월이 다 지나도록 윤곽이 밝혀지지 않았으므로 부·울·경에서는 지속해서 시민들과 총리실에 주의를 환기시킬 필요가 있었다. 5월 31일에 부산시장권한대행이 총리를 만난 데 이어 6월에 들어서서는 부·울·경 3개 광역시 의회와 전남도 의회가 연대하여 조속한 검증을 촉구했다.

뒤이어 부산 지역 10개 대학의 총장들이 기자회견을 실시했고, 해운대구를 비롯한 기초자치단체와 기초의회에서도 신공항 운동에 동참하기 시작하자, 민간운동단체의 참여 확대는 물론 부산은행을 비롯한 지역 기업들이 자발적으로 가덕도를 지지하는 신문광고를 싣기 시작했다. 수도권에서는 인천시장을 지낸 송영길 의원이 평소 가덕신공항의 필요성을 강조해 왔는데 이 시기에는 '새싹단' 이 대표의 제안으로 부산까지 와서 강연을 했다.

'부·울·경 범시민운동본부'를 포함한 6개 시민단체에서는 신공항 운동의 지속을 위하여 6월 15일에 김해 돗대산에서 희생자 추모제를 지냈는데 언론에서도 크게 보도해 주었다. 당일은 사고 당시와 마찬가지로 비가 오락가락 내렸는데 우리는 2002년 4월 15일의 중국 민항기 충돌사고로 사망한 129명의 위령비 앞에서 어떤 일이 있더라도 사고의 위험성이 높은 김해신공항의 건설을 막을 것임을 영령들 앞에서 맹세했다.

7월이 지나면서 부·울·경에서는 김해신공항에 대한 총리실 검증의 지연과 가덕신공항의 추진을 방해하는 가장 큰 세력이 국토부임을 확연하게 깨닫게 되었다. 이 시기 대구·경북은 통합신공항 입지를 둘러싼 내부적 갈등이 극단으로 치닫고 있어서 부·울·경에 신경을 쓸 여력 자체가 없었다.

6개 시민단체는 7월 30일 정부에 충격을 주기 위한 목적으로 기자회견을 열었다. 여기서는 국토부 관료의 논리에 매몰된 국토부 장관의 사퇴를 촉구함과 동시에 가덕신공항 지정을 소홀히 할 경우 문재인 정부의 무능과 무책임을 규탄하는 강력한 정권퇴진운동에 직면하게 될 것임을 경고했다.

덧붙여, 만에 하나 검증과정에서 국토부의 엉터리 주장이 관철되어 김해신공항 기본계획이 고시된다면 불법으로 인한 무효소송과 국토부 책임자에 대한 형사고발 및 소음피해 지역 주민들의 생존권 확보 차원의 저항은 물론 동남권 전체 주민들의 정책 불복종 같은 엄청난 후폭풍이 따를 것도 경고했다.

7월 30일의 기자회견은 문재인 정부에 적잖은 충격을 준 것 같았다. 경찰을 비롯한 정보당국이 내용을 파악하느라 부산하게 움직였다. 정부로서는 신공항 운동단체들을 친여권 세력으로 분류했을 가능성이 높을 것인데 예상 밖의 반응이 나타났기 때문이리라.

국토부가 총리실 검증 지연과 방해 세력으로 드러난 것은 검증과정에서 잦은 수정안을 제시했기 때문이다. 애당초 총리실의 검증대상은 2018년 12월에 국토부가 제시한 '기본계획 초안'이었다. 그러나 국토부는 검증이 진행되는 과정에서 3차례나 기본계획의 수정안을 제시했다.

국토부가 3차례나 수정안을 제시한 이유는 주로 비행 절차의 문제점을 보완하기 위한 것이었다. '부·울·경 검증단'에서는 2018년 12

가덕도에 뛰어든 사람

월에 국토부가 제시한 '기본계획 초안'으로는 정상적인 비행 절차의 수립이 불가능하고, 특히 착륙에 실패하여 재이륙할 경우 인접한 산봉우리에 충돌할 수도 있음을 경고했다.

실제, 총리실 검증단이 2020년 4월 20일에 국토부의 1차 수정안에 대하여 시뮬레이션을 실시한 결과 동북 방향의 금정산 부근 산지와 충돌하는 현상이 나타났다. 이에 국토부는 4월 말에 2차 수정안을 제시하였고 6월에는 다시 3차 수정안을 제시하였다.

3차 수정안에는 그동안 기본계획에서 제외되었던 기존 남북 방향의 활주로와 평행하도록 설치되는 '서측평행유도로'의 신설이 포함되었다. 국토부로서는 김해신공항의 관철을 위하여 최후의 카드까지 내민 것이다.

그동안 국토부는 김해신공항의 '서측평행유도로' 설치를 장기적 검토과제로 두었고 2026년 개항 시에는 전혀 필요가 없다는 입장을 취했다. 이는 항공기의 지상 이동 능력을 높여 이착륙 과정의 안전성과 여객처리 수요 능력을 어느 정도 높이는 효과를 가져올 수도 있다.

만약 제대로 된 규모로 설치하여 덩치가 크고 날개가 긴 F급 항공기의 이동이 가능하도록 하려면 현재 김해공항 내에 위치하는 대한항공테크센터의 이동에 따른 5,700억 원의 비용 증대를 가져와 김해신공항의 총건설비는 7조 6,600억 원으로 늘어나게 된다.

그러나 국토부는 비용이 적게 드는 C급 유도로인지, 그 이상의 E급 혹은 F급인지에 대해서는 밝히고 있지 않아 귀추가 주목된다.

부·울·경으로서는 F급 항공기의 이동이 가능한 유도로가 설치될 경우라도 수요처리 능력의 증대는 미미할 것으로 예측하고 있다.

한편, 국토부는 자체 시뮬레이션을 통하여 3차 수정안을 통한 비행 절차에 문제가 없다고 주장하면서 총리실에 2차 시뮬레이션 실시를 요청했다.

부산시는 국토부의 주장을 받아들일 수 없다고 완강하게 반대했으나, 총리실에서는 국토부의 요구를 받아들여 7월 23일에 제2차 시뮬레이션을 실시하였으며, 부·울·경의 거듭된 요청에도 불구하고 8월 말이 되도록 그 결과를 공개하지 않고 있다.

국토부가 김해공항 확장이 불합리한 정치적 산물임이 밝혀진 마당에도 자기반성을 하지 않고, 김해신공항을 주장함에 따라 부·울·경 시민단체들은 마침내 금년 7월에 기자회견을 통하여 문재인 정부를 향하여 경종을 울리고자 했다.

청와대도 이러한 분위기를 감지한 탓인지 8월에 접어들면서 입장의 변화를 보였다. 8월 2일 자 신문에는 대통령이 모처에서 부·울·경 민주당 국회의원들을 만나 의견을 청취했다는 기사가 실렸다. 뒤이어 8월 11일에는 청와대가 부산시에 가덕신공항 자료를 요청했으며, 국토부 역시 비공식적으로 같은 자료를 요청했다.

부산시는 2016년 박근혜 정부의 입지평가 과정에서 제출했던 동서 방향 활주로를 최근 남동과 북서 방향으로 20°(도) 이동시키고 해안 매립 비율을 축소시킨 가덕신공항 개선안을 수립하였다. 건설비는 3,500m 활주로 1본 기준 7조 5,400억 원이 소요되는 것으로 추산된다.

8월 25일에는 부산·울산·경남도상공회의소협의회가 김해신공항을 취소하고 가덕도에 신공항을 건설할 것을 촉구하는 공동 성명을 발표했다. 부·울·경 경제계가 정부 계획 폐기와 가덕신공항 건설을 위해 한목소리를 낸 것은 처음 있는 일이었다.

부산시는 총리실 검증이 시작된 이후로 동남권 관문 공항이라는 추상적인 표현 대신 가덕신공항 건설을 표명해 왔으나, 울산시장이나 경남도지사가 공식적으로 가덕신공항 찬성을 표명한 상태는 아니므로 부·울·경 경제계의 합의는 큰 의미를 가진다고 볼 수 있다.

앞으로 남은 과제는 총리실의 검증 결과를 토대로 과연 누가 김해신공항의 백지화 여부를 결정할 것이며, 어떠한 방식으로 가덕도를 입지로 선정할 것인가 하는 것이다.

부·울·경의 여당 정치권과 부산시에서는 총리실의 기술적 검증 이후 총리실과 국토부, 국방부, 환경부 및 부·울·경이 참여하는 별도의 기구를 구성하여 김해신공항의 백지화 여부를 결정하자는 입장인 것으로 보인다.

그러나 이러한 기구를 통해서 가덕신공항의 입지를 거론하고 결정하는 것은 무리가 있으므로 나는 금년 8월 '한국지방분권학회'의 하계대회에서 가진 신공항 라운드테이블에서 "김해신공항 백지화 결정과 가덕도 입지 검토에 대한 지시를 대통령이 해야 한다."라고 주장했다.

8월 28일에는 우여곡절 끝에 경북으로 이전되는 '통합신공항' 입지가 공식적으로 결정되었으니, 이것으로 대구·경북의 가덕신공항 반대는 종료될 것이다. 8월 29일 민주당 전당대회에서는 이낙연 전 총리가 당선되었다. 이 대표는 선거운동을 하던 7월 말부터 가덕신공항을 적극적으로 지지한다는 입장을 표명했으므로 앞으로 부·울·경의 우군이 될 수도 있을 것이다.

시기는 무르익었지만, 정부의 결정을 마냥 기다릴 수는 없으니 9월부터 우리 시민단체들은 다시 행동할 것이다. 부산시는 2030년 등록 엑스포 유치를 목표로 삼고 있는데, 이는 신공항 건설과 밀접한 관련성이 있으므로 가덕신공항이 2030년 이전까지는 완공되어야 하는 시간과의 싸움도 시작되었다고 볼 수 있다.

소설에서는 필자의 정년퇴직 2주년을 맞이하는 2020년 8월 31일까지의 사건만 다루고 종료하기로 했다. 과연 가덕신공항이 적기에 결정되어 부·울·경 주민들이 새로운 삶의 희망을 품을 수 있는 날이 올 것인가? 천지신명의 도움이 있기를 기도한다.

가덕도에 뛰어든 사람